아내가 결혼했다

아내가 결혼했다

박현욱 장편소설

문이당

작가의 말

나는 사랑에 대해 잘 알지 못한다. 결혼에 대해서도 잘 알지 못한다. 나는 축구 전문가도 아니며 마니아도 못 된다. 이 소설에 나오는 사회학, 인류학 분야에서의 다양한 논의들도 지극히 피상적인 부분밖에 모른다.

다만 나는, 누구나와 마찬가지로, 사랑과 결혼이란 인생을 손쉽게 행복으로 또는 불행으로 이끌 수 있다는 사실, 비단 축구가 아니더라도 세상의 모든 것이 우리 삶과 닮아 있다는 것, 혹은 모든 학문의 끝점에 우리 자신에 대한 탐구가 있다는 것과 같은 평범한 내용들에 대해 알고 있을 따름이다.

이 소설은 무엇보다도 행복에 관한 이야기라고 나는 생각한다. 우리가 인간을 이해하려 노력하고 드러난 문제점의 대안을 고민하는 궁극적인 이유는 행복해지기 위함이다. 행복해지기 위해서는 살림살이가 나아지는 것 외에도 필요한 것들이 많다. 구체적으로 어떻게 해야 행복해질 수 있는지 나는 알지 못한다. 그러나 결론을 모른다고 해서 생각조차 말아야 하는 것은 아니다. 대안을 모색하기 위해 벗어나야 하는 것은 우리가 상식이라고 믿어 왔던 견고한 아집들이다.

창작물이란 지은이에게는 자식과도 같은 존재이다. 자식을 어여삐 여겨 준 이들에게는 저절로 머리 숙여 고마움을 표하게 되는 것이 아닐까. 과분한 타이틀을 달아 주신 세계 문학상 심사 위원 선생님들께 진심으로 감사드린다. 더불어 문학이 외면당하는 시대에 과감하게 문학상을 제정한 세계일보사에도 깊은 감사를 표한다.

소설이라는 대양에 나는 아직 발끝밖에 적시지 못했다. 앞으로 더 넓고 깊은 곳으로 나아갈 수 있을 것이라는 기대와 더불어 두려움도 커진다. 자꾸 뒤를 돌아보게 된다. 타고난 재능이 워낙에 빈곤함을 잘 알고 있기 때문이다.

30여 년간 글쓰기와는 무관하게 살았다. 뒤늦게 하필이면 왜 소설 쓰기를 시작했는지 잘 모르겠다. 다만 시작한 후 스스로에게 걸었던 두 가지의 자기 암시는 기억하고 있다. 하나는 쓰면 쓸수록 늘 것이라는 널리 알려진 사실. 다른 하나는 소설이란 넓디넓은 바다와도 같은 것이어서 나 같은 사람 하나쯤 그 바다에 슬쩍 몸을 적신다 해서 그리 누가 되진 않으리라는 근거 없는 믿음.

이 두 가지는 지금도 유효하다. 앞으로도 계속 힘이 되어 줄 것이다.

여물지도 않은 글을 읽고 조언을 아끼지 않았던 번역가 박현주 씨에게, 꾸밈없는 호평을 들려준 후배 신일하에게 고마움을 전한다. 그들이 생각하는 것 이상으로 커다란 힘이 되었다.

가끔 어지러운 머리를 식히곤 했던 '*strange fruit*'. 주종 불문, 한 잔 주량의 음주사를 면면히 이어 오고 있는 내가 혼자서도 마음 편히 갈 수 있는 거의 유일한 술집이다. 그곳의 친구들에게 고마움을 전한다. 문 닫는 일 없이 남아 있기를.

만일 내게 조그마한 재능이라도 있다면 모두 아버지, 어머니로부터 비롯된 것이다. 부모님께 새삼 감사드린다. 또한 내게 일어나는 모든 행운들은 할머니와 어머니의 숱한 기도로 말미암은 것이다. 할머니, 오래오래 건강하세요.

2006년 2월

박 현 욱

차례 | 아내가 결혼했다

bb에게

인생 그 자체가 축구장에 지나지 않는다.

– W. 스콧

冒頭

아내가 결혼했다. 이게 모두다.

나는 그녀의 친구가 아니다. 친정 식구도 아니다. 전 남편도 아니다. 그녀의 엄연한 현재 남편이다. 정말 견딜 수 없는 것은 그녀 역시 그 사실을 누구보다도 잘 알고 있다는 것이다.

내 인생은 엉망이 되었다.

연애

모든 것은 축구로부터 시작되었다

그녀를 알게 된 것은 5년 전, 회사에서였다. 영업 관련 프로그램 개발 프로젝트가 진행 중이었는데 나는 실무 파트의 담당자로 영업 현장의 요구를 프로젝트 팀에게 전달하는 일을 맡았고, 그녀는 프로젝트를 담당하는 외부 업체의 계약직 프리랜서였다. 업무상 그녀와 얼굴을 마주치는 일이 잦았다.

그녀를 보고 첫눈에 반한 것은 아니었다. 그녀는 눈에 띄는 미인은 아니었고 이전에 내가 첫눈에 반했던 두세 명의 여자들은 모두 기막힌 미인이었다. 뭐, 그 미인들과 사귀어 봤다는 얘기는 아니다. 그저 아주 짧은 짝사랑으로 끝났을 따름이다. 그것도 다 어린 시절의 얘기다.

직장 생활을 시작한 후 가끔 질펀한 술자리가 생기곤 했다. 그로 인해 대한민국의 기막힌 미인들은 죄다 강남의 룸살롱에 있다는 것을 알게 되었고, 그와 더불어 아름다운 여자에 대한 순정과 열망이 사라져 버렸다. 길거리를 지나가다가 젊고 아름다운 여자가 눈에 들어오면 한

눈에 반하게 되는 것이 아니라 어느 업소에 있는 여자일까 하는 생각이 먼저 들었다. 내가 이상한가? 나는 그저 평범한 30대의 회사원일 뿐이다. 내가 그런 생각을 하게 된 것은 강남 룸살롱의 아가씨들이 너무 예쁜 탓이다.

룸살롱의 아름다운 아가씨들은 미인에 대한 내 견해를 바꾸어 놓았다. 화려한 미모보다는 정감 어린 얼굴이 더 아름답다는 것. 남자들은 눈에 보이는 모든 여자들에게 점수를 매긴다. 화려한 미모는 100점에서부터 시작해서 점점 점수가 깎이지만 정감 어린 얼굴은 50점에서 시작하더라도 언젠가는 100점까지 올라갈 수도 있다.

그녀는 점수가 올라가는 타입이었다.

그녀는 성격이 좋았다. 싹싹했고 시원시원했다. 60점. 총각이든 유부남이든 남자 사원들은 누구나 그녀와 얘기하는 것을 좋아했다. 그녀는 싱거운 농담에도 눈살을 찌푸리지 않았다. 현장에서 제기하는 자질구레하고도 사소한 요구들에 대해 짜증 한번 내지 않았다. 65점. 업무상 그녀와 접촉할 일이 잦은 나를 부러워한 동료들이 한둘이 아니었다. 심지어 내게 정식으로 그녀를 소개해 달라는 놈들도 있었다. 치열한 경쟁률도 점수를 상승시키는 법. 70점. 물론 모두 거절했다. 내가 왜 승낙하겠는가. 나도 보고만 있는 처지인데 말이다.

간절한 마음으로 바라보았던 것은 아니었다. 70점이란 사귀게 되면 좋지만 어떻게든 사귀려고 안달할 정도는 아닌 딱 그 정도의 점수이다. 대부분의 남자들처럼 나 역시 눈이 크고 예쁜 얼굴에 키가 크고 늘씬하면서도 가슴이 큰 여자를 좋아한다. 그녀는 이목구비가 또렷했지만 눈은 그리 크지 않았다. 키도 작은 편이었다. 그리고 가슴도 작아 보였다.

늦가을의 어느 날이었다. 매출 관리 프로그램 베타 버전을 시험 삼아 사용해 보던 중에 매출 항목 부분이 이중으로 잡히는 버그를 발견했다. 나는 그 문제에 대해 열심히 설명했지만 그녀는 건성으로 듣고 있었다. 그날따라 그녀는 기분이 좋지 않아 보였다. 잠시 쉬었다 하자고 말하고는 자판기에서 커피를 뽑아 와 그녀에게 건넸다.

"무슨 일 있었어요? 안 좋아 보이네요."

"별일 아니에요."

"무슨 일인데요? 말이나 한번 해봐요. 혹시 또 알아요? 도움이 될지."

그녀는 잠시 머뭇거리다가 멋쩍은 듯이 웃었다.

"바르셀로나가 졌거든요."

"바르셀로나? 혹시 FC바르셀로나 얘기하는 거예요?"

"네."

나는 웃음을 터뜨렸다. 그녀는 나를 바라보았다. 그녀의 의아한 표정에 불쾌한 기색이 서릴 때쯤에야 겨우 웃음을 참을 수 있었다.

"미안해요. 그 문제라면 도움이 되지 못하겠네요. 바로 그 이유 때문에 나는 오늘 내내 기분이 좋았거든요."

"네?"

"레알이 이겼잖아요. 나, 레알 마드리드 팬이에요."

"이 대리님도 경기 봤어요?"

"그럼요. 1년에 달랑 두 번 있는 빅게임인데 어떻게 놓쳐요. 화면이 자주 끊기긴 하지만 인터넷으로도 볼 수 있다는 게 어디예요. 밤을 새우더라도 볼 건 봐야죠. 모리엔테스하고 피구가 한 골씩 넣었죠? 피구가 골 넣는 장면은 정말 예술이던데요."

그녀는 종이컵을 만지작거리며 한숨을 내쉬었다.

"클루이베르트, 그 힐 킥이 들어갔어야 했는데. 모리엔테스한테 한 골 먹은 건 그렇다 쳐도 피구가 넣은 골은 참. 피구를 놓치지 말았어야 했는데……. 아니, 피구를 레알로 보내지 말았어야 했는데……."

한숨을 쉬는 그녀의 얼굴이 어찌나 아름답게 보이던지. 그녀의 점수는 단숨에 90점으로 솟구쳤다.

그녀는 90점을 획득했지만 프로젝트가 끝나는 시점이었다. 나는 프로그램에 버그가 왕창 생기길 바랐다. 그래야 프로젝트 기간이 조금이라도 늘어날 테니. 그러나 유감스럽게도 유능한 프로그래머들이었던지 정해진 기간 내에 일을 다 끝내 버렸다.

전광판의 시계는 멎었지만 인저리 타임이 남아 있었다.

마지막 날의 회식 자리였다. 1차, 2차, 3차까지 술자리가 이어졌고 사람들은 하나씩 둘씩 사라졌다. 인저리 타임마저 끝나 가는 시점. 상대방의 골대에서 아무리 멀리 떨어져 있다 해도 마지막으로 한 번은 내질러야 했다. 그녀에게 말했다.

"어디 가서 한잔 더 할래요?"

그녀가 웃었다.

"좋죠."

술잔을 앞에 두고 남자와 여자가 단둘이 앉아 나누게 되는 뻔한 이야기들, 괜히 잘난 척하느라 해보는 정치 · 경제 · 사회 · 문화에 대한 이야기들은 한마디도 하지 않았다. 오로지 축구 이야기만 나누었다. 레알 마드리드와 FC 바르셀로나. 그때만큼은 나도 FC 바르셀로나의 팬으로 보였을 것이다. 클루이베르트, 정말 대단해요. (미안해, 라울.) 사비는 죽여 줘요. (모리엔테스도 미안.) 히바우두가 최고죠. (사실 최고는 피구지. 지단은 그 이상이고.)

그리고 월드컵. 월드컵 개최야 좋은 일이지만 16강이면 너무 높은 목표 아닌가요? 그러게 말이에요. 우리보다 FIFA 랭킹이 낮은 국가는 하나도 없을 텐데. 조 2위 하는 게 어디 쉽겠어요? 어디가 우승할 것 같아요? 프랑스나 아르헨티나겠지요. 브라질은? 호나우두가 무릎 부상에서 얼마나 회복됐느냐에 따라 다르겠지요.

축구 얘기도 축구 얘기지만 정작 궁금한 것을 물어야 했다. 근데, 인아 씨, 남자 친구 있어요? 아니, 애인 있어요? 왜 애인이 없을까. 이런 미모의 재원이. 뭐, 그렇게 시작하는 뻔한 이야기들을 하려고 눈치만 보고 있던 중에 술집 주인이 타임 오버를 알렸다. 영업 시간이 끝났단다. 빌어먹을. 슛 한번 제대로 날려 보지 못했는데.

바로 그때, 그녀는 하프 라인도 넘어가지 못한 공을 단숨에 골대 안으로 집어넣었다.

"우리 집에서 커피 한 잔 하고 가실래요?"

술이 확 깨는 것을 느꼈다. 나는 내 귀를 의심했다. 그러나 분명히 그녀가 그렇게 말했다.

FC 바르셀로나가 지지 않았다면 그녀는 우울해하지도 않았을 테고 나는 그녀가 축구 팬이라는 것도 알지 못했을 것이다. 그리고 그녀는 영원히 70점에 머물러 있었을 것이다. 우리가 축구에 대해 이야기를 나누지 않았다면 그녀가 나에게 친밀감을 느끼지도 않았을 테고 나와 단둘만의 술자리를 마다했을지도 모르는 일이며 자신의 집에 가자고 말하지도 않았을 것이나. 말하자면 모든 것은 축구로부터 시작되었다.

* *

세계 최고의 레프트 윙으로 꼽히는 맨체스터 유나이티드의 라이언 긱스. 유명한 럭비 선수였던 그의 아버지 데니 윌슨은 여자들에게 인기가 많았다. 무릇 따르는 여자들을 거부하기란 쉽지 않은 일. 그리하여 데니 윌슨은 불과 16세의 소녀 라이네 긱스를 임신시켰으며 그 결과 긱스가 태어났다. 결혼한 뒤에도 긱스의 아버지는 가정보다는 술과 다른 여자들을 훨씬 더 소중하게 여겼다. 그로 인해 잉글랜드는 세계적인 레프트 윙을 가질 기회를 놓쳤다. 원래 이름이 라이언 윌슨이었던 긱스는 부모가 이혼하면서 잉글랜드 사람인 아버지의 성을 버리고 웨일스 사람인 어머니의 성을 택했다. 긱스의 뛰어난 재능을 탐낸 잉글랜드에서는 귀화를 추진했지만 그는 어머니의 나라인 웨일스를 버리지 않았다. 웨일스의 대표 선수로서는 모든 축구 선수들의 꿈인 월드컵 출전을 할 수 없다는 것을 알면서도. 긱스는 "한 번도 나의 팀이라고 생각해 본 적 없는 잉글랜드 유니폼을 입고 월드컵에서 우승하느니 웨일스 소속으로 월드컵과 유로 대회 예선 한 경기라도 뛰는 것이 더 행복한 일이다"라고 말했다.

긱스는 어머니를 따라 웨일스로 갔고, 나는 그녀를 따라 그녀의 집으로 갔다.

새도 스트라이커

택시 안에서 나는 아무 말도 하지 못했다. 내게 주어진 난데없는 행운이 정말로 내 것인지 의심스러웠다. 몇 번이나 곁눈질을 했다. 틀림없이 그녀가 바로 내 옆에 앉아 있었다.

그녀의 집은 멀지 않은 곳에 있었다. 20평이 채 안 되어 보이는 조그만 아파트에 들어서자 제일 먼저 눈에 들어온 것은 책들이었다. 철제 앵글로 짠 책장이 하나, 둘, 셋……. 벽면이 온통 책이었다. 사람이 사는 살림집인지 책방인지 분간이 안 될 지경이었다. 이렇게 책이 많은 집은 처음 봤다. 그리고 아파트 안에 철제 앵글로 짠 책장을 늘어놓은 모습도 처음 봤다. 방구석에 쌓인 책 더미와 철제 앵글이 자아내는 분위기는 너무도 아날로그적이어서 데스크톱과 노트북이 나란히 놓인 커다란 컴퓨터 책상이 낯설어 보일 정도였다. 잠시나마 그녀가 왜 나를 이리로 데려왔을까 하는 생각이 사라졌다.

"아니, 무슨 책이 이렇게 많아요?"

몇 걸음 떨어진 곳에 있는 주방에서 그녀가 대답했다.

"헌책방 돌아다니는 게 취미거든요."

"허. 이과 출신의 취미치고는 상당히 인문학적이네요."

그녀는 주방에서 고개를 내밀고는 머쓱한 듯 웃으며 말했다.

"안 읽은 책들이 태반이에요. 책을 모으는 게 책을 읽는 것보다 더 재미있거든요. 그리고 저, 이과 출신 아니에요. 사학과 나왔거든요. 이 대리님은 전공이 뭐였어요?"

"난 철학 전공이었죠."

"철학? 재미있었겠네요?"

"재미 같은 건 없었어요. 점수 맞춰서 간 데가 거기예요. 근데 사학도가 어떻게 프로그래머를 하게 된 건가요?"

"그냥 재미있어서 하다 보니 직업이 되어 버린 거죠."

"컴퓨터가 재미있어요?"

김이 모락모락 오르는 머그잔 두 개를 내려놓으며 그녀가 말했다.

"컴퓨터는 인풋이 있으면 아웃풋이 확실하게 나오잖아요. 인문 사회 계열 공부하는 사람들이 컴퓨터를 더 좋아할걸요? 그쪽 공부는 심하게 말하면 그냥 뜬구름 잡는 얘기잖아요."

다른 건 모르겠고 철학이 뜬구름 잡는 얘기라는 건 맞다. 대학 다닐 때 철학 공부 제대로 한번 해보겠다며 칸트의 『순수 이성 비판』을 산 적이 있었다. 말을 어렵게 하는 것을 배우고 싶다면 한번 읽어 보시라. 책의 내용은 간단하다. 칸트는 이 책에서 인간 이성의 권한과 한계에 대하여 단적으로 질문하며, 학문으로서의 형이상학(形而上學)의 성립 가능성을 묻는다. 즉, 인간의 이성은 감성, 엄밀히 말하면 감성의 선험적 형식으로서의 공간과 시간과 결합함으로써 수학이나 자연 과학에서 볼 수 있는 것과 같은 확실한 학적 인식(學的認識)을 낳을 수 있지만, 일단 이 감성과 결부된 '현상'의 세계를 떠나서 물자체(物自體)의 세계로 향하게 되면 해결이 불가능한 문제에 말려들어 혼란되지 않을 수 없다. 따라서 초경험적인 세계에 관한 형이상학적 인식은 이론 이성(理論理性)으로는 도달 불가능하며, 실천 이성(實踐理性)에 의한 보완이 뒤따르지 않으면 안 된다고 하였다,라고 네이버 백과사전에 나와 있다. 이게 무슨 말인지 도무지 이해가 되지 않는다 해도 대학에서 철학을 전공할 수 있다. 내가 산증인이다.

"프로그램을 짜는 일이라는 게 사실 단순 노동이거든요. 아무 생각 없이 멍하니 기계적으로 할 수 있는 일이죠. 전 그쪽 체질인가 봐요. 근데 설탕이랑 프림은 어떻게 넣어요?"

말도 참 어쩌면 그렇게 예쁘게 하는지. 아니 그녀가 뭐라고 말하건 다 예쁘게 보였을 것이다. 그녀가 손수 끓여 온 인스턴트 커피는 설탕이나 프림을 넣지 않아도 쓴맛이라고는 전혀 나지 않을 것이다. 그리고 그녀의 입술은 세상의 그 어떤 것보다 달콤할 것이다.

그녀의 집에는 수천 권의 책이 있다.
그녀는 한때 사학도였고 지금은 프로그래머이다.
그녀는 FC 바르셀로나의 팬이다.
나는 레알 마드리드의 팬이다.
나는 철학이 뭔지 모르는 철학도였고 지금은 영업 관리 사원이다.
나는 그녀의 집에 있다.
깊은 새벽이다.
이 모든 것 때문에, 혹은 이 모든 것과 무관하게 나는 그녀를 원했다.

천천히 마셨지만 커다란 머그잔은 이내 바닥을 드러냈다. 그녀가 틀어 놓았던 옛날 노래들도 다 돌아갔다. 그녀는 다시 노래를 틀려고 하지 않고 가만히 앉아 있었다. 방 안에 정적이 감돌았다. 용기 있는 자만이 미인을 얻는다는 건 고금의 진리. 나는 생애 최고의 용기를 냈다. 이래도 될까. 그녀의 어깨에 손을 얹었다. 가슴이 떨렸고 손이 떨렸다. 그녀는 움직이지 않았다. 내 심장의 박동 소리가 마치 십만 관중의 함성 소리처럼 커졌다. 십만의 관중이 내 귀에 대고 일제히 소리쳤다. 키스해. 키스해. 키스해. 그래도 될까. 그녀의 얼굴 위로 입술을 포갰다. 그녀의 떨림이 고스란히 전해졌다. 십만의 관중이 환호했다. 그녀도 눈을 감았던가.

불을 껐다. 아날로그적인 풍경들이 사라졌다. 환호하던 십만의 관중도 사라졌다. 세상에 존재하는 것은 오직 그녀와 나, 둘뿐이었다. 그리고 또 존재하는 것이 하나 더 있었으니, 바로 크지도 작지도 않은 더블 사이즈의 침대였다.

* *

섀도(shadow) 스트라이커라는 포지션이 있다. 처진 스트라이커라고도 한다. 스트라이커와 공격형 미드필더의 역할을 겸하는 포지션이다. 그런 만큼 득점력과 더불어 플레이메이커로서의 창조적인 감각을 발휘할 수 있어야 한다. 가령 우리나라 국가 대표 팀에서 이동국과 안정환의 투톱 시스템을 사용할 경우 위치 선정과 골 감각이 뛰어난 이동국은 전형적인 타깃형 스트라이커로, 횡적인 움직임이 좋은 탁월한 테크니션인 안정환은 그 뒤를 받쳐 주는 섀도 스트라이커로 기용할 수 있을 것이다.

아스날의 데니스 베르캄프는 섀도 스트라이커의 대명사로 꼽힌다.

1998년 프랑스 월드컵에서 대한민국이 네덜란드에 5 대 0으로 패할 때 세 번째 골을 터뜨린 선수이다. 그는 클루이베르트에 이어 네덜란드 국가 대표 팀 통산 최다 득점 2위를 기록하고 있을 정도로 뛰어난 득점력을 갖추고 있다. 그러나 그의 진가는 어시스턴트로서의 재능에 있다. 그는 무의미한 공간을 골문에 이르는 새로운 항로로 바꾸어 낸다. "축구는 머리로 하는 게임이다"라는 요한 크루이프의 말을 필드 위에서 입증하는 선수가 바로 베르캄프이다. 그가 폭넓은 시야와 발군의 감각으로 찔러 주는 어시스트는 탄성을 절로 자아내게 한다.

그녀와의 섹스에 대해 말하자면, 한마디로 그녀는 최고의 섀도 스트라이커였다. 그녀는 리드미컬한 움직임으로 빈 공간에 생명력을 부여하는 천재적인 플레이메이커였고 최적의 공간을 찾아 감각적인 터치로 절묘하게 패스해 주는 탁월한 어시스턴트였다. 그녀처럼 아름다운 플레이를 하는 여자를 일찍이 본 적이 없다. 창의적인 플레이, 헌신적인 어시스트. 그녀는 나를 최고의 스트라이커로 만들었다. 이전에 보지 못했던 새로운 세상이 펼쳐졌으며 나는 기쁨에 넘쳐 골 세리머니를 펼쳤다. 말로는 다 표현할 수 없다. 얼마나 환상적이고 황홀한 새벽이었는지.

최후의 로맨티스트

그날 이후 그녀는 내 애인이 되었다. 아니, 어느 노래 가사처럼, 내가 그녀의 애인이 된 것인지도 모르겠다. 어쨌든 나는 우리가 애인 사이라고 생각했다. 하지만 그녀의 생각은 조금 달랐다. 그녀 역시 우리가 애인 사이라고는 생각했던 것 같다. 다른 점이라면 다만 그녀는 애인 사이가 배타적이며 독점적인 관계라고 생각하지 않는다는 것이다.

몇 번의 데이트, 몇 번의 섹스 뒤에 나는 그녀에게 사랑한다고 말했다. 진심이었다. 그녀는 90점을 넘어 95점으로 올라갔고 이내 100점에 도달했다. 더 오를 수 없는 점수임에도 불구하고 계속 점수가 올라갔다. 나는 사랑에 빠졌다. 그저 가슴이 콩닥거리기만 하는 것이 전부인 아이들의 사랑이 아니라 그녀의 마음과 몸 모두 온전히 원하는 어른의 사랑에 빠진 것이다.

내가 사랑을 고백하자 그녀는 내게 말했다.

"나도 덕훈 씨를 좋아해요. 지금은 그래요. 그런데요. 미리 말해 두지만 덕훈 씨만 사랑하게 될 것 같진 않아요."

한 음절이 마음에 걸렸다. 덕훈 씨**만** 사랑하게 될 것 같진 않아요.

"네?"

"덕훈 씨는 한 사람만 사랑할 자신이 있어요? 여태까지 그래 왔나요?"

듣다 보니 조금 이상했다. 그런 말은 주로 바람둥이 남자들이 매달리는 여자에게 하는 말이 아니던가.

"그야, 연애하면서 다른 여자한테 눈이 돌아간 적이 없었던 건 아니지만……."

"역시 솔직하시네요."

그녀는 배시시 웃었다. 시작도 하기 전에, 혹은 시작하자마자 연애의 성격을 규정해 본 적은 없었다. 그럴 필요도 없었다. 내가 생각하는 연애가 곧 상대방이 생각하는 연애였다. 그녀는 달랐다. 이전의 평범한 연애에서는 겪어 보지 못했던 낯선 상황이었다.

"어떻게 하자는 얘긴가요? 언제든지 다른 사람이 생기면 헤어지자고 할 작정이라는 건가요? 미리 알아 두라는 건가요?"

"그거야 누구든 그럴 일이 생기면 당연히 그렇게 되겠지만……."

그녀는 내 눈을 똑바로 바라보았다.

"나는 덕훈 씨를 독점할 생각이 없어요. 덕훈 씨도 나한테 그렇게 대해 줄 수 있나요?"

"아니 그럼, 툭 까놓고 말해서 양다리를 걸치겠다는 얘긴가요?"

"그렇게 될지도 몰라요. 의도와는 무관하게 그렇게 될 수도 있고 어쩌면 경우에 따라서는 전적으로 의도한 바대로 그렇게 될 수도 있겠지요."

의도와는 무관하게? 별로 관심이 가는 남자는 아니지만 술자리에서 끝까지 남는 남자가 있다면, 때마침 남자하고 자고 싶다는 생각이 든다면 같이 자겠다는 얘기인가. 전적으로 의도한 바대로? 같이 자고 싶은 남자가 있다면 무조건 같이 자고야 말겠다는 건가.

"마찬가지로 덕훈 씨도 얼마든지 그럴 수 있을 거라고 생각해요. 그런 경우가 생긴다면 하고 싶은 대로 하세요. 난 간섭하지 않을 거예요."

서로 간섭하지 않는 사귐을 연애라 부를 수 있을까. 내가 알고 있는 연애는, 내가 했던 연애는 그런 게 아니었다. 애인 사이인 남녀가 상대방을 독점하려고 하는 것은 지극히 당연한 일이고 다른 사람에게 눈을 돌리는 것은 부정한 행위이다.

"나하고 같이 잔 건 그냥 즐긴 건가요?"

"저도 덕훈 씨를 좋아한다고 말했잖아요."

"서로 좋아하는 두 사람이 하는 연애치고는 좀 이상하잖아요. 마음대로 해도 된다니, 그런 건 연애가 아니라 그냥 섹스만 하는 사이잖아요. 사람들은 그런 만남을 연애라고 부르진 않아요."

"다른 사람들 생각이 중요해요? 다른 사람들이 뭐라고 하건 우리가 서로 좋아해서 만나는 거라면 연애라 할 수 있지 않나요? 사랑이 꼭 한 가지 모습일 수만은 없잖아요."

"그래도 그런 걸 사랑이라고 할 순 없죠."

"우리가 사랑에 대해 흔히 생각하는 것들. 우연히 만난 두 사람이 첫눈에 반해 국경과 인종과 계급을 초월해서 일생에 단 한 번뿐인 열정적인 사랑을 하면서 평생을 행복하게 살 수 있다는 건 환상에 지나지 않아요."

"그런 사랑이 전혀 없는 것도 아니죠."

"그런 낭만적 사랑이 존재하며 자신도 그런 사랑을 할 수 있을 거라고 사람들이 생각하게 된 건 겨우 2백 년도 되지 않았어요. 그동안 지구상에서 일생을 보낸 수십억 명의 사람들 중 정말 그렇게 산 사람은 얼마 되지 않을 거예요. 그래도 사람들은 자신이 그런 사랑을 할 수 있을 거라고 생각하죠."

"겨우 2백 년? 거야 그렇다 쳐도 다른 파트너를 만나는 걸 허용하는 사랑도 있나요?"

"덕훈 씨는 사랑이 뭐라고 생각하는데요?"

"그거야 뭐……."

사랑이 뭐지? '눈물의 씨앗' 말고 다른 게 뭐가 있더라. 나는 가까스로 대답했다.

"사랑이란 리얼이고 필링이고 터치지요. 사랑해 달라고 하는 게 사랑이고 사랑할 수 있다는 걸 아는 게 사랑이죠."

"그건 존 레논 노래 가사잖아요."

"다들 그렇게 생각하지 않나요?"

"그 노래 가사에 사랑은 자유라고 나오잖아요. 구속하는 건 사랑이 아니라는 거죠."

연애 중일 때 상대방에게 서로 깊숙이 간섭하지 말자고 말하는 시점은 정해져 있다. 어느 한쪽이 상대방에게 싫증을 느낀 때이다. 그 말을 하는 사람도 정해져 있다. 덜 사랑하는 사람이 그렇게 말한다. 더 많이 사랑하는 사람은 그 반대로 생각한다. 상대방에게 더 깊이 들어가고자 하며 상대방이 더 깊이 들어오기를 바란다.

나는 그녀와 애인이 되고 싶었지만 그녀는 나를 섹스 파트너로만 여겼다. 유쾌한 일은 아니지만 상관없지, 뭐. 남자인 나로서는 손해 볼 일이 없지 않겠는가. 그녀는 매 경기마다 MOM(Man of the match, 경기 mvp)급의 활약을 펼치는 플레이어이니 말이다. 그녀만 한 섹스 파트

너는 어디에도 없다.

정상적으로 성장해서 정상적으로 살아가는 남자라면 이런 제안을 일언지하에 거절하지 못한다. 남자란 운명적으로, 일부터 저지른 다음에 후회를 하게 되어 있다.

* *

아르헨티나 역대 최고의 스트라이커로 꼽히는 가브리엘 오마르 바티스투타. 벼락같은 슈팅과 뛰어난 골 결정력으로 '바티 골'이란 애칭을 얻었다. "바티(스투타, 공을 잡았습니다) 골입니다!" 그가 공을 잡으면 방송 해설자가 이름을 끝까지 부르기도 전에 골을 성공시킨다 해서 생겨난 별명이다.

그는 이탈리아의 피오렌티나에서 9년 동안 뛰었다. 1992-1993 시즌 피오렌티나는 2부 리그인 세리에 B로 강등되었다. 팀이 2부 리그로 강등되면 주축 선수들은 1부 리그의 다른 팀으로 이적하는 것이 일반적이다. 바티스투타는 수많은 명문 클럽으로부터 이적 제의를 받았지만 피오렌티나를 떠나지 않았다. 그는 1년 만에 팀을 세리에 A로 복귀시켰으며 그 시즌에서 득점 왕을 차지했다. 그는 '피오렌티나의 살아있는 신'이었다. 피오렌티나에서는 실제 크기의 동상을 만들어 그를 기릴 정도였다.

그러나 피오렌티나는 우승과는 거리가 먼 팀이었고, 서른 살이 넘도록 리그 우승컵을 한 번도 안아 보지 못한 바티스투타는 2000년에 결국 AS 로마로 이적했다. 팬들은 그의 이적을 놓고 심한 배신감에 휩싸였다. 그러나 바티스투타가 이적 문제로 고민하면서 받은 스트레스 때문에 무려 15킬로그램이나 빠졌으며 이적 발표 후 눈물을 흘리며 미안해했다는 사실이 알려지면서 팬들은 그의 앞길을 축복하며 보내주었다.

이적 후 처음으로 가진 피오렌티나와의 경기를 앞두고 그는 언론과의 인터뷰에서 이렇게 말했다.

"부상당하길 바란다. 그러면 피오렌티나와의 경기에서 뛰지 않아도 될 테니까."

우승에 대한 열망 때문에 이적하긴 했지만 친정 팀인 피오렌티나에 패배를 안기는 것은 그가 바라는 일이 아니었다. 하지만 부상당하는 일은 생기지 않았고 바티스투타는 경기에 출전했으며 결승 골을 터뜨렸다. 그는 기뻐하지 않았다. 골 세리머니조차도 하지 않고 묵묵히 자기 위치로 돌아갔다. 사람들은 그에게 새로운 별명을 붙여 주었다. '최후의 로맨티스트.'

사랑에 관한 한 '최후의 로맨티스트'는 나타나지 않을 것이다. 도대체 사랑에서 낭만을 빼면 남는 게 뭐가 있단 말인가.

FC바르셀로나

침대에서의 그녀는 최고의 섀도 스트라이커라고 말했던가. 그건 그녀의 일면에 불과했다. 사귀면 사귈수록 그녀는 매력적이었다.

동네 마트에서 사온 평범한 재료들과 공장에서 만들어진 된장이 그녀의 손을 거쳐 한데 어우러지자 기막힌 된장찌개가 되어 나왔다. 그때까지 먹어 봤던 된장찌개 중에서 단연 최고였다. 된장찌개만이 아니었다. 그녀는 진정한 요리사였다. 갖은 재료를 준비해야 하고 시간을 오래 들여야 하는 특별한 요리는 나가서 사 먹으면 그만이다. 진정한 요리사란 평범한 음식을 맛나게 하는 사람이다. 그리고 중요한 건 스피드다. 그녀는 어떤 음식을 해도 5분 이내에 끝냈으며 길어 봤자 10분을 넘기지 않았다. 섹스를 잘하는 여자가 음식도 잘하는 것인가. 일반화시킬 수야 없겠지만 그래도 일찍이 여자의 요리 솜씨를 중요시했던 숨은 이유가 혹시 그 때문은 아니었을까.

어질러 대는 것은 내 특기다. 그쪽 방면에 나는 남다른 재능을 가지고 있다. 뛰어난 재능이란 아무리 썩혀 두려 한다 해도 주머니 속을 뚫고 나오는 법이기에 내 방은 항상 엉망이었다. 그녀는? 정리, 정돈이 특기였고 청소가 취미였다. 그녀의 집은 늘 단정하고 깔끔했다. 그녀는 내 방에 오면 정리, 정돈부터 하곤 했다. 티 내지 않고, 잘난 척하지 않고, 타박하지도 않고. (평소 나는 엉망이 된 내 방을 보면서 정리, 정돈이 취미인 여자가 있다면 바로 그녀가 하늘이 점지한 내 짝이라고 생각했다.)

그녀는 음식 솜씨가 뛰어나고 정리, 정돈이 취미인 데다가 사려 깊은 여자였다. 그리고 그 모든 장점을 합친 것보다 더 나를 매료시키는 것이 있었으니 바로 그녀가 축구를 좋아한다는 것이었다. (나처럼.) 그녀는 축구만큼은 아니지만 모든 스포츠를 좋아했다. (나처럼.) 물론 TV 앞에서만. (물론 나처럼.)

그녀가 FC 바르셀로나의 팬이 된 것은 스페인 내전을 다룬 조지 오웰의 소설 『카탈루냐(카탈로니아) 찬가』를 좋아했기 때문이다. 또 그녀가 앙드레 말로와 어니스트 헤밍웨이와 파블로 네루다와 시몬 베유와 알베르 카뮈를 좋아한 때문이기도 했다.

(그게 왜?)

그들은 모두 스페인 내전 당시 프랑코에 맞섰던 지식인들이다. 프랑코의 승리로 끝난 결과를 두고 카뮈는 이렇게 말했다.

"인류는 정의도 패배당할 수 있다는 사실을, 폭력이 정신을 꺾을 수 있음을, 그리고 용기가 그에 상응한 보답을 받지 못할 때가 있다는 사실을 스페인에서 배웠다."

(그래서?)

스페인 내전은 프랑코의 파시즘 진영과 인민 전선 정부를 지지했던 공화파와의 전쟁이었지만 결과적으로 카탈루냐와 바스크 등에 대한 카스티야의 패권주의가 발휘된 전쟁이기도 했다. 카탈루냐 지방을 대표하는 바르셀로나는 프랑코에 맞서 가장 오래 저항했다. 프랑코는 카탈루냐를 함락시킨 뒤 자치권을 빼앗고 카탈루냐의 언어마저도 금지해 버렸다. FC 바르셀로나의 이름도 카스티야 식인 CF 바르셀로나로 바꿔어야만 했다.

프랑코는 축구에 관심이 많아서 레알 마드리드의 경기를 보는 것으로 여가를 즐겼고 레알 마드리드의 선수 이름과 전적을 줄줄 외울 정도였다고 한다. 프랑코는 레알 마드리드를 응원하고 지원했으며 FC 바르셀로나가 외국의 뛰어난 선수들을 데려오는 것조차 방해했다.

(그런데?)

FC 바르셀로나의 홈구장 누캄프(Nou Camp)는 카탈루냐 인들의 유일한 해방구였다. 그곳에서만큼은 울분과 분노를 그들의 언어로 마음껏 표출할 수 있었다. 그리하여 FC 바르셀로나는 암울했던 시절, 카탈루냐 사람들과 고통을 함께하며 그들의 절망을 어루만져 주었다고?

(어쩌라고?)

"뭐 더 없어? 그게 다야? 바르셀로나에 특별히 좋아하는 선수는 없어?"

"다 좋아. 다른 집단을 지배하려는 욕망이나 외부의 자극에 움츠러드는 일 없이 얼마든지 자신의 조국이 가장 훌륭하다고 생각할 수 있어야 한다는 게 바르샤의 신념이래. 그게 참 맘에 들어."

그녀는 바르샤라고 말함으로써 자신이 FC 바르셀로나의 충성스러운 팬임을 분명히 했다. '바르샤(Barça)'란 FC 바르셀로나의 애칭인데 스페인 어(카스티야 어)로는 바르카라고 발음하며 카탈루냐 어로는 바르샤라고 발음한다. 따라서 FC 바르셀로나의 지지자들은 당연히 바르샤라고 말하며 이를 스페인 어식으로 바르카라고 말하면 매우 불쾌하게 여긴다고 한다.

바르샤이건 바르카이건 내 마음엔 들지 않았다. 스포츠에 비스포츠적 요소를 끌어들이다니.

축구는 축구일 뿐이다. 축구가 화해에 기여할 수도 있고 전쟁을 불러일으킬 수도 있지만 그 어느 것도 축구의 본질적인 속성은 아니다.

2001년 노벨 평화상 후보에 FIFA가 올랐다. 스포츠 단체가 노벨 평화상 후보에 오른 것은 처음 있는 일이었다. 이유는? 축구가 국가 간의 화해와 이해 증진에 기여했다고. 축구에는 확실히 그런 측면이 있으며 FIFA가 약간이나마 세계 평화에 기여했던 것도 사실이다. 한국과 일본의 월드컵 공동 개최만 해도 양국의 우호 증진에 도움이 된다. 월드컵의 남북한 분산 개최를 위해 노력하는 것만으로도 남북의 긴장 완화를 이끌어 낼 수 있다. FIFA가 내전으로 잿더미가 된 보스니아에서 자선기금 마련을 위한 축구 경기를 열었던 것도 축구가 평화의 전도사로 유용하다는 것을 보여 준다. 펠레의 경기를 보기 위해 나이지리아와 비아프라가 휴전했다는 유명한 일화도 있다.

그렇지만 그 반대의 경우도 얼마든지 있다. 월드컵 예선전이 전쟁으로 비화된 엘살바도르와 온두라스 간의' 축구 전쟁이 대표적인 예이다. 아르헨티나와 잉글랜드가 앙숙인 것은 기실 포클랜드 전쟁 때문이고, 유럽의 여러 나라들이 독일과의 축구 경기에서 독일의 상대 팀에 광적인 응원을 보내는 것은 2차 세계 대전 당시 독일에게 피해를 입었기 때문이다. 조지 오웰이 축구를 일컬어 '총성 없는 전쟁'이라고 말한 것처럼 축구는 때로 전쟁과 유사한 것처럼 여겨지기도 한다. 리누스 미헬스 감독은 아예 "축구는 전쟁이다"라고 말하기도 했다. 미헬스 감독의 네덜란드가 '유로1988' 준결승전에서 서독에 2 대 1로 승리하자 네덜란드 전 인구의 60퍼센트가 넘는 9백만 시민이 거리로 나와 승리를 축하했다고 한다. 그들은 새삼 독일에 대한 적개심을 불태웠고 승리의 기쁨에 도취되었다. 멀리 갈 필요도 없다. 우리가 한일전에 목을 매는 것은 식민지 시대의 앙금 때문이 아닌가.

그러나 축구는 평화를 가져다줄 수도, 또 어떠한 정치적인 문제를 해결해 줄 수도 없다. 펠레가 떠난 뒤 나이지리아의 내전은 다시 시작되었다. 펠레가 내내 눌러 살았다 해도 전쟁이 멈추진 않았을 것이다. 축구의 나라 브라질에서도 축구가 다양한 인종과 계층 간의 갈등을 해소해 주진 못한다. 만일 우리나라가 월드컵에서 우승이라도 한다면 나라 전체가 열광하겠지만 그렇다고 해서 지역 갈등이 사라지지는 않을 것이다. 양국 간의 우호 증진을 위해 한일전을 수백 번 한다 해도 독도 문제가 해결되진 않을 것이다. 잠시 동안의 축구 경기가 끝나면 모든 것은 제자리로 돌아간다.

결국 축구는 화합을 이루어 내는 묘약도 아니며 갈등을 촉발하는 기폭제도 아니다. 엘살바도르와 온두라스 간의 축구 전쟁은 따지고 보면 경제적인 갈등 탓이었으며, 그것을 전쟁으로 해결하려 했던 독재 정부 때문이었다. 축구는 잠시나마 새로운 갈등 구조로 사람들을 끌어들여 기존의 갈등을 잊게 만들 따름이다. 그러나 모든 정치색을 거세해도 축구는 여전히 재미있으며 그것이야말로 진짜 축구다.

* *

FC 바르셀로나의 모토는 "클럽, 그 이상이 되자"라고 한다. 문자 그대로 그들은 클럽 이상의 클럽이다. 스페인 내전 당시 FC 바르셀로나는 내전 사태에 대한 선전 활동과 저항군의 재원을 마련하는 임무를 띠고 바다를 건너 미국과 멕시코에서 경기를 했다고 한다. 최근에도 미국의 이라크 침공 때 FC 바르셀로나는 프리메라리가(Primera Liga, 스페인 1부 리그, 라 리가라고도 한다)에서 유일하게 전쟁 반대 플래카드를 내걸었다. 어느 한 사람의 지시에 의한 것이 아니라 선수들과 클럽의 경영진이 상의하여 결정한 것이다. FC 바르셀로나는 그러한 민주적인 운영 절차로도 유명한 클럽이다.

그들의 모토는 축구에만 국한되지 않는다. FC 바르셀로나의 박물관은 그들이 세련된 미적 가치관과 예술적인 교양을 갖춘 클럽임을 보여주고 있다. 박물관에는 살바도르 달리와 후앙 미로의 그림들이 소장되어 있으며(달리는 젊은 시절 FC 바르셀로나가 주최하는 경연 대회에 출품했다가 떨어지기도 했다고 한다), 정문 앞에는 도널드 저드의 현대적 조각들이 전시되어 있다. 그들은 또 유니폼에 상업 광고를 부착하지 않는 유일한 클럽이기도 하다. 이유는? 유니폼에는 클럽의 문장이 새겨져 있다. FC 바르셀로나는 카탈루냐 깃발을 클럽의 문장으로 사용한다. 그들의 깃발 옆에 상업 광고를 붙여 놓을 수 없다는 것이다.

FC 바르셀로나의 역사적 배경과 민족적 자부심과 풍부한 교양과 세련된 미적 가치관은 머나먼 동쪽의 나라에 있는 그녀까지 열성 팬으로 만들었지만 FC 바르셀로나를 좋아한다고 해서 팬 이상의 팬이 되는 것은 아니다. 아스날의 티에리 앙리가 FIFA '올해의 선수상' 시상식에 입고 나온 옷, 요즘 우리나라의 길거리에서도 종종 보게 되는 옷, 심지어 TV 드라마에서도 볼 수 있는 옷인 체 게바라 티셔츠를 1년 내내 입고 다닌다 해서 훌륭한 사람이 되는 것은 아니듯이.

레알 마드리드

내가 레알 마드리드의 팬이 된 것은 오직 한 선수, 지네딘 지단 때문이다.

1998년 프랑스 월드컵. 대한민국은 4회 연속 월드컵 본선 진출이라는 쾌거를 이루었다. 그러나 프랑스에서 맞닥뜨린 세계의 벽은 여전히 높기만 했다. 첫 경기인 멕시코전에서는 선제골을 넣은 뒤 3 대 1로 역전패를 당했고 네덜란드전에서는 무려 5 대 0이라는 참패를 당했다. 예선 탈락이 확정된 가운데 열린 마지막 경기, 사력을 다한 벨기에전. 가까스로 무승부를 기록한 후 머리에 붕대를 감고도 필드를 누비는 투혼을 발휘했던 이임생은 진한 눈물을 흩뿌렸다.

그 대회에서 나는 지단을 봤다. 브라질리언의 전유물이라 여겼던 놀라운 테크닉을 지닌 선수. 균형감 있는 경기 조율과 필요할 때 날리는 강슛으로 경기를 지배하는 아트 사커의 지휘자. 지단의 프랑스는 결승전에서 브라질을 3 대 0으로 물리쳤다. 비록 호나우두가 제 컨디션이 아니었다고는 해도 브라질은 브라질이었으니 그만큼 프랑스의 지단은, 지단의 프랑스는 경이로웠다. 그때부터 지단의 팬이 되었고 유벤투스의 팬이 되었으며, 그가 레알 마드리드로 이적하자마자 곧바로 유벤투스를 외면하고 레알 마드리드의 팬이 되었다.

FC 바르셀로나의 팬에게 레알 마드리드가 얼마나 매력적인 팀인지 설명하는 것은 시간 낭비다. 한마디면 충분했다.

"바르셀로나의 신념이 뭐든 간에 레알이 이겨."

인아는 펄쩍 뛰었다.

"무슨 소리야. 바르샤가 이겨."

"레알이 이긴다니까. 디 스테파뇨 데뷔전 때 레알이 오 대 빵으로 이겼지. 한 7년쯤 전에도 오 대 빵으로 이겼고."

"천만에. 바르샤가 이긴다니까. 디 스테파뇨는 50년 전 얘기야. 8년쯤 전에는 바르샤가 오 대 빵으로 레알을 이겼어. 그리고 그 20년 전에도 오 대 빵으로 이겼지. 최근 반세기 동안의 오 대 빵 전적만 봐도 바르샤가 우위에 있잖아. 그리고 레알이 이긴 것 중에는 1943년 총통배 준결승전에서 국가 안보 부장이 로커 룸까지 들어와 선수들을 협박해서 거둔 11 대 1의 기념비적인 승리도 있어. 그런 것들은 좀 빼야 되지 않겠어?"

"그런 것들 다 뺀다 해도 역대 전적에서 레알이 앞서 있어."

"그건 아니지. 어쩌다 레알이 이기기도 했지만 역대 전적에서는 분명 바르샤가 앞서 있다고요."

내가 알고 있는 한 역대 전적에서 우위를 지키고 있는 것은 레알이다. 다른 건 몰라도 축구 기록에 관한 한 서로 자기 주장을 굽히지 않을 때에는 내기를 하는 것이 축구 팬의 도리라고 할 수 있다. 나는 자신만만하게 말했다.

"정말 그렇게 생각해? 그럼 우리 내기할까?"

그녀 역시 도리를 아는 축구 팬이었다. 그녀도 자신만만하게 대답했다.

"콜."

"무슨 내기를 할까?"

"뭐든지."

"소원 하나 들어주기 하자."

"콜. 덕훈 씨부터 말해 봐. 뭘 가지고 레알이 역대 전적에서 앞선다는 거야?"

"어허. 나, 평범한 레알 팬 아니야. 지금까지 레알하고 바르셀로나하고 143회 맞붙었는데 레알이 63승 25무 55패로 앞서 있다고. 무려 8승이나 더 많이 거뒀어."

나는 의기양양하게 그녀를 바라보았다. 그녀는 눈을 동그랗게 떴다. 무슨 소원을 말할까 생각하고 있는데 그녀가 입을 열었다.

"그건 프리메라리가 전적만 그래."

"뭐라고?"

"축구 시합이 라 리가밖에 없어? 스페니시컵도 있고 챔피언스 리그도 있고 친선 경기도 있어. 그런 거 다 합치면 지금까지 바르샤하고 레알이랑 한 시합은 143경기가 아니라 221경기야. 그리고 역대 전적에서 바르샤가 92승 46무 83패로 앞서 있다고."

나는 잠시 꿀 먹은 벙어리처럼 아무 말도 하지 못했다. 그녀는 의기양양한 목소리로 말을 이었다.

"자, 내가 이겼지?"

내가 신문에서 봤던 역대 전적이라는 것이 프리메라리가 전적만 나온 거였나? 그 기사를 쓴 인간을 원망할 수밖에. 사실 원망 같은 건 조금도 들지 않았다. 그녀와의 내기라면, 그것도 축구에 관한 내기라면 지는 것이 더 즐거운 일이었다.

"소원이 뭐야?"

그녀는 해맑게 웃었다.

"소원 하나 저금해 둔 거다? 나중에 말할 테니 꼭 들어줘야 해?"

새벽이나 되어야 중계되는 유럽 축구를 혼자 보는 것은 어쩐지 쓸쓸한 일이기도 했다. 안 보는 것보다는 혼자서라도 보는 것이 낫지만. 그래도 같이 보는 사람이 많을수록 더 흥미진진하게 느껴지는 법이다. 그 시간에 축구를 같이 볼 수 있는 애인이 있으신 분? 내 주변에 그런 복 많은 남자는 없다. 오직 나밖에는.

내가 레알 마드리드의 팬이며 그녀가 FC 바르셀로나의 팬인 것은 하등의 문제가 되지 않았다. 응원하는 팀이 다르다는 것이 오히려 관전의 재미를 배가시켰다. 손꼽아 기다리던 레알과 바르셀로나의 더비 매치가 있던 날. 우리는 미리 사온 맥주를 들고 모니터 앞에 나란히 앉았다. 물론 내기를 걸었다. 레알의 지단이 먼저 한 골을 넣었다. 지단 만세. 나는 크게 웃었고 그녀는 얼굴을 찌푸렸다. 바르셀로나의 사비가 동점 골을 터뜨렸다. 그녀는 더 크게 웃었다. 경기는 무승부로 끝났다. 내 팀이 지지 않았다는 안도감. 애인의 팀도 패하지 않았다는 즐거움. 얼마나 기분 좋은 새벽녘인지. 밤을 새우고 출근하더라도 결코 놓치고 싶지 않은 행복이었다. 그녀가 내 애인이라니, 생각할수록 얼마나 자랑스러운지.

* *

레알 마드리드. 1902년, 창단할 때의 이름은 FC 마드리드였다. 스페인 국왕 알폰소 13세의 이름이 걸린 킹스컵 대회에서 4연패를 이루면서 1920년에 레알이라는 이름을 하사받았다고 한다. 스페인 어의 레알(real)이란 영어로는 로열(royal). 왕가에서 인정하는 축구 클럽이라는 의미이다.

1950년대의 레알은 국내 리그 우승을 도맡아 했을 뿐 아니라 1955년에 창설된 챔피언스컵(당시의 정식 명칭은 유로피언 챔피언 클럽스컵이었으며 토너먼트 방식이었다. 1992년부터 챔피언스 리그로 명칭이 바뀌었고 경기 방식도 지금과 같이 바뀌었다)에서 5년 연속 우승을 차지하는 등 유럽 최강의 클럽이었다. 뒤이어 70년대에도 5연패를, 80년대에도 5연패를 하는 등 자국 리그에서 최다 우승 기록을 갖고 있으며, 또한 유럽 챔피언스 리그에서도 최다 우승 기록을 갖고 있다. FIFA에서 팬들의 투표를 통해 20세기 최우수 클럽을 선정할 때 42퍼센트의 득표율로 1위를 차지하기도 했다. (2위는 득표율 9퍼센트의 맨체스터 유나이티드였다.)

2000년, 기업가인 플로렌티노 페레즈가 레알의 구단주에 당선되었다. 평생 동안 레알의 팬이기도 했던 그는 취임하면서 이렇게 말했다.

"나의 어린 시절, 디 스테파뇨와 푸스카스의 레알 마드리드는 우리에게 꿈을 주었다. 레알 마드리드는 꿈을 주는 클럽이어야 한다."

이후 페레즈는 천문학적인 이적료를 지불하며 피구와 지단, 호나우두와 베컴 등 소위 갈락티코(galáctico, 스타 플레이어)들을 영입했으며 레알 마드리드는 명실상부하게 꿈의 클럽으로 부상했다.

레알의 수많은 스타들 중에서 팀의 아이콘은 스페인의 젊은 영웅 라울 곤잘레스이며 그 때문에 라울 마드리드라고도 불리지만 내게는 어디까지나 지단 마드리드이다.

나의 영혼은 항상 그녀에게

애인 사이가 된 지 얼마 되지 않았을 때였다. 그녀는 내게 이렇게 물었다.

"덕훈 씨가 생각하는 섹스에 대한 판타지는 뭐예요?"

"섹스에 대한 판타지요?"

"음. 시트콤 「프렌즈」를 보면 로스하고 레이첼하고 그러잖아요. 로스가 소년 시절 「스타워즈」의 레이아 공주에게 환상을 가졌다고 말하니까 나중에 레이첼이 레이아 공주 분장을 하고 침대로 오잖아요. 그런 거라든지. 아니면 소설 같은 데 나오는 식으로 포르노를 보면서 하는 거라든지. 참, 책을 읽으면서 하는 영화 장면도 있었네요."

만난 지 얼마 되지 않은 사이에서 나누기에는 대담한 얘기였지만 그녀는 아주 자연스럽게 말했다. 오히려 민망해진 것은 나였다. 곧장 대답하지 못하고 말을 돌렸다.

"포르노를 보면서 하는 대목이 나오는 소설이 있어요?"

"『난장이가 쏘아 올린 작은 공』에 그런 대목이 나와요. 1970년대야 포르노가 귀했으니 재벌 2세들이나 그렇게 했겠지만 이제는 포르노가 넘쳐 나는 세상이 되었으니……."

그녀는 조금 민망한 듯 말꼬리를 흐렸다.

"책을 보면서 하는 건 어느 영화에 나와요?"

"「책 읽어 주는 여자」에 그런 장면이 잠깐 나왔던 것 같은데요. 근데 덕훈 씨의 판타지는 뭔가요?"

"왜요? 들어주려고?"

그녀는 천사처럼 웃었다.

"들어줄 수 있는 거라면 얼마든지요."

글쎄, 뭐가 있을까? 포르노에 나오는 것처럼 얼굴에 사정하는 것? 스리섬 섹스? 강간하는 롤플레잉 게임? 애널 섹스? 모두 내 취향이 아니다. 곰곰 생각해 보고는 대답했다.

"여자가 위에 있고, 남자와 여자 모두 하늘을 보는 자세요. 그 체위가 제일 흥분되는 것 같아요."

"이탈리안 샹들리에가요?"

"그게 뭐예요?"

"그 체위를 이탈리안 샹들리에라고 한대요. 그게 흥분돼요?"

"야하잖아요."

"또 다른 건 없어요?"

"음, 오럴인데, 그냥 오럴은 아니고, 음, 내가 잠이 들 때까지 그게 입 속에 있는 것, 또 아침에 일어날 때도 그 느낌으로 일어나는 것. 이상하죠?"

"하나도 안 이상해요. 두 번째야 쉽지 않겠지만, 첫 번째는 얼마든지요."

“인아 씨의 판타지는 뭔데요?”

그녀는 정을 담뿍 담은 눈으로 나를 바라보았다. 그녀의 대답은 나를 감동시켰다.

“덕훈 씨하고 하는 거죠.”

이렇게 솔직하고 사랑스러운 애인이 얼마든지 바람을 피워도 괜찮다고 하니 나야말로 행복한 사나이였다. 그러나 그 행복한 사나이의 인생에 마가 끼는 데에는 그리 오랜 시간이 걸리지 않았다. 한번 쿨하게 살아 보는 것, 상대를 독점하려 들지 않고 서로의 사생활을 간섭하지 않는 것은 결코 내게 득이 되는 일이 아니었다.

아무리 물 반, 고기 반인 낚시터라 하더라도 서툰 낚시꾼들은 빈 그물로 돌아가게 마련이다. 능란한 낚시꾼이 되려면 타고난 자질에 더해 부단한 노력이 필요하다. 아무나 바람둥이가 될 수 있는 것이 아니다. 결과를 즐기는 것은 누구나 할 수 있다. 그러나 과정마저도 즐길 수 있어야 진정한 바람둥이가 될 수 있다. 나비가 꽃을 선택한다고? 하지만 어떤 나비에게 옷을 벗어 줄지 결정하는 것은 그녀들이다. 그녀들은 남자의 유혹에 쉽사리 고개를 끄덕이지 않는다. 오히려 그녀들이야말로 마음만 먹으면 얼마든지 같이 잘 남자를 구할 수 있을 것이다. 대부분의 남자들은 유혹에 약하고 열 여자도 마다하지 않으니 말이다.

먼저 지친 것은 나였다. 처음엔 좋았다. 오늘은 이 여자, 내일은 저 여자, 주말엔 그 여자. 고작해야 한두 번에 불과했지만 1주일에 두세 명의 여자들과 데이트를 한 적도 있었다. 누구나 잠깐 반짝하고 빛날 때가 있는 법.

사실 나는 다른 여자들이 필요하지 않았다. 다른 여자를 만나고 있을 때에도 그녀 생각이 머리에서 떠나지 않았다. 그리 크지 않은 그녀의 깊은 눈은 보면 볼수록 매력적이었다. 그녀를 껴안을 때 자그마한 체구가 내 품 안에 포옥 잠겨 들어오는 느낌은, 다른 여자를 안아 본 후에야 깨달았지만, 내가 원하던 바로 그런 것이었다. 출렁거릴 일은 별로 생기지 않을 것 같은 그녀의 아담한 젖가슴은 어떤 글래머의 풍만한 젖가슴보다 아름답게 보였다. 다른 여자와 섹스를 할 때에도 오로지 그녀의 몸에서만 느낄 수 있는 감촉이 그리웠다. 그녀의 몸 안에 들어가면 마치 아주 작은 백만 개의 흡착판이 나를 빨아들이는 것 같았다. 또 아주 작은 2백만 개의 부드러운 솔기가 나를 쓰다듬는 것 같았다. 내 몸이 그 느낌을 절대 잊지 못하리라는 것을 새로 만난 여자들이 가르쳐 주었다.

그녀는 어땠을까. 그녀도 다른 남자들을 만날 때 내 생각을 했을까. 내 몸의 감촉을 그리워했을까. 아닐 것이다. 만일 그랬다면 서로의 사생활에 간섭하지 말자는 말 따위는 아예 하지도 않았을 테니 말이다.

그녀를 포기하고 원래 살던 대로 사는 것이, 평범한 애인을 만나고 간혹 다른 여자한테 눈을 돌리기도 하고, 그런 일에 약간의 죄책감을 느끼기도 하고, 미안함에 더 잘해 주려 애쓰기도 하면서 사는 것이 가장 간단하고도 현명한 방법일 것이다. 그러나 그게 가장 어려운 일이었다. 다른 여자들이야 얼마든지 정리할 수 있지만 그녀를 정리할 수는 없었다.

크루이프가 "축구공 없이는 승리할 수 없다"라고 말했듯이 축구에서 가장 중요한 것은 축구공이다. 다른 것들이야 없다 해도 축구를 할 수 있지만 공이 없으면 불가능하다. 그녀는 말하자면 축구공과 같은 존재였다. 다른 여자들은, 그녀들에게는 미안한 얘기지만, 유니폼이라거나 축구화라거나 골대라거나 뭐 그런 종류에 속한다.

* *

10년 이상 대한민국 축구의 대들보였던 홍명보. 1990년에 처음으로 태극 마크를 단 이후 A매치(정식 명칭은 International A Match, 곧 국제 A매치이다. 양국의 A급 선수들이 출전하는 국가 대항전이라는 의미이다)에 무려 135회나 출전했다. 상대 공격의 맥을 끊는 지능적인 수비와 날카로운 패스, 강력한 슈팅 등 리베로가 지녀야 할 모든 것을 갖춘 선수이다. (수비수임에도 해트 트릭을 기록한 적도 있다.) 또한 황선홍과 더불어 국내 최초로 드래프트제를 거부하는 강단을 보여 주기도 했다.

1994년 미국 월드컵 이후 세리에 A와 분데스리가의 여러 명문 클럽들이 그에게 관심을 보였지만 이런저런 이유로 모두 무산되었다. 여러 차례 세계 올스타전에 출전한 홍명보를 보고 FC 바르셀로나의 루이스 반 할 감독도 영입을 시도했지만 역시 무위로 그쳤다. 일본 축구의 슈퍼스타 나카타는 이렇게 말했다. "그는 세계 최고 레벨의 선수다. 아시아에서는 비슷한 수준의 선수조차 찾기 힘들 정도며 나 역시 홍명보의 지시를 받으며 볼을 찼다. 더 큰 무대에서 뛸 수 있었는데, 그러지 못해 아쉽다." 또 『인터내셔널 헤럴드 트리뷴』의 컬럼니스트 랍 휴즈는 이렇게 말했다. "홍명보가 만일 지금 다시 축구를 시작한다면 세계 최고의 선수가 될 것으로 확신한다. 유럽에서 백만장자가 될 수 있는 자질이 있다. 그러나 너무 늦었다는 점이 아쉬울 뿐이다."

그 홍명보가 J리그에서 선수로 활약할 때 장차 J리그의 감독이 될 생각이 있느냐는 일본 기자의 말에 이렇게 대답했다고 한다.

"일본 팀은 인솔하고 싶지 않다. 나의 영혼은 항상 한국에 있다."

홍명보 식으로 말하자면, 다른 여자는 인솔하고 싶지 않다. 나의 영혼은 항상 그녀에게 있다.

카뮈처럼

사랑에 빠지면 고통이 시작된다. 사랑의 고통이란 더 많이 사랑하는 사람의 몫이다. 내 경우에는 누가 누구를 더 많이 사랑했는가는 문제가 되지 않았다. 내가 더 많이 사랑했던 것 같지만 겉으로는 전혀 그렇게 보이지 않을 정도로 그녀는 내게 잘했다. 문제는 그녀의 사랑이 아니라 그녀의 몸이었다. 몸이라고 하니 이상한가? 그러나 어른의 사랑이란 그런 것이다.

어른이란 말은 '얼우다'라는 동사의 명사형인 '얼운'에서 나왔으며 '얼우다'는 '성교하다'라는 의미. 점잖게 말하자면 어른이란 결혼한 사람을 뜻하고 까놓고 말하자면 이성의 몸을 알게 된 이를 뜻한다. 그런 어른의 사랑에서는 누가 누구를 얼마나 더 사랑하는가의 문제만큼이나 '누가 누구와 잤는가 하는 잔인한 문제'가 중요할 수밖에 없다. 그 잔인한 문제는 사랑도 의심하게 만든다. 그리고 그에 관한 한 고통은 온전히 내 몫이었다.

그녀와 사귀면서 마음에 들지 않는 점은 오로지 하나뿐이었다. 그 유일한 단점은 다른 모든 장점을 무색하게 만들었다. 그녀의 불투명한 사생활은 달콤함 속에 숨겨진 쓰디쓴 독극물이었다. 그녀는 때때로 늦게 귀가했고 내 전화를 받지 않았다. 가끔 밤새 전화가 되지 않을 때도 있었다. 메시지를 남기고 기다리는 초조함이란 겪어 보지 않은 사람은 모른다.

그녀는 술자리에서 끝까지 남아 있는 남자와 습관적으로 같이 자는 것일까. 나하고 같이 잔 걸 보면 충분히 의심할 만한 일이었다. 나보다 매력적인 남자들은 세상에 널렸다. 그녀가 우리 회사에 다닐 때에도 그녀에게 구애하던 조건 좋은 총각 사원들이 많이 있었다. 그런데 왜 그녀는 나와 같이 잤을까. 착해서 좋다고? 착하고 성실한 남자에게 매력을 느끼는 것은 결혼을 염두에 둔 여자들이다. 그녀는 결혼에는 전혀 관심이 없었다. 이상하잖아. 섹스 파트너를 하나 더 늘리려고? 그러려면 잘 놀 것 같은 남자를 고르는 게 보통 아닐까. 이것 역시 이상하잖아. 그렇다면 구색 맞추기로? 다양한 남성 편력을 뽐내려고?

종종 참기 힘든 때가 생기곤 했다. 연락이 안 된 다음 날 그녀가 무심해 보이면 화가 치밀었다. 어젯밤에 뭐 했냐고 물어보기라도 하면 그녀의 대답은 항상 똑같았다. “술 마셨어.” 그녀는 딱히 미안해하지도 않고 변명을 늘어놓지도 않았다. 그게 더 화가 나는 일이었다.

간혹 그녀의 아파트 단지 안에 있는 조그만 놀이터에 혼자 앉아 있어야 했다. 아무도 없는 깊은 밤. 놀이터의 벤치에 앉아 30분. 그녀의 모습은 보이지 않고. 놀이 기구의 계단을 올라 미끄럼틀의 꼭대기에 걸터앉아 30분. 여전히 전화는 안 되고. 흔들다리를 왔다 갔다 하며 30분. 다음 날 출근하려면 그만 집에 가야 되는데. 아파트 입구에서 서성거리며 30분. 몇 대의 택시가 내 앞에 멈췄다가 다시 가고. 대체 어디서 뭘 하는 거야.

결국 그녀에게 화를 내고야 말았다. 피곤하다며 다음에 보자는 걸 무시하고 그녀의 집으로 찾아갔다. 그녀의 말처럼 피곤한 얼굴이었다. 피곤한 이유는? '커피 한 잔 하실래요?' 때문인가. 질투심이 불길처럼 타올랐다.

"밤새 연락도 안 되고 도대체 어젯밤에 어떻게 된 거야?"

"술 마셨어."

묻고 싶지 않은 말.

"남자하고?"

"남자도 있었고 여자도 있었어."

묻지 말아야 할 얘기.

"남자하고 같이 잔 거 아니야?"

그녀는 나를 외면했다. 재차 물어봤다.

"같이 잤냐고."

"대답해야 돼?"

"그래."

"그런 거 묻지 않기로 했잖아."

그랬지. 그러나 아무도 위반하지 않는 룰이란 없다.

"명색이 애인인데 어떻게 안 물어?"

그녀는 나를 똑바로 바라보았다.

"정말 대답을 듣기 원해?"

아니. 듣고 싶지 않았다. 그러나 약한 모습을 보일 수는 없는 노릇이었다.

"그래."

설마 했던 대답, 듣고 싶지 않은 대답, 최악의 대답이 곧바로 튀어나왔다.

"같이 잔 거 맞아."

그녀는 마치 밥 먹었느냐는 물음에 대답하는 것처럼 아주 자연스럽게 말했다. 나는 그녀를 노려보았다. 그런 대답이 나오리라고 예상하지 못했던 것은 아니지만 또 그렇게 대답하리라고 생각한 것도 아니었다. 그녀의 대답은 100점 이상으로 쌓아 올린 점수를 단번에 빵점으로 떨어뜨릴 만한 일이었다. 다른 여자가 그렇게 말했다면 욕이라도 한마디 던져 주고 미련 없이 떠났을 것이다. 그러나 그녀로부터 그런 대답을 들은 다음에는 어떻게 해야 하는지 도무지 알 수 없었다.

"알았다."

"원하는 대답을 들었으니 이제 됐지?"

"아니."

"그럼 또 뭐?"

내 입에서 나올 거라고는 상상하지 못했던 말이 튀어나왔다.

"우리 그만 헤어지자."

애인이 다른 남자와 잤다고 자기 입으로 말하는데 그래, 잘했다, 라고 말할 남자는 세상에 없다. 나는 자리에서 일어섰다. 그녀는 나를 붙잡지 않았다. 현관으로 성큼성큼 걸어 나와 신발을 신었다. 그녀는 미동도 하지 않고 앉아 있었다. 아파트 문을 쾅 소리가 나게 닫고는 엘리베이터를 타고 1층으로 내려갔다. 혹시나 해서 부근을 배회했지만 그녀는 뒤따라 나오지 않았다. 택시를 타고 집으로 돌아가는 동안, 그리고 집에 도착한 후에도 밤새도록 휴대폰만 바라보았다. 그러나 휴대폰은 울리지 않았다. 문자 메시지조차 오지 않았다. 그 다음 날도. 또 그 다음 날도. 줄곧.

* *

알베르 카뮈는 축구를 좋아했다. 카뮈가 한 살 때 그의 아버지는 전쟁터에서 사망했고 어머니가 가정부 일을 하며 생계를 꾸려 나갔다. 궁핍했던 어린 시절, 동네에서 축구를 하며 뛰어놀 때 카뮈가 택한 포지션은 골키퍼였다. 신발 밑창이 가장 덜 닳기 때문이었다. 성질이 고약했던 카뮈의 할머니는 매일 신발을 검사하고는 밑창이 닳기라도 하면 카뮈를 몽둥이로 팼다고 한다. 그래도 카뮈는 축구를 좋아했다. 알제리에서의 학창 시절에는 선수로 뛰기도 했다. 포지션은 여전히 골키퍼였다. 열일곱의 나이에 결핵을 선고받으면서 카뮈의 선수 생활은 끝났다.

1957년 노벨 문학상 수상자로 결정된 후 카뮈는 이렇게 말했다.

"인간의 도덕과 의무에 대해 내가 알고 있는 모든 것은 축구에서 배웠다."

카뮈는 호색한이자 바람둥이였다. 카뮈의 두 번째 아내 프랑신은 카뮈의 복잡한 여자 관계로 인해 고통스러운 삶을 살아야만 했다. 그녀는 남편을 이해하려 노력했지만 신경 쇠약에 시달렸고 심지어 자살을 시도한 적도 있었다고 한다. 카뮈는 자신의 바람둥이 행각이 아내에게 어떤 영향을 미치는지 잘 알고 있었다. 알고 있으면서도 반성하고 새 삶을 살기는커녕 소설에 써먹기까지 했다. 『전락』은 물에 뛰어든 여자를 구하지 못한 변호사 클라망스가 스스로를 자책하는 내용이다. '물에 뛰어든 여자'의 모델이 프랑신이라는 것을 당시 알 만한 사람들은 다 알고 있었다고 한다. 책이 나온 후 프랑신은 카뮈에게 "이 책은 내게 빚지고 있어요"라고 말했다. 카뮈는 고개를 끄덕일 수밖에 없었다.

결혼한 남자로서 간통 행위를 숱하게 저질렀던 카뮈가 축구로부터 세상의 모든 도덕과 의무를 배웠다고 말하는 것은 부적절해 보인다. 그래도 카뮈 같은 훌륭한 작가가 노벨 문학상이라는 세계적인 상을 받으면서 거창하게 했던 말이니 뭔가 근거가 있는지도 모르겠다. 만일 그러하다면 축구에는 그런 유의 도덕과 의무가 없다는 얘기다. 축구가 정녕 그런 것이라면, 우리가 축구로부터 배울 수 있는 도덕과 의무라는 것이 고작 그 정도에 불과한 것이라면, 그녀 또한 세상의 모든 도덕과 의무를 축구로부터 배운 사람일지도 모른다. 카뮈처럼.

아무 말도 하지 않았다

세상의 도덕과 의무에 무관심했던 사람이 또 있었으니 나의 아버지였다.

아버지는 호색한이었다. 카뮈를 알지도 못했는데.

아버지는 바람둥이였다. 축구를 좋아하지도 않았는데.

흔한 스토리다. 부잣집 망나니 아들 이야기 말이다. 탕아들은 재산을 말아먹기 전에는 절대로 뉘우치고 돌아오는 법이 없다. 그리고 모든 탕아들이 뉘우치는 것도 아니다. 아버지로 말하자면 재산을 다 말아먹고서도 뉘우치지 않은 사람이다.

부잣집 망나니 아들이라고 하면 할아버지가 원조였다. 얼굴 한 번 보지 못한 할아버지. 일제 시대 이야기였으니 과장이 왕창 들어갔겠지만, 한때 눈에 보이는 곳은 모두 다 우리 집안 땅이었다는 아버지의 말씀. 그렇게 땅이 많았다니. 우리 할아버지, 친일파였나? 설령 친일파였다 하더라도 적극적인 친일파는 아니었을 것이다. 재산을 지키거나 불리려 하지 않고 아편에 중독되어 가산을 탕진했다고 하니 말이다. 다만 그 정도의 재산을 가지고 있었다면 생계형 친일파라고도 할 수 없을 것이다. 자발적 친일파와 생계형 친일파의 중간 정도가 아니었을까. 어쩌면 할아버지가 권력까지 지닌 친일파가 되는 데 실패하고 좌절해서 아편을 피웠던 것인지도 모르지만.

중요한 건 할아버지가 처첩을 거느리고 살았다는 사실이다. 그 때문에 할머니는 아마 평생을 눈물로 보내야 했겠지만 똑같은 이유로 아버지는 할아버지를 부러워했을 것이다. 세상이 조금 바뀌어서 아버지는 대놓고 첩을 두지 못했다. 대신 오입에 일생을 바쳤다. 그러면서 약간 남아 있던 재산을 말아먹었다. 아버지는 한때 예식장 사장님이자 예식장이 있는 3층 빌딩의 건물주였다. 그 당시만 해도 3층 건물은 대형 빌딩으로 쳐주었다고 한다. 아버지의 오입은 3층 빌딩을 조그만 2층 상가로 바꾸어 놓았다. 그리고 그즈음에 어머니를 만났던 것이다. 두 딸을 낳아 준 부인도 있었는데 말이지. 때마침 첫 부인이 세상을 뜨지 않았다면, 그리고 어머니가 큰형을 낳지 않았다면 어머니와 결혼하진 않았을 것이다. 누구와 결혼했더라도 아버지의 아내는 마음 편하게 살진 못했을 것이다. 특정 부분에 한해서 아버지는 한결같았다. 결혼을 했다 해서, 자녀를 얻었다 해서, 집안이 망했다 해서 바람둥이 기질을 버릴 정도로 심지가 약한 사람이 아니었다.

아버지의 일관된 삶 때문에 2층 건물이 조그만 점포로, 거기서 또 월세로 바뀌는 데에는 그리 오랜 시간이 걸리지 않았다. 점포 보증금마저 말아먹은 뒤에 아버지는 택시 운전을 했다. 어머니도 이것저것 닥치는 대로 일을 해야만 했다. 아버지가 택시 운전을 선택했던 건 자가용이 귀하던 시절, 택시를 가지고 예쁜 아줌마들을 꼬셔 보려 했던 것이 아니었을까. 모르긴 해도 아버지는 사납금을 채우고 월급을 가져오는 것보다는 아줌마들을 태우고 여기저기 놀러 다니는 데에 더 관심이 많았을 것이다. 집으로 월급을 가져오는 때보다 어머니에게 용돈을 받아 가는 날이 더 많았으니 말이다.

배다른 두 누나를 본 적은 단 한 번뿐이었다. 아버지의 장례식장에서였다. 그들은 잠깐 얼굴만 비치고는 곧바로 자리를 떴다. 그들도 아버지를 싫어했을 것이다. 그리고 그들은 나의 어머니와 나의 형제들도 싫어했을 것이다. 우리 형제들이 아버지의 다른 여자들과 그녀들과 연관된 모든 것을 싫어했던 것처럼. 그때 나는 군대에 있었다. 부음 소식을 듣고 슬펐던가. 영정을 대하고 괴로웠던가. 글쎄다. 아버지에 대한 기억들은 슬픔과 맞닿아 있는 그런 종류의 것이 아니었다. 다른 형제들도 마찬가지였다. 오직 평생을 마음고생으로 보냈던 어머니만 넋을 놓고 슬퍼했다. '남편이 아니라 원수'가 세상을 뜬 것인데 그게 그렇게도 서러운 일인지 알 수 없었다. 우리는 어머니를 이해할 수 없었다.

아버지가 말했다. 사내자식은 꿈이 커야 돼. 그래서 나는 작은 꿈을 가지기로 했다.

아버지가 말했다. 법대나 상대를 가라. 그래서 나는 법대나 상대와는 가장 멀어 보이는 철학과로 갔다.

아버지를 싫어하는 세상의 아들들이란 능력이 닿는 한에서 아버지에게 저항하지만 결국 닮게 마련이다. 그것도 자신이 싫어했던 부분만. 다행인지 불행인지 아버지의 아들들 중에 난봉꾼은 없다. 적어도 내가 알기로는 그렇다. 세상은 더 많이 바뀌었고 집안에 돈은 없었으며 아버지가 우리 형제들에게 물려준 자질이란 그런 악조건 아래서는 명함도 못 내밀 정도의 것에 불과했다.

어머니의 두 딸은 난봉꾼을 혐오했다. 그리하여 그 비슷한 일이 벌어졌을 때 누나들은 참지 못했다. 애써 참으려 하지도 않았을 것이다. 두 매형이 감행한 그 비슷한 일이란, 그들의 주장에 따르면, 사실 별것도 아니었다. 다른 살림을 차린 것도 아니었고 정기적으로 만나는 애인을 만들었던 것도 아니었다. 대한민국의 직장인이라면 누구나 한두 번은 출입하는 그런 곳에 몇 번 드나든 것이 고작이었다. 아버지에 비하면 새 발의 피에 불과했지만 누나들은 그 사소한 일마저도 결코 용서하지 않았다. 두 누나는 이혼하는 것으로써 자신들의 신념을 보여주었다. 어쩌면 다른 심각한 불화가 있었던 것인지도 모르지만 내가 알고 있는 한 이혼의 전모는 그러하다.

개인사에서 어떤 사건에 대한 근본적인 원인을 어린 시절의 트라우마로 돌리는 것은 다소 무책임한 일이다. 그러나 두 누나가 이혼한 것이 아버지가 남겨 준 기억과 전혀 무관하다고는 할 수 없을 것이다.

* *

여자 문제에 휘말리지 않은 유명 축구 선수는 별로 없다. 마라도나는 친자 확인 소송으로 곤욕을 치러야 했고(마라도나는 끝까지 오리발을 내밀었으나 확인 결과 친아들로 판명되었다), 여자를 끼고 당당하게 호텔을 드나들곤 했던 마테우스의 여성 편력은 유명하며, 호나우두는 유명 매춘 조직의 고객 리스트에 오르는 등 조금 뜸하다 싶으면 여지없이 스캔들을 일으켰고, 베컴은 에이전트와의 혼외정사로 아내 빅토리아에게 싹싹 빌어야만 했으며, 올리버 칸은 임신한 마누라를 두고 나이트클럽의 스물한 살짜리 아가씨와 바람을 피우다 이혼을 당했다.

선수로서, 또 감독으로서 월드컵에서 우승을 차지한 독일 축구의 신화 베켄바우어는 10대 후반에 첫아이의 아버지가 되었지만 결혼은 다른 여자와 했고, 30대에는 사진 기자와 동거를 했으며, 40대에는 유부녀와 바람을 피운 끝에 결혼했고, 50대에는 19세 연하의 비서와의 사이에서 아들을 낳았다. 펠레도 미국에 사생아가 있다는 언론의 보도로 뒤늦게 스타일을 구겨야만 했다.

지네딘 지단으로 말할 것 같으면 그 정도의 경지에 오른 선수치고는 보기 드물게 사생활이 깨끗하다. 1991년 2월 8일, 지단은 르 샹피오나(Le Championnat, 프랑스 1부 리그)에서 첫 골을 터뜨렸다. 바로 그날 만났던 여자 베로니크와 지금까지 사이좋게 잘 살고 있다. 지단은 두 아들의 등·하교와 목욕을 책임지는 등 가정에 충실한 아버지이며, 아내와 의견 차이가 생기면 결국 아내의 뜻을 따르는 애처가이기도 하다. 그가 유벤투스에서 레알 마드리드로 이적한 이유 중 하나는 고향에서 살고 싶다는 아내의 말 때문이었다고 한다.

지단은 또한 겸손하기 이를 데 없는 성품으로도 유명하다. 세계적인 선수로 떠오른 뒤에도 스타 의식에 젖지 않았다. 꼭 필요하다고 생각하면 정치적인 발언도 서슴지 않는다. '지네딘(Zinedine)'이란 이름은 아랍어로 '신념의 아름다움'이라는 뜻이라고 한다. 지단은 이름값을 하는 사람이다. 도대체 흠잡을 데라고는 한 군데도 없다.

굳이 흠을 잡자면 사실 한 군데쯤은 있다. 1998년 월드컵 때 경기 도중 사우디아라비아의 주장 푸아드 아민을 발로 밟아 버린 일이다. 지단은 레드카드를 받고 퇴장당했다. 경기가 끝난 후 프랑스의 에메 자케 감독은 "지단은 퇴장 조치를 당해도 싸다. 축구 경기에서 있을 수 없는 무례한 행동이었다"라고 말했다. 털어서 먼지 안 나는 사람은 없다. 하니 털어 보면 몇 개 더 나올지도 모른다.

어쨌든 그 일만 제외하면 세상의 도덕과 의무와 축구와의 관계에 대해서 말하기에 가장 적합한 사람인데 유감스럽게도 그것에 대해서는 아무 말도 하지 않았다.

골키퍼들

헤어지자는 말이 입 밖으로 나온 순간부터 이미 나는 후회하고 있었다. 시간이 지날수록 후회가 깊어졌다. 룰을 위반한 것은 그녀가 아니라 나였다. 왜 그랬을까. 기왕에 참아 왔던 일, 조금 더 참지 못하고.

머리는 결과적으로 잘된 일이라고 생각했지만 심장은 머리를 비웃었다. 잘된 일? 웃기고 있네. 머리는 심장을 타일렀다. 네가 생각이란 게 없어서 그렇게 말하지만 결국엔 너도 잘된 일이라는 것에 동의할 거야. 심장이 코웃음을 쳤다. 너는 심장이 타버릴 것 같은 고통이 뭔지 모르지? 불살라지는 괴로움을 모르지? 머리가 타는 고통은 없잖아. 한참 동안 생각하던 머리가 냉정하게 말했다. 알고 싶지 않아.

한 달도 버티지 못하고 그녀에게 전화를 했다. (뭐라고? 손가락을 부러뜨리라고?)

그녀에게 말했다. 한번 만나자고. (혀도 뽑아 버리라고? 김유신도 말의 목을 쳤지, 말 등에 실었던 자기 엉덩이를 도려내진 않았잖아. 뽑거나 부러뜨린다면 휴대폰을 박살 내야겠지만, 휴대폰, 비싼 거잖아.)

나의 영혼은 항상 그녀와 함께 있다고 우겼으며 나의 심장은 그녀 없이는 안 된다고 아우성을 쳤다. 조금만 참으라고 머리가 극구 말렸지만 혼자서 둘을 감당해 낼 수는 없었다

다행히도 그녀는 약속 장소에 나왔다. 내내 그녀 생각만 하다가 실제로 보게 되니 그녀의 얼굴은 100점 이상의 아름다움으로 빛나고 있었다. 얼굴을 보는 것만으로도 심장이 요동쳤다.

"전화할 거라곤 생각하지 못했는데."

"왜?"

"남자들이 헤어진 여자한테 전화를 하는 건 주로 안 좋은 일들이 생겼거나, 새로 만난 여자가 마음에 들지 않거나, 또는 같이 잘 여자를 구하지 못해서 그러는 거잖아. 그새 여자를 사귀고 이전 애인하고 비교했을 것 같진 않고, 딱히 안 좋은 일이 생겼을 것 같지도 않고, 게다가 덕훈 씨가 그냥 한번 더 같이 자보려고 전화할 사람은 아니니 말이지."

맞다. 세 가지 모두 아니다. 내가 그녀에게 전화한 것은 오직 그녀를 사랑하기 때문이다,라고 영혼이 속삭였고 심장이 거들었다.

"그날은 내가 너무 예민하게 굴었지? 미안해. 우리, 다시 시작하자."

그녀는 고개를 저었다.

"복잡하게 얽히고 싶지 않아."

"사귀다 보면 화도 낼 수 있고 홧김에 헤어지자고 할 수도 있는 일이잖아."

"나이가 좀 들면서 인간관계에 대해 알게 된 게 하나 있는데, 원래 그런 사람이라고 생각해 버리면 모든 게 간단해지는 것 같아. 뭔가 마음에 들지 않더라도 원래 그런 사람이려니 하면 그만이거든. 마찬가지

로 누가 나에 대해 뭐라고 해도 나는 원래 그런 사람이야 하고 생각하면 그만이야. 내가 잘못한 거라면 고쳐야겠지만 곰곰 생각해 보면 사람들은 내가 잘못해서 뭐라고 하는 게 아니라 내가 싫어서 뭐라고 하는 게 대부분이야. 뭔가 마음에 들지 않는 게 있고 그걸 참을 수 없어서 덕훈 씨가 헤어지자고 했던 거잖아. 근데 나는 원래 그런 사람이야. 덕훈 씨는 원래 그런 걸 싫어하는 사람이고. 우리는 서로 맞지 않는 사람들인 거야."

"내내 잘 맞기만 하는 사람들이 어디 있어? 만나면서 맞추어 나가는 것 아니겠어?"

그녀는 또 고개를 저었다.

"덕훈 씨는 그냥 좋은 여자 만나서 결혼해."

나도 그러고 싶다. 그런데 못 잊겠는데 어쩌란 말인가. 나의 영혼이 나를 원망하고 나의 심장이 나를 탓하는데 무슨 도리가 있어야 말이지.

"플라티니가 그랬지. 축구는 미스(miss)의 스포츠라고. 모든 선수가 완벽한 플레이를 펼치면 스코어는 영원히 0 대 0이라고. 연애도 마찬가지로 미스의 게임 아니겠어? 모든 연인이 서로에게 완벽하면 더할 나위가 없겠지만 내내 좋은 때밖에 없다는 건 곧 내내 나쁜 때밖에 없는 것하고 다를 바 없잖아. 굴곡도 있어야 뭐가 좋은 건지도 알고 뭐가 나쁜 건지도 알게 되는 거잖아. 인아 씨가 원하는 그런 애인이 되어 주지 못한 건 미안해. 근데 상대방에게 실수도 하고 그러면서 서로 더 알아 가는 거잖아."

플라티니가 도와준 것일까. 그녀가 웃었다.

"하여튼, 참. 거기서 플라티니가 왜 나와?"

"삼진 아웃제로 하자. 앞으로 그런 일이 두 번 더 반복되면 그땐 인아 씨가 하자는 대로 할게."

그녀는 미소를 머금고 말했다.

"축구 룰로 해. 옐로카드 두 번이면 레드카드야. 이제 한 장밖에 안 남은 거야."

이탈리아 부동의 국가 대표 골키퍼 지안루이지 부폰. 유벤투스가 그의 영입을 위해 파르마에 지불한 이적료는 무려 4,500만 달러였다. 골키퍼로는 역대 최고이며 필드 플레이어들을 합해도 역대 5위의 금액이었다. 그는 유벤투스에 입단하자마자 세리에 A의 최소 실점 기록을 갈아 치우며 팀에 스쿠데토(Scudetto, 사전적 의미는 방패, 혹은 방패형의 물건. 리그 우승 팀에게 주어지는 이탈리아 국기 모양의 문장인데 우승 트로피를 상징하는 고유 명사처럼 사용되고 있다)를 안겼다. 현존하는 최고의 골키퍼 중 하나로 꼽히는 그는 이렇게 말했다.

"못 막을 공은 안 막는다."

못 막을 공을 왜 막으려 했을까.

페널티 킥을 150번 이상 막아 냈다는 전설의 골키퍼, 구 소비에트 연방의 레프 야신은 이런 말을 남겼다.

"사각지대는 그 어떤 골키퍼도 막을 수 없다. 그러나 나는 막을 수 있다."

야신은 좋겠다. 사각지대도 막을 수 있어서.

나는 야신이 아니었다. 사각지대에 오는 공을 막을 수 없었다.

나는 부폰도 아니었다. 계속해서 못 막을 공을 막으려 했다.

일류 문지기가 될 수 있으리라 생각했던 것은 아니었다. 다만 그녀가 나 아닌 다른 남자와 침대에서 뒹구는 상상을 하는 게 견디기 어려웠다. 아예 그런 상상을 하지 않으면 그만인데. 다른 즐거운 상상도 많을 텐데. 그러나 상상이란 의지로 통제할 수 있는 것이 아니다.

정면 공격은 옐로카드를 받는 지름길. 나는 비난의 감정을 실어서 우회적으로 말했다.

"여자가 왜 그렇게 밝혀?"

"얼마나 많이 하면 이렇게 잘할 수 있는 거야?"

"술만 마시면 아무 남자하고나 자는 건 아니지?"

그녀는 정색했다.

"나는 섹스를 좋아해. 해보니까 좋더라. 좋으니까 하고 싶더라. 내가 이상한 사람이야? 그리고 잘하는 걸로 따지자면 그게 혼자서만 잘할 수 있는 게 아니잖아. 덕훈 씨도 잘해. 덕훈 씨도 많이 해서 잘하게 된 거야? 우리가 서로 좋아하니까 그것도 좋은 거 아냐? 그리고 나는."

그녀는 잠시 사이를 두고는 다시 말했다.

"사랑하지 않는 사람하고도 같이 잘 수 있다고 생각해. 그게 이상해?"

여자야 어떤지 모르지만 내가 아는 모든 남자들은 섹스를 좋아하고 자꾸 하려고 들며 사랑하지 않는 사람하고도 섹스를 한다. 나도 마찬가지다. 생각해 보니 전혀 이상하지 않은 일이었다. 그래도 그게 꼭 그런 것만은 아니지 않겠는가.

"아무리 그래도……. 여기가 서구 사회도 아니고……. 엄연한 한국 땅에서……. 여자가……."

"여자가 뭐 어때서? 한국 땅이 뭐 어때서? 우리 조상들이 어떻게 살았는데? 삼국 시대만 해도 고대 모계 사회의 흔적이 남아 있어서 국가 제례를 여자가 맡을 정도였어. 여자의 사회적 지위가 높았다는 얘기고 그건 또 그만큼의 자유도 허용되었다는 거지. 고구려엔 서옥제라는 게 있었어. 데릴사위제인데 그것 역시 여자의 지위가 높았다는 얘기야. 신라에는 여왕도 있었잖아. 혼전 섹스가 흔했고. 유부남, 유부녀들도 프리섹스를 했지. 김유신이 여동생과의 자리를 마련해 주자 내심 '뭘 이런 걸 다' 하면서 대뜸 건드리고 입 씻은 유부남 김춘추만 봐도 알 수 있잖아. 고려 때는 또 어땠고. 기본적으로는 남성 지배 사회였지만 여자도 호주가 될 수 있었어. 족보에도 남녀를 불문하고 나이 순서대로 기재했고. 자녀들이 아버지 성만 따른 게 아니라 어머니 성을 따르기도 했다고. 신분 사회였던지라 어머니의 가문이 아버지의 가문보다 더 끗발 있는 집안이면 어머니 성을 따랐어. 출가외인이니 하는 말도 안 되는 얘긴 없었다는 의미야. 여자가 호주가 되면 나라의 근간이 흔들린다며 한사코 호주제를 붙들고 있는 지금보다 낫잖아? 호주가 될 수 있었다는 건 경제력이 있었다는 얘기고 경제력이 있었다는 건 유산 상속 같은 데에서 여자라고 차별을 받지 않았다는 의미이기도 해. 이혼이나 재혼도 상대적으로 자유로운 편이어서 경제적으로 풍족한 여자들은 몇 번이고 결혼했대."

"일부 극소수의 돈 많은 아줌마들이나 그랬다는 거잖아."

"아니네요. 그땐 냇가에서 남녀가 같이 목욕할 정도로 개방적이었어. 팔관회 알지? 그건 단순한 불교 행사가 아니라 고려 최대의 축제였는데, 전국 각지에서 수많은 사람들이 개경으로 몰려와서는 사흘 밤낮으로 축제를 벌였대. 그때 사람들이 훨씬 더 잘 놀았겠지. 축제에서 처음 만난 남자와 여자들이 자유롭게 만나서 같이 자고 그랬을 거야. 수영복 입고 만나도 바캉스 베이비들이 태어나는데 알몸으로 만났으니 오죽했겠어. 「쌍화점」을 보면 고려 사람들이 어떻게 살았는지 나오잖아. 거기 나오는 쌍화점 주인 회회아비는 아랍인이니 쌍화점이란 말하자면 아랍 식당인 거지. 요즘 식으로 말하자면 레스토랑이니, 술집이니, 가는 곳마다 남자 만나서 원 나잇 스탠드 했다는 내용인 거야. 성적으로 개방된 사회였으니 그런 가사들이 나돈 거겠지. 고려가 그런 나라야. 코리아가 그런 땅이라고. 한국 땅이라는 데가 원래 그런 데야."

"그래도……. 삼종지도라는 것도 있고……."

"덕훈 씨가 생각하는 한국이란 게 고작 조선 시대 몇백 년이 다야? 우리 역사상 여자의 지위가 가장 낮았고 여자를 가장 혹독하게 억압했던 시기인데 왜 하필 그 시기의 모럴을 우리 민족의 대표적인 모럴로 생각해야 돼? 그리고 그런 억압적인 사회에서도 할 건 다 했어. 양반들이 간통을 하도 밥 먹듯이 해대서 그걸 금하는 법까지 만들어야 했던 사회야. 그게 또 치사하게 여자들한테 훨씬 가혹한 처벌이 되었지만. 하여튼 위선적인 사회야. 공맹을 줄줄 외우는 양반들이 그러고 다녔으니 공맹에서 상대적으로 자유로운 평민들은 또 얼마나 많이들 그랬겠어. 알고 보면 우리나라는 프리섹스의 나라였다고. 우리 조상의 빛나는 얼이 억압 속에서도 이루어 낸 일이야. 오늘에 되살리는 건 당연한 거 아냐?"

말문이 막혔다.

"사학과에서는 그런 것만 가르쳐?"

"철학과에서는 그런 것도 안 가르쳐? 한다 하는 철학자들이 얼마나 프리하게 섹스했는지."

말문이 또 막혔다.

옐로카드를 받아도 할 수 없는 일이었지만, 옐로카드를 받을 만한 일도 여러 번 있었지만, 진작 레드카드를 받고 퇴장을 당했을 수도 있었겠지만 그녀는 관대한 심판이었다. 나는 싸울 때면 항상 헤어지자는 말이 목구멍까지 올라왔지만 그녀는 그렇지 않은 것 같았다. 하긴 괴로운 건 나였으니. 그렇긴 해도 레드카드를 꺼내는 것을 최대한 자제하는 걸 보면 그녀 역시 나와 헤어지고 싶어 하지 않는다는 것만은 확실했다.

* *

격리된, 외로운, 냉정한 그 역할 때문에 일류 골키퍼는 흥분에 휩싸인 거리의 꼬마들이 추종하는 흠모의 대상이 되었다. 그는 외로운 독수리이고 신비의 사나이이며 최후의 수비수이다.

나는 골문의 수호자라기보다는 비밀의 수호자였다. 팔짱을 끼고 왼편 골포스트에 등을 기댄 채 나는 눈을 감는 쾌감을 만끽했다. 나의 심장이 뛰는 소리에 귀를 기울였고 내 얼굴 위에 닿는 보이지 않는 비를 느꼈다.

– 블라디미르 나보코프, 『Speak, Memory』.

골포스트에 등을 기대어 눈을 감아야만 하는 상황. 심장은 불안하게 뛰고 내 얼굴 위에 와 닿는 빗줄기를, 아마도 산성비일 것이다, 느껴야만 하는 처지. 골문의 수호자가 되려면 골이 들어가는 것을 막아서는 안 되는 모순적인 현실. 나로 말하자면 골문의 수호자라기보다는 아이러니의 수호자일 것이다.

한 골이면 충분하다

길을 몰라서 운전대를 잡고 쓸데없이 헤매는 남자들이 수도 없이 많다. 모르면 당연히 물어볼 수도 있는 일이건만 대개의 남자들은 자신은 길을 알려 주는 사람이어야 한다고 생각한다. 그래도 혼자 다닐 때는 간혹 자동차 유리창을 내리고 묻기도 하지만 옆에 애인이라도 타고 있다면 절대로 묻지 않는다. 길을 묻는 것은 창피한 일이라고 생각하는 것이다. 또한 남자들은 여자 문제를 다른 사람과 상의하지 않는다. 남자가 오죽 못났으면, 이라는 반응을 두려워하는 것이다. 고민이 생기면 주변 사람들과 상의하는 게 당연한 일이건만 대부분의 남자들은 그건 남의 일이어야만 한다고 생각한다.

여자에게 애인이 생기면 주변 사람들은 그녀가 연애 중이라는 걸 다 알게 되지만 남자들은 아무리 연애질을 하고 다녀도 그걸 아는 사람은 정말 가까운 몇몇에 불과하다.

남자라는 게 그렇다. 이런 식의 여자 문제는 어디 가서 하소연할 수도 상의할 수도 없다. 모처럼 고등학교 동창회에 나갔다가 퍼뜩 든 생각. 혹시 이놈이라면.

영화 「러브 액츄얼리」의 한 장면. 영국 수상으로 나온 휴 그랜트가 말했다.

"베컴의 오른발은 영국의 자랑거리 중의 하나다."

축구와 무관하게 대부분의 사람들은, 특히 여자들은 베컴이 잘생겼다고 생각한다. 보통의 축구 팬들은 베컴은 외모 때문에 유명할 뿐 사실 축구 실력은 그저 그렇다고 생각한다. 베컴의 외모에 맞추어진 스포트라이트만 따라가다 보면 그의 재능을 보지 못한다.

베컴이 얼굴만 잘생겼다고? 프리 킥만 잘 찬다고? 그렇지 않다. 그는 프리 킥만이 아니라 모든 킥을 다 잘 찬다. 킥은 기본 중의 기본이다. 그리고 기본이란 가장 어려운 것이다. 효과적인 킥을 구사하기 위해서는 디딤 발의 위치만 중요한 게 아니라 무엇보다도 경기 전체를 보는 시야가 필요하다. 마라도나는 만약 자신이 다른 선수들보다 뛰어난 점이 있다면 발재간 같은 개인기가 아니라 주변을 보는 눈일 거라고 말했다. 베컴의 실력이 빼어난 외모 때문에 평가 절하되고 있다면, 적시에 적재적소에 정확하게 공을 공급해 주는 그의 재능은 프리 키커로서의 탁월한 능력 때문에 평가 절하되고 있다.

미드필드에서의 움직임을 생략하고 곧장 최전방의 공격수에게 공을 보내는, 일명 '뻥축구'는 대한민국 축구의 고질병 중 하나로 꼽힌다. 그러나 뻥축구도 훌륭한 하나의 전술이다. 뻥축구가 뻥축구라고 비난받는 것은 다른 공격 루트를 찾으려 하지 않고 오로지 전방으로 롱 패스만 날리는 단조로움 때문이며 패스의 부정확함 때문이다. 상대의 허를 찌르는 날카로운 롱 패스, 정교한 크로스가 실종된 뻥축구는 그저 상대 팀의 수비수에게 공을 넘겨주는 게 전부인, 요행을 바라는 축구가 되어 버린다.

베컴은 뻥축구를 고급 축구로 탈바꿈시키는 새로운 유형의 마법사이다. 게다가 수비력도 뛰어나서 공수가 전환되자마자 제일 먼저 재빠르게 압박을 가하는 선수가 그다. 체력적인 면에서도 모자람이 없어서 90분 내내 부지런히 뛰어다닌다. 한 골이 승부를 가름하는 경기인 축구에서 베컴 같은 선수를 기용하지 않을 감독은 어디에도 없다. 루이스 반 할 감독은 베컴의 가치를 한마디로 요약했다.

"그는 경제적인 축구를 구사하는 이상적인 선수이다."

그러나 뭐가 어찌 되었건 베컴은 잘생겼다. 계집애처럼 여린 목소리만 내지 않는다면 그야말로 완벽하다고 할 수 있다. 베컴의 높은 인기가 그의 축구 실력보다는 외모에 기인한다는 것도 사실이다. 일단 잘생기고 볼 일이다.

베컴 못지않게 잘생긴 데다가 부드러운 저음의 목소리까지 갖춘, 외적으로는 완벽해 보이는 인간 최병수. 고등학생 때 여대생을 임신시켰던 그 분야의 조숙한 천재. 중절 비용 때문에 한동안 고생하긴 했지만. 모든 이들이 애인을 인사시키기 꺼려 하는 친구. 반면 여름에 남자들끼리 어디 놀러가게 되면 꼭 있어야만 하는 친구. 여자 앞에 서기만 하면 달변이 되는 헌팅의 귀재이자 외도의 천재. 대학 시절, 그 덕분에 여자와 같이 잘 수 있었던 녀석이 한둘이 아니었다. 또한 그 인간 때문에 애인을 잃은 친구들 역시 한둘이 아니었을 것이다.

그는 동창들 중에서 가장 먼저 결혼했다. 도살장에 끌려가는 소처럼 풀이 죽어 결혼식장에 들어서는 그를 보며 친구들은 즐거워했다. 자식, 그렇게 사방에 뿌리고 다니더니, 결국.

병수가 일찍 결혼했던 결정적인 이유는 그가 건드렸던 연상의 여자가 독실한 천주교 신자인 탓이었다. 그가 뻔뻔한 얼굴로 화려한 미사여구를 동원해 가며 지우자고 설득했지만 여자는 굴하지 않았다. 낙태는 죄악이며 혼자서라도 낳아 키우겠다는 그녀에게 병수는 굴복할 수밖에 없었다. 그것도 나중에는 병수가 싹싹 빌면서 결혼하자고 했다고. 오히려 여자가 너 같은 놈은 아빠 될 자격도 없으니 다시는 연락하지 말라고 했다고. 병수가 개과천선을 맹세하고 맹세한 끝에 겨우 결혼하게 되었다고.

결혼식장에서 본 신부는 예뻤다. 그랬으니 결혼하자고 했겠지. 우리는 병수를 부러워했다. 불과 스물넷의 나이에 매일 할 수 있다니, 그것도 어여쁜 연상의 여자와. 어찌 아니 부러울 수 있겠는가.

동창회가 끝난 후 한잔 더 하자며 그를 잡아끌었다. 아주 가까운 사이가 아니라는 것 때문에 오히려 말하기가 편했다. 그간의 이야기를 간단하게 들려줬다. 그녀에 관한 이야기를 듣는 녀석의 표정은 그런 여자는 자기가 만나야 된다고 말하고 있었다. 나는 죽었다 깨나도 그녀를 보여 줄 일은 없을 테니 꿈 깨라고 말했다. 내게 필요한 것은 그런 여자를 독점하는 방법이었다.

"이런 바보 같은 놈을 봤나. 헤어져."

"그게 안 되니까 너 같은 놈한테 묻고 있는 거잖냐."

"이런 쪼다 같은 놈을 봤나. 능력이 안 되면 넘겨."

"야, 이 자식아. 죽을래?"

"이도 저도 안 되면 그냥 결혼해 버려."

"결혼?"

"그 여자가 너를 싫어하는 건 아니라며. 옛날이야기에도 나오잖아. 선녀와 나무꾼. 아이 낳고 같이 살면 끝이야."

"그 선녀, 결국 하늘로 돌아가지 않았나."

"그 얘길 그렇게 받아들이면 안 되지. 바보 같은 나무꾼이 옷 간수 못해서 그렇게 된 거고, 어쨌든 떠나기 전까지는 선녀 데리고 행복하게 잘 살았잖아. 그게 어디야."

"결혼한다고 사람이 금방 변하냐?"

"변할 거야. 특히 여자들은 더 그럴걸. 그렇게 죽도록 놀던 애들도 결혼하면 언제 그랬냐는 듯이 바로 조신한 가정주부로 변해. 잘 노는 여자가 시집 잘 간다는 말이 왜 생긴 줄 알아? 개들은 이미 놀 만큼 놀아서 놀아 봤자 별거 없다는 걸 알거든. 나도 마찬가지야. 결혼하고 나니 아무래도 눈치가 보이거든. 그래서 더 짜릿하기도 하지만. 어쨌든 이젠 시간도 없고 마누라 잔소리가 피곤하기도 하고. 아이 보고 싶어서 일찍 들어가게 되기도 하고. 오는 여자를 억지로 마다하게 되진 않아도 마구 엮으려고 하진 않게 되더라."

"그런가."

"기본적으로 남자는 변화를 추구하고 여자는 안정을 추구해. 남녀가 만나서 어느 정도 관계가 무르익으면 남자는 자꾸 다른 여자를 보고 여자는 자꾸 남자를 붙잡으려 하는 게 그래서 그래. 종족 번식이라는 게 그렇잖아. 무의식적으로라도 남자들은 자꾸 종족 번식을 하려고 다른 여자들을 보는 것이고, 여자들도 마찬가지로 종족 번식의 안정적인 조건을 갖추기 위해 남자들을 붙잡는 거지. 그러니까 일단 결혼만 하면 웬만해서는 여자가 먼저 결혼을 깨려 들지는 않을 거야."

* *

유로 2000에서 일약 세계적인 스타로 떠오른 선수 중 하나가 이탈리아의 프란체스코 토티이다. 반 박자 빠르고 정확하면서도 다채롭기까지 한 그의 패스는 일류 중의 일류로 꼽힌다. 유로 2000이 끝난 직후의 시즌에서 토티는 바티스투타와 더불어 소속 팀 AS 로마에 스쿠데토를 안겼다. 1991년 이후 세리에 A의 우승은 항상 유벤투스 아니면 AC 밀란의 차지였다. 그 외에는 이전 시즌의 SS 라치오와 토티의 AS 로마만이 스쿠데토를 들어 올렸을 뿐이다.

유벤투스는 이탈리아 최고의 클럽이다. 1929년부터 현재와 같은 방식으로 세리에 A가 시작된 이후 2002–2003 시즌까지 유벤투스는 통산 27회나 우승을 차지했다. (통산 우승 2위는 AC 밀란으로 16회 우승했다.)

축구에서 등 번호 10번은 대체로 팀 에이스의 몫이다. 펠레, 마라도나, 플라티니 같은 선수들이 10번을 달고 뛰었다.

유벤투스의 등 번호 10번은 곧 이탈리아 국가 대표 10번을 의미했다. 로베르트 바조가 그랬고 델 피에로가 그랬다. 토티는 이 전통을 깨고 대표 팀의 등 번호 10번을 자신의 것으로 만들며 이탈리아의 희망으로 떠올랐다.

그는 2002년 월드컵에서 대한민국과의 16강전을 앞두고 이렇게 말했다.

"한 골이면 충분하다."

결정적인 한 골. 결혼이 그 결정적인 한 골이 될 수 있을까. 1 대 0으로 끝나는 경기를 해낼 수 있을까.

가만. 근데 토티의 이탈리아, 과연 한 골로 충분할까.

토티가 빼먹은 게 있다. 크루이프는 이렇게 말했다.
"승리하는 건 간단하다. 상대편보다 한 골을 더 넣으면 된다."
한 골을 넣은 이탈리아는 패했고 상대편보다 한 골을 더 넣은 대한민국이 승리했다. 이탈리아의 비극은 우리의 영광이다. 1966년 런던에서 그랬듯이.

이탈리아 선수들은 격투기 선수에 가까웠다. 그들과 부딪칠 때마다 우리 선수들은 밀려 쓰러졌다. 유럽에서 다른 골들을 막아 낼 때는 그저 신기의 골키퍼로만 여겨졌던 부폰이 마지막 관문을 지키고 있는 거대한 괴물로 보였다. 그 괴물 같은 인간이 안정환의 페널티 킥을 막아냈다. 복서 출신의 스트라이커 비에리는 돌고래처럼 뛰어올라 헤딩 골을 넣었다. 뒤이어 기다리고 있는 것은 그 유명한 카테나치오. 말디니와 네스타뿐만이 아니었다. 이탈리아의 수비진은 물 샐 틈 없이 견고

했다. 종료 직전에 바늘 끝만 한 틈이 열렸고 설기현은 동점 골을 넣었다. 뒤이어 벌어진 연장전. 이영표의 크로스와 안정환의 극적인 골든골. 도저히 믿기지 않는 2 대 1 승리. 인아는 기뻐서 팔짝팔짝 뛰었다. 나도, 옆집 사람들도, 거리에 있는 사람들도, 모두 다.

이탈리아를 이기다니. 우리 선수들이 부폰이 지키는 골문에 두 골이나 집어넣다니. 델 피에로, 말디니, 인자기, 네스타, 토티, 비에리, 부폰……. 이름만 들어도 어지러울 정도로 화려한 스쿼드를 자랑하는 그 아주리 군단을 고향으로 돌려보내다니.

be the reds!

빨갱이가 되자? 설마.

거리는 온통 붉은 물결로 뒤덮였다. 붉은색. 불온의 표상. 반역의 상징. 수십 년 동안 군인 출신 대통령들이 붉은색에 덧칠했던 두려움과 공포가 일거에 날아갔다. 붉은색은 한순간에 본연의 모습을 되찾았다. 사람들은 밤새 축제를 즐겼다. 어디를 가도 응원의 박수 소리와 박자를 맞춘 자동차 경적과 대한민국을 외치는 구호 소리가 넘쳐 흘렀다.

고작 축구에서 이탈리아 한 번 이긴 게 그렇게 대단한 일이냐고? 월드컵 8강이 나라가 들썩거릴 정도로 국가적인 경사냐고?

1987년 노벨 평화상 수상자인 코스타리카의 아리아스 산체스 전 대통령은 코스타리카가 1990년 월드컵 본선에 진출하자 "노벨상 수상보다 월드컵 본선 진출이 더 기쁘다"고 말했다.

월드컵 본선 진출이 노벨상 수상보다 더 기쁘다는 사람도 있는데, 8강이잖아, 8강! 좋아 죽는 사람이 생긴다 해도 이상한 일이 아니지 않겠어?

그날 밤 흥분이 조금 가라앉은 후에 인아에게 말했다.

"다음 상대는 스페인이야. 라울도 있고 모리엔테스도 있어. 수비는 또 어떻고. 이에로도 있고 푸욜도 있어. 걔들이 얼마나 무시무시한 애들인지 알지? 우리가 또 이기진 않을 테지. 질 만한 팀에 진다고 하더라도 막상 지고 나면 나도 그렇고 인아 씨도 그렇고 기분이 썩 좋진 않을 테니까 미리 하는 말인데, 우리 결혼해 버리는 게 어때?"

그녀는 눈을 동그랗게 떴다.

"기분 좋을 때 후딱 결혼해 버리자고. 월드컵 베이비나 하나 만들자."

"청혼해 줘서 고마운 생각도 들긴 하지만, 나는 결혼할 생각이 없어."

고마운 생각이 들었다고 보기엔 너무도 빠른 대답이었다.

"내가 싫어?"

"그건 아니지만……. 덕훈 씨야 심성도 착하고, 남편감으로는 그만이지. 근데 나는 결혼하고 싶지 않아."

"왜?"

"그냥 지금 이대로가 좋아."

"나는 인아 씨하고 같이 살고 싶은데?"

"그럼 결혼하자고 말할 게 아니라 동거하자고 말해야지."

"동거?"

"꼭 결혼해야만 같이 살 수 있는 건 아니잖아."

동거에 대해 평소 찬성하는 편은 아니었지만 그런 소신 따위야 얼마든지 순식간에 바꿀 수 있다. 그녀와 결혼하기 위해서라면.

"그럼 동거부터 하자."

그녀는 또다시 고개를 저었다.

"근데 나는 동거도 싫어."

기껏 소신까지 바꾸었건만 싫다고 한다.

"왜?"

"지금 이대로가 좋아."

"지금이 뭐가 그렇게 좋은데?"

"내 한 몸만 건사하면 되잖아. 제대로 건사하지 못한다 해도 다른 사람한테 피해가 가는 건 아니잖아. 근데 결혼이라는 게 어디 그런 거야? 나 하나 책임지기도 벅찬데 어떻게 다른 사람 인생까지 내가 끌어안고 살 수 있겠어."

"짐이 두 배로 늘어나는 결혼이 아니라 반으로 줄어드는 결혼을 하면 되잖아."

그녀는 눈을 가느다랗게 하고 나를 쳐다보았다.

"어허, 이 사람이. 지금 때가 어느 땐데. 월드컵 4강에 올라가느냐 마느냐 하는 중차대한 순간인데. 치성을 드려도 모자랄 판에 일신의 안위를 추구해서는 안 되지."

그녀의 전가의 보도, '지금 이대로'. 그녀야 칼을 휘두르는 입장이니 칼에 맞는 사람의 심정이 어떠한지 모를 것이다. 나는 '지금 이대로'에 만족할 수 없었다. 그녀의 칼날을 무디게 하고 종국에는 칼자루에서 손을 놓게 만들어야 했다. '저기 앞으로' 나아가야 했다.

흔히들 결혼이란 연애의 무덤이라고 말한다. 기꺼이 동의한다. 그렇게 되기를 바라는 바이다. 그녀를 연애의 무덤으로 데리고 갈 것이다. 그녀의 다른 연애들을 죄다 무덤 속에 묻어 버리려면 결혼밖에 없다는 생각이 머릿속을 환하게 밝혀 주었다.

* *

루이스 피구는 FC 바르셀로나의 간판 스타였다. FC 바르셀로나의 서포터즈 명칭도 '피구'로 바뀔 정도였다. 그 피구를 바르셀로나의 최대 라이벌인 레알 마드리드가 사들였다. 바르셀로나가 피구의 이적에 걸었던 바이 아웃(buy out) 금액은 무려 5,600만 달러였다. 그 금액을 지불하기만 하면 클럽의 동의가 없어도 이적할 수 있다. 그만한 이적료를 주고 피구를 사들일 클럽은 지구상에 없을 것이라는 게 FC 바르셀로나의 생각이었다. 그래서 상대적으로 피구를 푸대접한 것인지도 모른다. 다른 일류 선수들에 비해 연봉이 적은 편이었으니 말이다. 나중에 피구의 연봉을 올려 주기로 합의했지만 이미 때는 늦었다. 터무니없는 이적료를 지불한 클럽이 있었으니 레알 마드리드였다.

구단주에 당선되기 전 이미 페레즈는 거액의 계약금을 걸고 사전 계약으로 피구를 꼬여 냈다. 후에 알려진 계약 내용은 자신이 구단주로 당선되면 레알로 오고 떨어지면 오지 않아도 된다는 것, 그리고 어떤 경우에도 계약금은 지불한다는 것이었다. 곧바로 피구가 레알로 이적한다는 소문이 나돌게 되었고, 이 여파로 약세를 뒤엎고 페레즈가 당선되었다. 피구는 결국 이적했다. 바르셀로나의 팬들은 피구를 향해 배신자라고 욕했지만 허를 찌르고 피구를 얻은 레알은 득의양양했다. 이기고 볼 일이었으니까.

어떤 조항이 붙어 있건 간에 그녀의 바이 아웃 조건을 충족시키는 것이 내가 해야 할 일이었다. 그녀의 값어치는 어느 누구보다도 내가 가장 잘 알고 있다. 나중에 뭐가 어떻게 되건 사전 계약을 남발해서라도 일단 그녀를 영입하고 봐야 한다.

앵커맨

나는 5남매 중의 막내이며 (5남매 위의 배다른 두 누나에 대해서는 말하지 않았다.) 아버지는 돌아가셨고 어머니는 강릉에서 큰형과 같이 살고 있으니 시댁에 대한 부담은 거의 없을 거라고 말했다. 그녀는 고개를 저었다. 나는 이미 그녀에 대해 알 만큼 알고 있으며 결혼한다고 해서 아내의 의무를 강요할 생각은 털끝만치도 없음을 강조했다. 그녀의 고개는 여전히 가로 방향으로만 움직였다. 그녀에게 헌신할 것을 약속했고 또한 특정 부분에 관해서는 전혀 신경을 쓰지 않겠다고 맹세했다. 그러나 그녀는 엉뚱한 이야기를 꺼냈다.

"모수 족이라고 알아? 중국의 소수 민족인데 윈난성에 있는 루구라는 호수 부근에 산대. 근데 거기가 모계 중심 사회야."

"모계 사회가 아직도 있어?"

"한 10년쯤 전에 TV에서 봤어. 거기 사람들은 말이지. 남자랑 여자가 서로 좋아해서 결혼하게 되면 여자의 집에 들어가서 살아. 모두들 그렇게 한대. 남자들은 집이 없는 거지. 같이 살다가 어느 쪽이건 한 사람의 마음이 변하면 상대방 앞에 나뭇가지를 내밀어. 당신에 대한 내 마음이 이렇게 나뭇잎처럼 가벼워졌습니다,라는 의미래. 그러면 둘은 헤어진대. 남자가 집을 떠나는 거야. 그러다가 또 마음에 맞는 여자가 나타나면 그 집에 들어가서 살고, 아이를 낳게 되면 여자 집에서 키워. 사내아이가 성장하면 그 또한 아버지가 그랬던 것처럼 사랑하는 여자의 집으로 들어가서 살겠지. 부부간에 불화가 생기는 건 거기도 마찬가지여서 대부분의 남자들이 떠돌아다녀."

"나보고 떠돌아다니라는 건 아니지?"

"평생 동안 같이 사는 부부들도 있대."

"것 봐라. 사람 사는 거 어디나 비슷하지. 우리도 평생 동안 함께 살 수 있을 거야."

"정확한 수치는 기억나지 않는데, 10프로도 안 된다고 했던가, 20프로도 안 된다고 했던가. 근데 그 사람들도 살다 보면 경우에 따라서는 사랑보다는 안정이 더 중요할 수 있다는 걸 모르지 않을 테니까. 평생을 같이 사는 이들 중에서도 정말 서로 사랑을 잃지 않아서인 경우는 매우 드물 거야. 모르긴 해도 대충 추정해 보면 전체의 5프로도 안 되지 않을까?"

"우리가 그 5프로 안에 들 수도 있어."

"사실 나는 1프로도 안 될 거라고 생각하지만. 어쨌든 그 정도의 비율이 금실 좋게 살아가는 부부의 가장 자연스러운 비율이 아닐까 하는 생각을 해. TV 볼 때는 그저 신기하기만 한 남의 나라 일이었는데 나이가 들수록 자꾸 그 생각이 나. 우리나라만 해도 부부간 금실이 좋다는 게 왜 자랑이겠으며 왜 감탄의 대상이 되겠어? 금실 좋은 부부로 살기 어렵다는 걸 다들 아니까 그렇겠지."

"설마 거기 가서 살겠다는 건 아니겠지?"

"한번 가보고 싶긴 한데 내가 어떻게 거기서 살 수 있겠어."

"대체 왜 모수 족 얘기를 하는 건데?"

"우리가 평생 사이좋은 부부로 살 수 있는 확률이 1프로도 안 될 거라는 얘기야."

"우리가 만날 확률은 그보다도 낮았을 테고 우리가 연애할 확률은 훨씬 더 낮았을 텐데, 이렇게 만나서 연애하고 있는 것도 생각해 봐."

"집시들은 말이지. 결혼할 때 서약을 한대. 부족의 연장자가 남편이 될 남자한테 맹세를 요구해. '이 여자를 더 이상 사랑하지 않는다는 것을 깨닫게 되면 이 여자를 떠나겠습니다.' 여자에게도 똑같은 맹세를 시킨대. 그렇게 맹세를 나눈 남자와 여자는 팔에 상처를 내고 두 팔을 같이 묶어. 두 피가 섞이고 둘은 그 이후부터 평생의 친구가 되는 거야. 어느 한 사람이 다른 사람을 떠나면 그때부터는 피가 섞인 오누이의 관계로 남게 된대."

"설마 집시가 되겠다는 건 아니지?"

"될 수 있다면 되고 싶은걸."

"정말이야?"

"내 꿈은……. 덕훈 씨는 비웃겠지만, 나도 왜 그런지 잘 이해가 가진 않지만, 고생이라곤 별로 해보지 않아서 그런 건지도 모르겠지만, 길에서 객사하는 거야. 밤새 술을 마시고 해가 뜨기 직전에 거리에서 잠들고는 다시는 눈을 뜨지 않는 거."

"그런 게 어떻게 꿈이 될 수 있어? 꿈을 바꿔."

또다시 그녀는 내 말뜻과는 전혀 다른 대답을 했다.

"그러니까 덕훈 씨는 나하고 연애만 해. 그러다가 좋은 여자 생기면 그 사람하고 결혼하도록 해."

포르투갈에서 제2의 피구가 될 것이라는 기대를 한 몸에 받고 있는 히카르도 콰레스마는 집시 출신이다. 그가 어서 빨리 세계적인 선수로 성장해서 집시의 결혼 서약 같은 건 엉터리다,라고 말했으면 좋겠다.

나는 열심히 그녀를 설득했다. 회사에 있을 때에도 틈만 나면 전화해서 결혼하자고 말했다. 퇴근해서 그녀를 만나면 결혼 얘기부터 꺼냈고 그녀가 잠들기 전까지 결혼하자고 졸라 댔다. 조금씩 그녀가 흔들리기 시작했다. 스페인전을 앞두고 삼겹살 집에서 만났던 날. 그날따라 소주가 잘 들어갔다. 나도, 그녀도. 목소리가 커졌고 발음이 꼬여가던 중이었다. 한참 동안 월드컵 얘기에 열을 올리던 끝에 그녀가 말했다.

"솔직히 말하면 나도 결혼하고 싶어."

나는 그녀의 술잔에 소주를 가득 부었다. 더 마시다 보면 결혼하겠다는 말이 나올지도 모르는 일이었다.

"아이도 낳고 싶어."

술잔을 비우라고 재촉하고 또 따라 주었다.

"그렇게 하면 되잖아."

"결혼해서 더 좋아진 사람을 못 봤는데 어떻게 그래. 결과가 너무 뻔해."

열심히 술을 따랐던 보람이 사라졌다.

"해보지도 않고 어떻게 알아?"

"나는 결혼과는 맞지 않는 사람이야."

"아, 그러니까 해보지도 않고 어떻게 아느냐고. 일단 해본 다음에 결론을 내려."

"그걸 꼭 해봐야 알아? 내가 나를 알고, 내가 한국 남자들을 알고,

내가 덕훈 씨를 아니까 하는 말이야. 나는 결혼하면 안 돼. 나도 불행해지고 상대방도 불행해질 거야."

"얼마든지 인아 씨가 하고 싶은 대로 하라니까. 뭐든지 말이야. 인아 씨가 원하는 그런 결혼 생활을 하면 되잖아. 한국 남자가 싫다면 국적이라도 바꿀까?"

"어차피 한 번 사는 인생인데 행복하게 사는 게 좋잖아. 나는 내가 행복해지기 위해서라면 무슨 일이든지 할 거야. 최대한 다른 사람에게 피해를 주지 않는 선에서 말이지. 하지만 다른 사람의 작은 피해와 내 행복이 부딪치게 된다면 나는 내 행복을 택할 거야. 내 인생을 그 사람이 대신 살아 줄 수는 없잖아. 이기적이라고 하겠지만 하는 수 없어. 그 반대로 내 자신의 작은 피해와 다른 사람의 행복이 부딪치면 나도 그 피해를 감수할 거야."

"결혼해서도 충분히 행복하게 살 수 있어. 내가 인아 씨를 행복하게 만들어 줄 수 있을지는 모르겠지만 최소한 방해하진 않을게. 인아 씨가 행복하도록 도와줄게."

"나는 한 사람만 사랑하면서 평생을 살아갈 수 있는 그런 사람이 아니야. 다른 사람들도 마찬가지겠지. 오직 한 사람만 평생 사랑하는 사람은 거의 없을 테니까. 그래도 사람들은 결혼하면 배우자한테만 충실해야 한다고 생각하잖아. 나는 그러고 싶지 않아. 나는 자연스럽게 살고 싶어. 마음이 가는 대로. 몸이 가는 대로. 굳이 결혼해서 쓸데없는 분란을 만들고 싶지 않아. 그래서 혼자 살아야 한다면 나는 그걸 감수할 거야. 아이 낳는 거는 남편이 없어도 가능하고 언젠가는 낳을 테고 혼자서라도 즐겁게 키우겠지만, 결혼은 그런 게 아니잖아."

"인아 씨가 원하는 그런 결혼을 하면 된다니까."

"지금은 덕훈 씨가 나를 좋아하니까 그렇게 말하겠지만 결혼하고 나면 달라질 거야. 좋은 감정을 유지하고 살 수 있을지도 알 수 없는 일이야. 언젠가는 감정이 식을 테고, 심한 경우에는 서로를 미워하게 될 거야."

나는 답답한 나머지 소리를 질렀다.

"아, 그러니까, 하자는 대로 다 한다고 하잖아."

* *

수비형 미드필더를 볼란치(Volante)라고도 한다. 최근에는 두 명이 볼란치로 나서는 더블 볼란치 시스템이 많이 사용되는데 역할에 따라 앵커맨과 홀딩맨으로 나뉜다. 수비형 미드필더 중에서 좀 더 공격에 치중하는 선수를 앵커맨이라 하고, 상대적으로 수비에 집중하는 선수를 홀딩맨이라 부른다. 볼란치라는 용어를 홀딩맨의 의미로만 사용하기도 한다.

히딩크는 더블 볼란치 시스템을 사용했다. 유상철과 김남일이 수비형 미드필더로 기용되었는데 유상철은 앵커맨, 김남일은 홀딩맨의 역할을 수행했다. 유상철은 적극적으로 공격에 가담하여 공수 전환 시 전방으로 볼을 중계할 뿐만 아니라 직접 중거리 슛을 날리기도 했다. 고성능 '진공청소기'인 김남일은 수비에 치중했다. 상대 팀의 플레이메이커를 집요하게 마크하여 상대의 공격 템포를 느려지게 만들었고 보이지 않는 곳에서 상대의 공격수들을 '홀딩'했다.

10년 동안 FC바르셀로나에 몸담았던 호세프 과르디올라. FC바르셀로나의 영원한 캡틴이자 앵커맨의 교과서라고 일컬어지는 그는 이렇게 말했다.

"무언가를 변화시키기 위해서는 나 자신부터 바뀌어야 한다."

나 자신부터 바뀔 것이다. 정말로 쿨한 남자가 될 것이다. 그리고 쿨한 남편이 될 것이다. 그녀를 얻기 위해서라면.

꿈은 이루어진다

2002년 월드컵에서 대한민국이 4강에 오르는 거짓말 같은 일이 벌어졌다. 맹수가 토끼에게 물린다는 게 말이 되나? 그러나 맹수를 쫓아 버리는 토끼는 더 이상 토끼가 아니며 우연도 거듭되면 필연이 된다. 히딩크 감독은 토끼를 영리하고 용맹한 사냥개로 만들었다. 포르투갈, 이탈리아 같은 맹수들이 피를 흘리며 집으로 돌아가야 했다.

8강전의 상대는 스페인. 스트라이커 라울이 부상으로 인해 선발 출장을 못했지만 여전히 스페인의 전력은 막강했다. 전반 45분 동안 슈팅 한 번 해보지 못했던 일방적인 경기였다. 또 하나의 걸출한 스트라이커 모리엔테스의 날카로운 헤딩슛은 이운재의 선방에 막혔고 신예 포워드 호아킨의 슛은 골대를 벗어났다. 데 페드로의 슛도 골문을 살짝 비껴갔으며 이에로의 헤딩슛도 크로스바 위로 솟아올랐다. 호아킨은 90분 내내 대한민국의 수비진을 유린했다. 호아킨의 크로스가 모리엔테스로 이어지면서 위기 상황을 맞았으나 슛은 또다시 골문을 크게 벗어났다. 뒤이은 호아킨의 슛은 이운재에게 막혔다. 스페인 선수들은 수많은 득점 찬스들을 모두 날려 버렸다. 우리는? 한 번밖에 날리지 않았다. 인저리 타임 때 이천수의 강슛. 경기 내내 빈둥거려야 했던 스페인의 골키퍼 카시야스가 모처럼 카메라에 모습을 드러냈다. 90분 동안 우리가 좋았던 거의 유일한 장면이었다.

설마, 설마 하면서도 이기기를 기대하기에는 우리 선수들의 몸이 너무 무거웠다. 육탄전을 방불케 할 만큼 격렬했던 이탈리아전의 후유증이었다. 실점하지 않은 것만 해도 대단한 일이었다. 경기는 연장전으로 접어들었고 결국 승부차기에까지 이르렀다. 경기 내내 단연 뛰어난 활약을 펼쳤던 호아킨의 슛을 이운재가 막아 냈고 홍명보는 침착하게 마지막 슛을 성공시켰다. 뒤이어 TV 화면 가득히 클로즈업되는 홍명보의 환한 웃음. 그녀도 홍명보처럼 환하게 웃었다. 나도, 동네 사람들도, 시민들도, 도민들도, 노동자도, 자본가도. 전 국민이 모두 다 그렇게 웃었을 것이다. 대한민국 전체가 그렇게 환하게 웃었던 것은 건국 이래 처음 있는 일이 아니었을까.

대한민국 국가 대표 팀은 설마를 현실로 만들어 냈다. 독일에 패해서 결승에 올라가지 못한 것은 땅을 칠 일이었지만, 터키와의 3, 4위전마저 진 것도 분통 터지는 일이었지만 4강이라니. 월드컵 4강이라니. 살아생전 다시는 이런 광경을 볼 수 없을 것이다.

축구에 대해 이러니저러니 해도 가장 평범하고도 심오한 진실은 바로 공은 둥글다는 것.

1950년대 초반, 헝가리는 '매직 마자르(Magic Magyars)'라는 별명처럼 마법의 팀이었다. 4년 동안 A매치에서 단 한 번도 패한 적이 없었다. 잉글랜드는 축구 종가라는 자부심으로 반세기 동안 다른 나라들을 한 수 아래로 여기며 월드컵에도 참가하지 않았다. 그 기간 동안 잉글랜드는 적어도 자신들의 홈에서는 무패를 기록하며 자존심을 지켜냈을 것이다. 하지만 1953년에 웸블리 경기장에서 헝가리는 잉글랜드를 6 대 3으로 대파하며 그들의 홈경기 무패 기록과 자부심을 깨뜨려 버렸다.

1954년 스위스 월드컵. 처음으로 출전한 대한민국이 9 대 0이라는 기록적인 스코어로 패한 것이 헝가리와의 경기였다. 헝가리는 결승에 올랐고 상대는 서독이었다. 두 팀은 예선전에서도 한 번 맞붙었다. 그 시합에서 헝가리는 8 대 3으로 서독을 이겼다. 모두가 헝가리의 우승을 예상했지만 결승전 결과는 3 대 2로 서독 승리. 가히 '베른의 기적'이라 불릴 만했다. 당시 헝가리의 대진표는 최악이었다. 강팀과 싸우며 올라온 헝가리 선수들의 체력은 바닥나 있었던 반면 서독은 주로 약팀들을 상대하며 승승장구하면서 결승에 올라왔다. 승부를 결정지은 데는 경기 외적인 요소도 컸지만 그렇다고 해서 우승컵의 주인이 바뀔 리는 없었다.

극적인 우승을 차지한 서독의 제프 헤어베르거 감독이 말했다.

"공은 둥글다."

정말이지 공은 둥글다. 아무리 이러쿵저러쿵 해도 막상 해보지 않고서는 모른다,라고 인아에게 말했다. 집요하면서도 진지한 설득에 그녀는 조금씩 무너졌다. "절대 안 돼!"에서 "안 돼!"로. "안 돼"로. 거기서 "글쎄"로. 다시 "흠……"으로.

나는 나야말로 최상의 남편감이라고 강조했다. 알 만큼 알고 있으니 불필요한 기대는 안 할 것이고 쓸데없는 간섭도 없을 것이며 무엇보다도 그녀를 진심으로 사랑하고 있으니 그녀의 행복에 누가 되는 일은 절대로 하지 않을 것이라고 말했다. 물론 내 기준에서의 행복이 아닌, 철저히 그녀의 기준에 따른 그녀의 행복이라고 친절하게 부연 설명도 해줬다.

그리고 나도 집시의 서약을 하겠다고 말했다. 그녀에 대한 마음이 식는다면 반드시 마음이 식었다고 말하고 헤어지겠다고 약속했다. 또한 결혼 생활 중에 그녀의 사생활을 절대적으로 존중하겠다고 약속했다. 설령 다른 남자와 잔다고 해도 말이다. (어려울 것 있겠나. 지금도 그렇게 살고 있는데.) 만약에 아이를 낳은 뒤 이혼하게 되는 일이 생긴다면 아이 문제는 전적으로 그녀에게 맡기겠다고 약속했다.

마구 남발한 약속들 때문인지, 공은 둥글고 대한민국도 월드컵에서 4강에 오를 수 있다는 것 때문이었는지는 알 수 없지만 마침내 그녀의 머리가 위아래로 움직였다. 팔자에도 없는 집시 흉내를 내고 모수 족 시늉을 했지만 조금도 아깝지 않았다. 나는 마냥 기뻤다. 아리아스 식으로 말하자면 월드컵 4강보다도 그녀의 결혼 승낙이 더 기뻤다.

꿈을 꾸었다. 결혼식장이었다. 나는 근사한 턱시도 차림이었다. 내 결혼식이었다. 웨딩드레스를 곱게 차려입은 그녀가 내 옆에 서 있었다. 주례가 그녀에게 물었다.

"신부는 신랑만을 평생 사랑하겠느뇨?"

그녀는 조금도 주저하지 않고 대답했다.

"에이, 무슨 말씀을 하시는 거예요? 우린 그렇게 하지 않기로 했어요. 이 사람한테 물어보세요."

결혼식장 안에 우레와 같은 박수 소리가 울려 퍼졌다. 뒤를 돌아보니 처음 보는 사람들이 열심히 박수를 치고 있었다. 그들이 누구인지

한눈에 알아볼 수 있었다. 절반은 모수 족의 여인들이었고 나머지 절반은 집시였다. 깜짝 놀라 잠에서 깨어났다. 흉몽일까, 길몽일까, 예지몽일까. 이따위 꿈은 이루어지지 말아야 할 텐데.

**

다른 사람과의 사랑을 허용하는 결혼이라면 사르트르와 보부아르가 유명하다. 서로 다른 연인들을 만나면서도 그들의 계약 결혼은 평생 동안 지속되었다. 다른 상대와의 연애 또한 평생 동안 지속되었다. 때로는 삼각관계로, 때로는 사각 관계로. 또, 때로는 별 탈 없이, 때로는 질투로 얼룩진 채.

후에 보부아르는 사르트르와의 50년 생활을 "타인의 본보기가 된다고는 생각지 않는다"라고 말하기도 했다. 남이야 뭐라고 하건 하고 싶은 대로 실컷 다 한 다음에야 말이다.

사르트르는 이런 말을 남겼다.

"축구에서는 상대방의 현존으로 인해 모든 것이 혼란스럽게 된다."

사르트르가 브라질에 갔을 때 '아라라까라'라는 지역에서 펠레와 마주쳤다고 한다. 사르트르는 강연 장소로 가는 길이었고 펠레는 경기장으로 가던 중이었다. 펠레를 본 사르트르의 동료들은 흥분했다. 사르트르만 달랑 남겨 두고 모조리 펠레에게 가서 사인을 받고 인사를 나누느라 법석을 떨었다. 그 모습을 본 사르트르가 상대방의 존재로 인해 혼란스러움을 느꼈던 것인지는 모르겠지만 어쨌든 그 후 펠레와 사르트르가 마주쳤던 모퉁이 이름이 '펠레-사르트르 코너'라고 붙여졌다고.

경기는 90분 동안 계속된다

에드손 아란테스 도 나시멘토. 어린 시절 친구들이 놀림 삼아 불렀던 펠레라는 별명은 그의 성장과 더불어 불멸의 이름이 되었다. 펠레가 불과 스무 살도 되기 전에 브라질 정부는 그를 인간 국보로 지정하고 해외 팀으로 이적하는 것을 금지시켰다. 2002년 월드컵에서 브라질을 우승으로 이끌었던 스콜라리 감독은 "많은 선수들이 '제2의 펠레'로 주목받고 있지만 또 다른 펠레는 앞으로 영원히 존재하지 않을 것이며 심지어 컴퓨터 게임에서도 펠레를 재현해 낼 수 없을 것이다"라고 말했다. 또 영국의 소설가 닉 혼비는 이렇게 말했다. "펠레가 은퇴한 후 월드컵에서 브라질이 보여 준 경기는, 제임스 본드의 자동차로 따지면 다른 신무기는 다 빼버리고 탈출 의자 한 가지만 남은 정도에 그치는 것이었다."

그 펠레가 이렇게 말했다.

"상대방보다 0.5초 빨라야 한다."

나는 빠르게 움직였다. 인아의 생각이 바뀌기 전에 모든 것을 끝내야 했다. 곧바로 그녀를 데리고 강릉으로 갔다. 그녀는 너무 서두르는 게 아니냐며 주저했지만 나는 이미 어머니에게 말씀드렸고 형제들도 다 오기로 했으며 친지에 동네 어르신들까지 모두 아는 일로 만약 약속을 어기면 우리 일가는 강릉을 떠나야 할지도 모른다고 우겼다. 고민하는 그녀의 손을 잡아끌고 강릉으로 갔다. 그녀는 망설였던 것과는 달리 막상 어머니를 대하자 공손하면서도 싹싹하게 인사를 했다. 형들 누나들을 시집, 장가보내며 자식의 결혼이란 반대해 봤자 시간과 감정만 낭비되는 일이란 걸 깨달으신 어머니는 인아를 반갑게 맞이했다. 나는 최대한 빨리 결혼할 생각이라고 말했다. 어머니는 상견례는 하고 날을 잡아야 하지 않겠느냐고 했지만 나는 날부터 잡을 거라고 우겼다. 미리 부탁했던 대로 작은누나가 거들어 주었다.

"그쪽 어른들이 여러 번 어려운 걸음 하시는 건 좀 그렇지. 그냥 하라고 해."

그러고는 작은 목소리로 어머니에게 속삭였다.

"자식 보면 부모가 어떤 사람인지 알잖아. 저 아가씨 보니 사돈 자리도 훌륭하겠네."

어머니는 아무리 급하더라도 여름이 지나고 좀 선선해지면 하라고 말했다. 나는 굳이 여름을 고집했다. 선선한 바람을 쐬면서 그녀가 생각을 바꾸기라도 하면 안 되는 일이니 말이다.

그녀의 부모님이 계신 미국까지 인사드리러 갈 수야 없는 노릇이었다. 다행스럽게도 그녀는 자신의 결혼에 전권을 행사했다. 인사는 결혼식 때 하기로 했다. 모든 절차를 간소화하거나 생략하고 넘어갔다. 함? 아메리카까지 어떻게 들고 가겠냐. 예단? 함도 안 보냈는데, 뭘. 같이 살 전셋집을 구하고 예식장만 예약하면 되는 일이었다. 가구는 쓰던 걸로. 다만 침대만 새로. 참, 책장도 새로. 가전제품도 쓰던 걸로. 다만 TV만 커다란 걸로 하나.

내 친구들은 그녀의 얼굴을 결혼식 당일에나 봐야 했다. 그녀의 친구들은? 그러고 보니 나는 그녀의 친구들을 본 적이 없다. 그녀는 나를 친구들에게 소개하지 않았다. 원래 친구가 없었나? 그녀는 이렇게 대답했다. "난 친한 친구 없어." 그럼 대체 누구랑 그렇게 술을 마셔댔던 거지? 그녀는 또 이렇게 대답했다. "정말 술을 좋아하는 사람들은 여간해서는 술친구를 가리지 않는답니다." 그런 건 아무래도 좋았다. 속전속결. 회사 일을 그렇게 신속하고 정확하게 처리했으면 금방 승진했을 것이다. 다만 야외 촬영만은 생략하지 않았다. 그녀와 내가 결혼했다는 증거를 왕창 만들어 놓아야 했다. 그녀의 반대를 무릅쓰고 수백 장의 사진을 펑펑 찍어 댔다.

결혼식 이틀 전 그녀의 부모님, 그러니까 장인, 장모의 얼굴을 볼 수 있었다. 장인은 호남형이었고 장모는 나이에 비해 자태가 고왔다. 두 분은 내게 매우 호의적이었다.

"저 아이가 결혼 얘기만 나오면 그렇게 손사래를 치더니 이제야 임자를 만났나 보네."

"제가 잘하겠습니다. 어머님."

"그래. 서로 양보하고 참으면서 아무쪼록 잘 살게."

"명심하겠습니다. 아버님."

'어머님', '아버님' 소리가 막히지도 않고 술술 나왔다. 마누라가 예쁘면 처갓집 말뚝에도 절을 하는 법. 나는 진심으로 머리를 조아렸다.

뉴질랜드로의 신혼여행. 그녀와 나 오로지 **단둘**이서만. 그것도 신혼부부로. **꿈은 이루어진다.**

말 그대로 꿈만 같은 신혼여행이었다. 퀸스타운의 스카이라인 전망대에서 바라본 하늘은 일찍이 본 적 없는 환상적인 푸른색이었다. 수많은 폭포와 깎아지른 듯한 절벽이 어우러진 밀포드 사운드도 별세계였다. 그러나 뭐니 뭐니 해도 가장 아름다운 것은 그녀였다. 가장 감동적인 정경은 내 옆에 그녀가 함께 있는 모습이었다.

로토루아에 갔을 때였다. 공연장에서 본 마오리 족의 전통 의상이나 춤에는 별 감흥이 없었는데 그들이 부르는 노래에 마음을 빼앗겼다. 귀에 익숙한 멜로디, 마음을 울리는 곡조, 「연가」였다. 나도 모르게 따라 불렀다.

처음에는 우리 가사로.

그대만을 기다리리 내 사랑 영원히 기다리리.

나중에는 그들의 말로.

에 히네 에 호키 마이 라 카 마테 아하우 이 테아로하 에.

원곡의 가사 내용은 이러하다.

폭풍이 휘몰아치는 거친 바다도

그대가 건너올 때면 잠잠해질 거예요.

그대, 내게 다시 돌아와요.

당신을 사랑해요.

편지를 썼어요. 반지와 함께 보냈지요.

사람들은 알 수 있을 거예요. 내가 얼마나 괴로운지.

그대, 다시 돌아오세요.

너무도 당신을 사랑해요.

내 사랑은 흔들리지 않아요.

뜨거운 태양도 내 사랑을 마르게 할 수 없어요.

내 사랑은 언제까지나 눈물로 젖어 있을 테니까요.

낯선 나라에서의 밤. 하늘에선 별들이 반짝거렸고 땅 위에선 아름다운 노래가 울려 퍼졌으며 옆에는 이제 막 내 아내가 된 그녀가 내게 머리를 기대고 앉아 있다. 바슐라르가 천국이 있다면 도서관 같은 곳일 거라고 말한 건 이런 밤을 경험해 보지 못한 때문일 것이다. 천국이 있다면 도서관 따위가 아니라 이런 곳일 것이다. 꼭 이런 곳이어야 한다.

"노래 참 좋다."

"응. 정말 아름다운 노래야."

"이게 마오리 노래였나 보네."

"남자 이름이 '토모아나'라고 했던가. 서른여덟의 나이에 열여덟 꽃다운 처녀 리페카를 보고는 한눈에 반해 버린 거야. 그 여자한테 지어 보낸 노래래. 1912년의 일이라던가. 이렇게 아름다운 노래를 받고 가만히 있을 여자는 없을 거야. 결국 그 둘은 결혼했지."

"그런 드라마틱한 사연이 있었구나. 어쩐지 노래가 애절하더라니."

"그 후 두 사람은……."

잠시 사이를 두고 인아가 말을 이었다.

"이혼했대."

* *

경기는 90분 동안 계속된다.

90분은 얼마나 긴 것일까.

그것은 함께하는 사람이 없다면

얼마나 긴 것일까.

그것을 누가 과연 참을 수 있을까.

– 일제 아이힝어, 「경기는 90분 동안 계속된다」.

후에 문득 생각나서 인터넷 검색창에 'Tomoana'라고 입력해 보았다. 순식간에 주르르 뜨는 웹문서들. 눈에 띄는 사이트가 있었다. 'The Dictionary of New Zealand Biography'라는 곳이었는데 토모아나의 기록을 볼 수 있었다.

Tomoana, Paraire Henare(1874/75?~1946).

1912년에 그의 나이 서른일곱, 혹은 서른여덟. 이 사람인가. 그렇게 아름답고도 애잔한 노래를 지어 부른 이가. 그러고 나서 이혼했다고 했지. 함께하는 이가 없다면 인생이란 얼마나 긴 것일까. 그는 참을 수 있었을까.

결혼

엘 클라시코

알람 소리에 잠에서 깨어난다. 눈을 뜨면 낯선 곳이다. 향긋함이 배어 있는 듯한 베개도, 넓은 침대도, 부드러운 이불도 낯설다. 작은 방에 욱여 넣는 것으로는 모자라서 안방에까지 들이게 된 책장들이 눈에 들어오면 그야말로 이상한 나라에 와 있는 것만 같다. 몸을 일으키면 심플한 화장대의 거울에 비친 내 모습이 눈에 들어온다. 잠옷 차림의 부스스한 얼굴. 30여 년 만에 처음으로 입어 보는 잠옷이다. 신혼여행을 준비할 때 아내는 잠옷 같은 건 필요하지 않다며 사지 않으려 했지만 내가 사야 한다고 우겼다. 같은 디자인의 잠옷을 입고 나란히 잠들었다 아침에 깨어나는 풍경을 기대했던 것이다. 그러나 아내는 잠옷 대신 결혼 전과 마찬가지로 반바지나 트레이닝 복 따위를 입고 자곤 했다. 그런 거나 입고 자다니. 실크 잠옷의 감촉이 얼마나 부드러운데.

방 안의 모든 것들이 다 생경하지만 기분 좋은 생경함이다. 내가 평생을 가도 읽을 것 같지 않은 책들로 가득한 새로 짠 책장들도 마음에 든다. 아내가 좋아하기 때문이다. 서랍장이 달린 화장대도 사랑스럽다. 아침저녁으로 아내의 얼굴을 비추어 주는 화장대이니 사랑스럽지 않을 수 있겠는가. 아내와 한 이불을 덮고 자는 넓은 침대가 얼마나 내 마음을 흡족하게 하는지는 두말하면 잔소리다. 이전에는 나와 무관했으나 이제는 내 생활에 들어온 이런저런 풍경들을 멍하니 보고 있으니 흡사 부자가 된 것만 같다.

영국 속담에 1주일 동안 행복하려면 결혼을 하라는 말이 있다. 겨우 1주일? 영국인들이란 인생의 단맛을 모르는 사람들이다.

그 속담은 평생을 행복하려면 정직하게 살라는 말로 끝난다. 정직하게 살면 비록 삶은 고될지라도 마음만은 행복하다는 얘기일 테지만, 정말 고된 삶이란 게 뭔지 모르고 하는 말이다. 영국인들이란 인생의 쓴맛도 모르는 사람들이다.

행복에 이르는 길은 실로 간단하다. 사랑하는 사람과 같이 사는 것이다. 문제는 사랑하는 사람을 만나는 것이 쉽지 않으며, 만난다 해도 반드시 서로 사랑하게 되는 것도 아니며, 서로 사랑하게 된다 해도 같이 살게 되기까지는 지난한 과정을 거쳐야 한다는 것이다. 그런 점에서 나는 행운아다.

회사에서는 승진을 해서 과장이 되었고 팀장을 맡았다. 시간이 흐르면 누구나 과장으로 승진할 수 있지만 아무나 팀장이 되는 것은 아니다. 요는 내가 회사에서도 인정을 받는 유능한 직원이라는 사실. 그리고 집에는 (팀장이 된 걸 그리 대단하게 생각하지 않는, 그럼에도 불구하고) 사랑스러운 아내가 있다. 모든 것이 만족스러웠다. 아내는 곧 순풍이었고 돛이었다. 유유히 흘러가는 배 위에서 따뜻한 바람에 몸을 맡기는 느낌. 꿈같은 나날이, 하루하루가 아까운 나날이 지나갔다.

아내는 알뜰한 살림꾼이었다. 10원짜리 동전 하나도 허투루 쓰는 법이 없었다. 단, 술값과 책값만은 예외였지만. 그리고 그 예외들이란 10원짜리 동전을 모으는 걸로는 감당이 안 되는 것이었지만. 어쨌든 그 외에는 매우 알뜰했다. 대형 마트의 편리함을 뒤로 하고 재래시장에서 장을 보는 여자였다. 농수산물에 관한 한 재래시장이 대형 마트보다 훨씬 싸기 때문이었다. 그렇게 술을 마셔 대면서도 꼬박꼬박 붓고 있는 적금 통장이 몇 개나 있다는 것은 놀라운 일이었다.

축구 경기에서 가장 중요한 시간대는 시작 직후와 종료 직전이다. 그 시간대에 집중력을 잃는 것은 치명적이다. 경기 내용만을 놓고 보면 초반이 더 중요하다. 초반에 득점하면 경기를 쉽게 풀어 갈 수 있지만 실점하면 경기가 끝까지 꼬이게 마련이다.

옛날 옛적, 선녀는 아이를 셋이나 낳고도 하늘로 올라갔다. 하물며 요즘 같은 세상에 혼인 신고를 했다고 해서 잡힌 물고기가 되는 것은 아니다. 그렇다면? 네 골 이상 넣어야 하나?

임신은 쉽게 되지 않았다. 틈만 나면 밤낮을 가리지 않고 그렇게 뭔가를 했는데도 말이다. 꼭 임신 때문에 열심히 한 것은 아니었다. 백만 개의 미세한 흡착판과 2백만 개의 부드러운 솔기가 주는 절정의 느낌 때문만도 아니었다. 아내의 몸 안에 들어가면 쌓인 피로가 풀렸다. 그녀와 한 몸이 되었다고 생각하면 그지없이 행복해졌다.

결혼한 뒤에 우리는 더욱 대담해졌다. 정확하게 말하면 내가 대담해졌다. 아내는 장소를 가리지 않았고 나는 아내를 마다하지 않았다. 집 안의 모든 곳에서. 카섹스의 명소라 소문난 곳들을 찾아가 자동차 안에서. 차를 타고 지나가다가 눈에 띄는 으슥한 교외에서도. 어른이란 그걸 하는 사람이라고 말했던가? 우리는 어른이니 어른답게 행동했을 뿐이다. 이런 건 걸려 봤자 경범죄에 불과하다. 기껏해야 즉심에 넘어갈 뿐이고 벌금 몇만 원만 내면 그만이다. (벌금을 내는 것도 사실 억울한 일이다. 우리는 부부이다. 요즘처럼 저출산이 문제가 되는 시기에 2세를 만들기 위해 열심히 노력하는 우리 같은 부부에게는 표창장이라도 줘야 하는 것 아닌가.)

아내가 물었다.

"당신은 어디가 제일 마음에 들어?"

"밖에서 하는 게 스릴이 있긴 하지만 영 불안해. 나는 그저 집에서 편하게 하는 게 제일 좋더라. 당신은?"

"아직 해보진 못했지만……."

아내가 탐낸 장소는 엉뚱하게도 국회였다. 국회라면 주로 싸움질하는 와중에 간간이 법을 만드는 곳이 아닌가. 하필이면 그 난장판에서?

"왜?"

"재밌잖아."

"그게 뭐가 재미있어? 공공장소에서 하는 게 좋아? 그리고 다른 데도 많은데 왜 하필 국회냐고."

"성공하기만 하면 대한민국 국회에서 벌어진 일 중 가장 생산적인 일로 기록될 거야. 그건 적어도 아이를 생산하는 일이잖아."

섹스를 정치적으로 이용하는 것에는 반대했지만, 죽기 전에 언젠가는 국회 의사당의 푸른 잔디 위에서도 꼭 한 번 하자고 아내와 약속했다.

그러다 걸리면?

이건 좀 다른 경우다. 벌금의 액수가 훨씬 크다. 공공장소에서의 성행위는 형법 245조, 공연음란죄로 징역 1년 이하 또는 벌금 5백만 원 이하의 처벌을 받는다.

아내를 위해서라면 5백만 원쯤이야.

(만약에 걸릴 경우를 대비해 적금 하나 들어 놔야겠다. 아내는 국회에서도 능히 내 허리띠를 풀어 버리고도 남을 사람이니.)

늦은 가을. 누캄프를 가득 메운 관중들은 레알 마드리드의 유니폼을 입고 나온 피구를 향해 야유를 퍼부었다. 누캄프의 수용 인원은 11만 8천 명. 거대한 야유가 필드 안으로 쏟아졌다. 관중들은 손에 들고 있던 샌드위치, 과일, 술병 들을 마구 던져 댔다. 나중에는 자전거 체인과 심지어 돼지 머리까지 경기장 안으로 던졌다.

"뭐야. 피구가 아무리 레알로 왔다고 해도 저건 너무하잖아. 얼마 전까지만 해도 한 식구였는데. 교양 있다고 자랑하고 다니는 팬들이 어디 저래서야 되겠어?"

누캄프조차 카탈루냐 어식으로 '캄누'라고 부르며 자신의 정체성을 공고히 했던 아내는 가소롭다는 듯 피식 웃었다.

"원래 한 식구가 갈라서면 남남보다 못한 법이야. 그리고 피구는 배신자야. 바르샤에서 우승했을 때 머리카락을 바르샤의 색깔인 빨강과 파랑으로 물들이고 레알을 조소하기까지 했어. 또 바르샤의 주장이기도 했다고. 여러 차례에 걸쳐 이적하는 일은 결코 없을 거라고, 자기를 믿으라고 말하기도 했지. 거짓말만 늘어놓다가 이적한 거잖아. 욕먹을 만도 하지. 거, 돼지 머리를 던져도 교양 있게 던지는구먼. 돼지 머리까지 들고 온 정성이 갸륵하기만 하네."

그들에겐 배신자였겠지만 내 관점에서 보면 레알 마드리드의 구세주에 가까운 피구는 주눅 들지 않고 열심히 뛰었으며 경기는 0 대 0으로 비겼다.

이듬해 봄. 레알 마드리드의 홈구장 산티아고 베르나베우. 언제나처럼 거친 경기였다. 누군가 공을 잡았다 하면 곧바로 태클이 들어갔다. 크고 작은 파울이 난무했고 심판의 휘슬 소리가 경기 내내 끊이지 않았다. 선제골은 바르셀로나에 몸담은 적이 있었던 호나우두의 몫이었다. 나는 벌떡 일어나 열렬히 박수를 쳤다. 아내의 얼굴이 딱딱하게 굳었다. 15분 뒤, 레알에 몸담은 적이 있었던 바르셀로나의 루이스 엔리케가 동점 골을 넣었다. 이번에는 아내가 벌떡 일어나 환호했다. 경기는 1 대 1 무승부로 끝났다. 우리 부부의 소원 들어주기 내기 역시 무승부로 끝났다.

* *

연고지가 같은 팀끼리 펼치는 경기를 더비 매치(Derby Match)라고 한다. 무려 12개의 팀이 있는 런던에서는 아스날과 토튼햄 핫스퍼의 북런던 더비가 유명하고 이탈리아에는 밀라노 더비, 혹은 마돈니나 더비라 불리는 AC 밀란과 인터 밀란의 경기가 있다. 같은 연고지를 가진 팀끼리의 경기 외에도 전통의 라이벌끼리의 경기에도 더비 매치라는 칭호를 붙여 준다. 이탈리아에서는 세리에 B로 떨어진 적이 한 번도 없는 유이(唯二)한 클럽인 유벤투스와 인터 밀란의 시합을 이탈리아 더비라고 부른다. 1980년대 이후 AC 밀란이 인터 밀란을 압도하는 성적을 거두면서부터는 유벤투스와 AC 밀란의 대결도 이탈리아 더비라는 명칭을 얻게 되었다. 특히 스페인에서의 레알 마드리드와 FC 바르셀로나의 오랜 대결은 클래식 더비라는 고유 명사로 일컬어진다. 그쪽 말로 하자면 엘 클라시코 데르비.

우리는 엘 클라시코 커플이라 할 수 있지 않을까. 그 때문에 만나게 되었고 결혼에까지 이르렀으니까. 처음에는 점수를 따기 위해 바르셀로나의 선수들을 칭찬했지만 그건 본심이 아니다. 결혼은 결혼이고 축구는 축구다. 비록 내가 아내의 팬이지만 그렇다고 바르셀로나의 승리가 기꺼운 것은 아니다. 가령 일본 사람과 결혼했다고 해서 한일전에서 일본을 응원할 수야 없는 노릇 아니겠는가. 마찬가지로 일본인 배우자에게 대한민국을 응원해야 한다고 강요해서도 안 되는 일이다.

나의 팀이 패하지 않았다는 것이 다행스러운 일인 만큼 이기지 못했다는 것 역시 아쉬운 일이다. 아내 역시 마찬가지였다. 우리 부부는 천생연분이다.

결국 독일이 이기는 스포츠

아내의 유일한 단점. 다른 모든 장점들을 무색하게 하는 바로 그것. 순풍 끝을 잡고 따라오는 매서운 칼바람. 돛폭 한 귀퉁이에 나 있는 결코 메워지지 않을 것 같은 구멍 하나.

아내는 가끔 휴대폰을 받지 않았고 때때로 새벽에 귀가하곤 했다. 아내를 계약직 사원으로 고용하는 회사들은 왜 하나같이 회식이 잦은지 알 수 없는 일이었다. 아내가 일부러 그런 회사와만 계약하는 것도 아닐 텐데 말이다. 그리고 아내의 친구들은 왜 다들 새벽까지 술을 마셔야만 하는지 그것도 이해할 수 없는 일이었다. 아내가 일부러 그런 친구들만 사귈 수도 있는 일이긴 하지만 술 친구들과 어울릴 때 결코 나를 부르는 법이 없다는 것도, 아내의 친구들 중 내가 연락처를 아는 사람이 아무도 없다는 것도 이해할 수 있는 일은 아니었다. 그거야말로 갑갑한 일이다. 밤늦게 아내가 전화를 받지 않으면 연락해 볼 곳이 아무 데도 없으니 말이다.

그러나 나는 아내의 사생활을 가급적 간섭하지 않았다. 아내의 늦은 귀가에도 불평하지 않았다. 아내는 원래 그런 사람이니까. 나와는 무관한 자기만의 인간관계를 유지하고 싶어 하는 사람이니까. 그런 사람인 줄 알고 결혼했으니까. 계속 그렇게 살도록 해주겠다고 약속했으니까. 쿨한 남편이 되기로 마음먹었으니까.

하지만 쿨한 남편이라 해서 화내지 말라는 법은 없다. 그리고 나는 한번 한 약속은 목에 칼이 들어와도 지켜 내는 그런 터무니없이 훌륭한 사람은 못 된다. 아내가 새벽녘에야 들어왔던 수많은 날들 중 가장 최근의 어느 날, 기어이 화를 내고야 말았다.

"지금이 대체 몇 시야!"

아내는 조금도 위축되지 않고 태연하게 대답했다.

"4시 반이네. 할증 시간 끝나자마자 총알처럼 달려왔지."

앙증맞게도 한마디를 덧붙였다.

"나, 잘했지?"

아내가 입을 열자 확 풍겨 오는 술 냄새로 미루어 보아 적어도 "커피 한 잔 하실래요?"라는 말은 하지 않았을 것이다.

"잘하긴 뭘 잘해. 지금까지 어디서 뭐 한 거야?"

"문자 보냈잖아. 술자리라고. 늦을 거라고."

"정말 술만 마신 거야?"

"글쎄. 알고 싶어?"

아내는 곧바로 대답하지 않고 되물었다. 설마 '커피 한 잔'을 해버렸단 말인가?

내친걸음으로 인해 인생을 망친 사람은 수도 없이 많지만 그 반대의 경우는 드물다. 그럼에도 불구하고 관성의 법칙 때문에 어느 한쪽으로 치닫게 될 때 그 한쪽이란 항상 좋지 않은 쪽이다. 다른 남자와 잤다는 말을 그녀에게서 듣는다는 건 죽기보다 싫은 일이었지만 내친걸음이었다.

"그래. 정말 술만 마신 거야?"

"아니."

비명을 삼켰다. 입 안에 고인 침도 삼켰다. 마음을 가라앉히고 재차 물었다.

"그럼?"

아내의 얼굴에 장난기 어린 웃음이 피어올랐다.

"안주도 먹었지."

나는 안도의 한숨을 내쉬었다. 아내의 말이 거짓이라 해도 다행스러운 일이었다. 아내가 다른 남자와 잤다고 말한다 해도 내가 어떻게 할 수 있는 일이 아니다. 아내를 두들겨 팰 것도 아니고 헤어질 것도 아니다. 그저 나만 괴로울 뿐이다. 그래도 외박 안 하는 게 어딘데.

나는 아내를 믿지 않는다. 결혼 전 나와 연애하면서도 그녀는 틈틈이 다른 남자들과 같이 잤을 것이다. 그 수가 얼마나 되는지 나는 모른다. 결혼한 이후에 아내가 다른 남자들과 잤는지도 알 수 없다. 그럴 수도 있고 아닐 수도 있다. 다른 건 몰라도 그 점에 관한 한 나는 아내를 신뢰하지 않는다. 그러나 신뢰와 결혼 생활과는 또 별개의 문제다.

사랑하지도 않는 배우자와 같이 살 수 있는가? 있다. 수많은 사람들이 그렇게 살고 있다. 내 친구들, 직장 동료들, 찾아보면 수도 없이 많다. 마찬가지로 신뢰하지 못하는 배우자와도 얼마든지 같이 살 수 있다. 사랑하지도 않으면서 같이 사는 것보단 이게 좀 나은 일 아닌가. 그리고 나는 그녀를 신뢰했기 때문에 결혼한 것이 아니었다. 아내를 신뢰하지는 않지만 나는 아내를 사랑한다.

잡힌 물고기에 먹이를 주지 않는 이유는 바로 상대방이 잡힌 물고기임을 믿기 때문이다. 어떤 면에서 보면 전적인 신뢰가 꼭 바람직한 것만은 아니다. 식어 빠진 사랑을 에둘러 표현할 때 신뢰라는 말을 사용하는 경우도 많으니 말이다. 조금 이상한 얘기지만 아내가 믿을 수 없는 여자일수록 나는 그녀를 사랑할 수밖에 없다.

"당신은 왜 여태 안 자고 있었어? 밤새 뭐 했어? 지금까지 잠도 안 자고 나 기다린 거야?"

뭐 하긴. 마누라가 다른 남자 품에서 뒹구는 상상을 했지. 그리고 그런 일이 일어나지 않기를 빌었지.

"그냥. 잠이 안 와서."

"내일 출근은 어떻게 하려고?"

"이제 자야지."

"얼른 자자. 내가 재워 줄게요."

아내는 나를 침대로 이끌었다. 어둠 속에서 내 옷을 모두 벗기고는 모로 눕게 했다. 이윽고 등에 와 닿는 포근한 느낌. 뭉클한 감촉. 아내의 젖가슴은 따뜻했다. 아내는 뒤에서 나를 껴안고는 내 목덜미에 입맞춤을 하면서 내 어깨를 부드럽게 쓸어 내렸다. 한참 동안. 아무 일도 없었다는 듯. 아무 일도 없을 거라는 듯.

* *

프로 선수로 뛰는 동안 단 한 번도 경고와 퇴장을 받은 적이 없는 필드의 신사 게리 리네커. 그는 잉글랜드 국가 대표 선수로 80경기의 A매치에 출전했으며 48골을 기록했다. 특히 1986년 멕시코 월드컵에서는 해트 트릭을 달성하는 등 발군의 활약으로 팀을 8강까지 이끌었고 대회 득점왕을 차지했다.

리네커는 이런 말을 남겼다.

"축구는 22명이 공을 따라 이리저리 뛰어다니지만 결국 독일이 이기는 스포츠다."

독일은 월드컵이나 유로 대회 같은 메이저 대회에서 유난히 강한 면모를 보였다. 1970년부터 1992년까지 월드컵과 유로 대회는 모두 열두 번 열렸는데 그중 독일이 결승에 오른 것은 무려 여덟 번이나 된다.

이 시기가 독일 축구의 전성기였다. 그리고 분데스리가는 1980년대 초반까지 세계 최고의 리그였다. 차범근이 분데스리가에서 활약했던 바로 그 시기이다. 차범근이 골을 터뜨리면 경기장의 전광판에는 차범근이라는 이름 석 자가 한글로 선명하게 새겨졌고 그걸 본 교민들은 눈물을 흘렸다고 한다.

차범근은 아인라흐트 프랑크푸르트에서 UEFA(유럽축구연맹)컵 우승을 차지하는 등 뛰어난 활약을 펼쳤다. 그는 분데스리가에서 손에 꼽힐 정도로 고액 연봉을 받았던 최정상급 선수였다. 후에 팀이 재정적인 곤란을 겪게 되면서 차범근은 레버쿠젠으로 이적했다. 그는 레버쿠젠에서도 또 한 번 UEFA컵 우승을 차지했다. 레버쿠젠의 경기장에는 그날 차범근이 우승컵을 높이 들어 올리던 사진이 전시되어 있다.

서독의 스포츠 전문가인 티터 큐어튼은 "차범근이 서독 국적이었다면 대표 팀 공격 문제가 완전히 해결됐을 것"이라고 말했으며, 차범근의 프랑크푸르트 시절 감독이었던 부흐만은 "나한테는 차붐이 루메니게보다 더 소중하다"라고 말했다고 한다. 실제로 독일에서는 차범근의 귀화를 추진하기도 했다. 차범근은 거절했고 1986년 멕시코 월드컵에서 태극 마크를 달고 뛰었다.

리네커가 그렇게 말한 것은 그가 독일의 영원한 라이벌인 잉글랜드의 선수이기 때문이다. 사돈이 땅을 사도 배가 아픈 법이다. 필드의 신사라도 예외는 아니었다. 대회만 열렸다 하면 자신들은 죽을 쑤는 판인데 별로 잘하는 것 같지도 않은 라이벌 팀이 우승입네, 준우승입네 하며 떠들썩하니 심기가 편할 리 없다. 리네커는 독일이 실력 이상의 성과를 낸다고 빈정대고 싶었던 것이다.

그러나 실력 이상의 성과를 내는 것이야말로 독일 축구의 저력이다. 경기 내용에서도 이기고 승부에서도 이기는 것이 브라질 축구라면, 경기 내용에선 우세하지만 승부에서는 지고 마는 것이 스페인 축구이고, 경기 내용에서는 밀리더라도 결국 승부에서 이기는 것이 독일 축구이다. (이탈리아는? 경기 내용과 무관하게 여간해서는 지지 않는 축구를 한다. 단점이라면 여간해서는 끝까지 이기지 못한다는 것이다. 대한민국은? 경기 내용과 무관하게 강한 정신력으로 승리를 추구하는 정신력의 축구라 할 수 있을 것이다. 다른 축구도 할 수 있다는 것을 2002년에 전 세계에 보여 줬지만 월드컵이 끝나자마자 곧바로 정신력의 축구로 회귀했다. 이런 축구의 강점은 특정 상대에게는 통한다는 것이다. 한일전이나 1990년대 이전의 남북 대결 같은. 단점이라면 수로 특정 상대에게**만** 통한다는 것이다.)

우리의 부부 싸움이란 해봤자 결국 아내가 이기는 그런 싸움이다. 어쩌다 내가 우세한 양상으로 전개된다 해도 승리는 항상 아내의 몫이다. 나로서는 이에 대해 빈정댈 생각은 털끝만큼도 없다.

남자들이란

약속 시간에 겨우 10분 늦게 왔을 뿐인데 병수 앞에 놓인 소주병은 거의 비어 있었다. 불판에는 까맣게 타버린 삼겹살이 널려 있었다. 사람들이 웃고 떠드는 소리로 시끄러운 술집 안에 그 혼자만이 침통한 얼굴을 하고 있었다. 아무 일 없는데도 만날 만큼 친한 사이는 결코 아니니 무슨 일이 있긴 할 것이다. 아니나 다를까, 그렇고 그런 얘기 끝에 그는 자신의 아내가 바람을 피웠다고 털어놓았다. 그 예쁘게 생긴 연상의 여자가?

"천주교 신자라며? 그래서 낙태도 안 했다면서 바람을 어떻게 피워? 잘못 알고 있는 거 아냐?"

그는 볼멘소리로 대꾸했다.

"바람피우는 데 종교가 무슨 상관이 있어. 아니다. 상관이 없는 건 아니지. 그 남자 놈이 어릴 때부터 성당 친구였다니."

하긴 어린 시절에 봤던 TV 드라마 「가시나무새」에서 리처드 챔버레

인도 결국 매기와 같이 잤고 그녀를 임신시켰다. 종교와는 무관하게. 독신으로 살아야 했던 신학자 아벨라르도 엘로이즈를 임신시켰다. 역시 종교와는 무관하게.

"그 남자도 유부남이야?"

"아니."

"첫사랑의 남자라도 되나 보네."

"알게 뭐야."

"그래서 이혼이라도 하자고 해?"

"아니. 잘못했대. 용서해 달래."

"그럼 뭐가 문젠데?"

"아, 바람을 피웠다니까."

"그래도 이혼하자는 건 아니라며?"

"그래."

"그럼 뭐가 문제가 되는 거냐고. 용서해 달라고 한다면서? 그럼 용서하면 되잖아."

"그게 용서가 되는 일이냐. 마누라가 바람을 피웠는데 어떻게 같이 살아?"

"야, 인마. 넌 바람 안 피웠냐? 따지고 보면 용서받을 놈은 너 아니냐? 그리고 용서받지 못할 놈도 너 아니냐? 너는 뭘 해도 괜찮고 와이프는 그러면 안 되는 거야? 겨우 한 번 바람 피웠다고 용서를 못해? 에라, 이 자식아."

같은 남자지만 왠지 괘씸했다. 자기는 마음대로 바람피우면서 마누라는 그러면 안 된다? 그는 동병상련이라는 생각에 내게 말했겠지만 나는 그와 다르다. 나는 어느 정도는 쿨한 남편이 되었으며 언젠가는 완전히 쿨한 남편이 될 예정이니 말이다. 이미 약간의 내성도 생겼다.

아내가 다른 남자와 자는 것 정도로는 녀석처럼 이혼이니 뭐니 하면서 호들갑을 떨진 않을 것이다.

"남자랑 여자랑 같냐?"

"뭐가 다른데?"

"남자는 원래 다른 여자들에게 눈을 돌릴 수밖에 없지만 여자는 안 그래."

그 말이 제발 진실이었으면 좋겠다. 그러나 전혀 사실이 아니라는 것을 경험상 나는 알고 있다. 이제는 내 마누라가 된 그 여자가 산증인이다.

"누가 그랬는데?"

"쿨리지 효과라는 것도 있잖아."

미국 30대 대통령이었던 쿨리지가 아내와 함께 양계장에 갔다. 아내가 말했다. "수탉은 하루에도 수없이 교미한대요." 그러자 쿨리지가 관리인에게 물었다. "항상 같은 암탉과 하나?" 관리인이 대답했다. "아닌데요."

쿨리지 효과는 수컷의 바람기가 천성적이라는 것을 보여 주기는 하지만 암컷이라 해서 바람을 피우지 않는다는 것을 입증하지는 않는다. 다양한 종의 생물들 중에서 조류만이 대개 일부일처 위주로 번식한다. 그럼에도 불구하고 최소 10퍼센트에서 최대 40퍼센트까지의 조류들이 혼외 수컷들의 자식이라고 한다. 요는 바람을 피우는 데 있어서 암수가 따로 없다는 것.

"사람인데 실수할 수도 있는 거지. 그냥 용서하고 잊어버려."

"그게 용서가 될 일이야? 도저히 용서가 안 된다."

"자업자득이고 인과응보야. 와이프 탓만 하지 말고 너도 이번 기회에 회개하고 과거를 청산해라. 그러고 다시 잘 살아 봐."

"야, 이 자식아. 기껏 하는 말이 그 여자 편을 드는 거냐."

"누구 편을 드는 게 아니라 너는 수십 번 외도해도 괜찮고, 네 와이프는 단 한 번 그러는 것도 용서가 안 된다느니 어쩌느니 하는 게 어불성설이라는 거야."

"그게 그 여자 편을 드는 게 아니고 뭐냐. 네 와이프가 바람을 피워도 그렇게 말할 수 있어?"

"나? 나를 왜 끌어들여? 그리고 나는 아직 바람을 안 피웠으니 용서를 운운할 수 있지만 넌 아니잖아."

병수가 아무리 괴로워하더라도 어차피 남의 일이다. 병수가 아내를 용서하고 다시 잘 살건 이혼해 버리건 나와는 무관한 일이다. 쉽게 말할 수 있는 남의 일. 그리하여 우리가 친구들에게 해주는 충고란 무책임한 말들의 나열일 뿐이다.

"그렇게 용서할 수 없다면 그냥 이혼해 버려."

"그게 또 쉬운 일이어야 말이지. 애들도 있는데."

병수는 긴 한숨을 내쉬었다. 그러고는 문득 생각났다는 듯 물었다. 아마 내 얼굴을 보자마자 제일 먼저 묻고 싶었을 것이다.

"너는 요즘 어때? 네 와이프는 이제 다른 남자들 안 만나지?"

나도 긴 한숨을 내쉬어야만 했다.

"과연 그럴까 싶다."

햄릿은 이렇게 말했다.

"약한 자여, 그대 이름은 여자이니라."

햄릿이 지칭했던 여자란 삼촌과 결혼했던 그의 어머니였지만 사람들은 어쨌든 남자에 비해 여자가 약하다고들 생각한다. 그러나 남자는 여자보다 더 약하다.

생산력의 관점에서 보면 남자가 우월하다. 하지만 남자가 절대적으로 우월했던 것도 육체적 힘을 필요로 하던 먼 옛날 수렵 시대나 농경 시대의 이야기일 뿐이다. 여자의 생산력은 점점 남자에 근접해 가고 있으며 육체적인 힘의 우위가 생산력의 우월성을 담보해 주지 못하는 세상이 되었다.

신은 적어도 태초에는 공평했는지, 혹은 세상이 이렇게까지 바뀔 것이라고는 간파하지 못했는지 외적으로 강한 남자에게 약한 내면을 주었고 신체적으로 약한 여자에게는 강한 내면을 주었다. 그리하여 배우자가 바람을 피웠을 때 일반적으로 남자들이 훨씬 더 고통스러워한다.

남자들이 더 고통스러워할 수밖에 없는 또 하나의 이유는 남자와 여자의 사회화 과정이 다르다는 데에 있다. 대개의 여자들은 10대 중반에 이르면서부터 사랑의 시뮬레이션을 수도 없이 경험한다. 순정 만화와 로맨스 소설이 그녀들의 텍스트이다. 또한 여자들은 연애할 때, 이별할 때, 그리고 남자 친구가 바람피울 때, 그 모든 일들을 친구들과 공유한다. 이랬어. 어머. 저랬어. 저런. 이래야 돼. 정말? 저래야 한다니까. 깔깔. 그리하여 여자들의 머릿속에는 이미 사랑에 관한 수십 개의 시나리오들이 완성되어 있으며, 또한 각각의 시나리오마다 배역과 연기의 색깔이 어느 정도 설정되어 있다. 즉 그녀들에게는 수십 가지의 대처 방안이 이미 정리되어 있는 셈이다.

남자들은? 10대 중반에 이르면서부터 스포츠 만화나 무협지를 보며 영웅에 대한 환상을 키운다. 가까운 친구들과의 대화는 욕설이 절반을 차지한다. 그 속에 연애 이야기가 들어갈 자리란 없다. 사랑에 대한 시뮬레이션? 없다. 애인이 바람을 피운다고 친구가 고민하면? "술이나 마셔"라고 말해 준다. (오쟁이를 지다니, 쪼다 같은 놈!) 자신의 배우자가 바람을 피운다면? 그럴 리가 있겠나. (생각한 적도 없다니까.) 막상 일이

닥치면? **왜 나야!**

* *

FC 바르셀로나의 팬들이 가장 좋아하는 선수는 카를레스 푸욜이다. 매너도 좋고 실력도 뛰어난 선수여서 그렇겠지만 가장 큰 이유는 그가 카탈루냐 출신이라는 점일 것이다. 팔은 안으로 굽으니 말이다.

대한민국과 스페인의 월드컵 8강전에서 우리의 왼쪽 측면 공격은 사라졌다. 경기 내내 단 한 개의 크로스만 올라갔을 뿐이다. 그 자리를 지키고 있었던 스페인의 수비수가 바로 푸욜이다. 실력도 실력이지만 그는 매너가 좋기로도 유명하다. 경기가 끝난 후 스페인 선수 중에서 유일하게 그만이 설기현과 유니폼을 교환하며 격려의 말을 건넸다. 또 어느 경기에서는 상대편 선수에게 뺨을 맞았지만 보복하는 대신 오히려 흥분해서 달려온 동료들을 제지하기도 했다.

한 인터뷰에서 만약에 애인이 바람을 피운다면 어떻게 할 것이냐는 질문에 매너 좋고 인간성 좋기로 소문난 푸욜은 조금도 망설이지 않고 이렇게 대답했다.

"당장 헤어질 겁니다."

매너가 좋건 나쁘건, 남자들이란 다 똑같다.

태클보다 백만 배쯤 좋은

아내는 그 후에도 계속 늦게 들어왔다. 아내는 회사 일이 많아서 그렇다고 말했고 나는 고개를 끄덕여 주었다. 아내의 입에서 술 냄새가 났던 날들도 많았다. 고개가 조금 갸웃거려지긴 했지만 그러려니 했다. 술 냄새가 전혀 나지 않았던 날들도 많았다. 내심 웃으며 그러려니 했다. 나는 나날이 쿨한 남편이 되어 가고 있었다.

프로젝트 계약 기간이 끝나던 날 아내는 파김치가 되어서 들어왔다.

"이번 프로젝트는 너무 힘들었어. 걸핏하면 철야 작업이야. 마지막 날까지 야근하기는 또 처음이네."

"저런. 마지막 날인데 회식 안 하고 야근했어?"

"다른 사람들은 회식 자리 갔고 내 파트에서 문제가 생겨서 나만 일했지. 일 끝내고 전화해 보니 회식도 끝났대. 어쨌든 다 끝나서 후련하다."

"고생 많았나 보네. 이참에 그냥 들어앉아 버려. 당신, 살림도 잘하잖아? 아까운 재능 썩히지 말고 전업 주부 해라.”

아내는 배시시 웃었다.

“그것도 좋지.”

퇴근해서 집에 가보면 아내가 있었다. 다음 날도, 그 다음 날도, 또 그 다음 날도. 나는 퇴근 시간만 되면 쏜살같이 집으로 달려갔다. 먹다 남은 된장국에 식은 밥을 말아 먹는다 해도, 집에서 아내와 같이 먹는 저녁은 회식 자리의 어떤 산해진미와도 바꿀 수 없는 것이었다.

아내가 설거지를 하면 나는 청소기를 돌린다. 그릇 달그락거리는 소리와 청소기 돌아가는 소리의 섞임이 듣기 좋다. 마치 보이지 않는 곳에서 소리들이 사랑을 나누고 있는 것만 같다. 세탁기가 다 돌아가면 같이 빨래를 널고, 빨래가 다 마르면 같이 빨래를 개킨다. 할 일이 없으면 소파에서 아내의 무릎을 베고 누워 TV를 본다. 아내가 책이라도 읽으면 또 그 옆에 누워 빈둥거린다. 살아가는 일의 즐거움이란 로또 같은 데에 있는 것이 아니라 아내의 옆 자리에, 아내의 무릎에 있다.

팀장님, 회식 한번 안 합니까? 뭐, 좀 더 있다가 한번 제대로 하지. 팀장 회식이요? 저기, 오늘 제가 몸이 좀 안 좋아서요. 대학 친구들 모임 있다고? 난 오늘 안 될 거 같아. 일이 많아서 야근해야 돼. 고등학교 동창들 모인다고? 저런, 어떡하냐. 그날 나 출장이야.

거짓말이 술술 나왔다. 사방에 거짓말을 해대고는 곧바로 집으로 달려갔다. 아내가 있는 집, 아내가 기다리고 있는 집, 즐거운 나의 집.

한 달이 지나도록 아내는 계속 집에 있었다. 1주일에 두세 번은 술에 취해 새벽에 들어왔지만, 그 외에는 줄곧 집에만 있었다.

“정말 전업 주부 할 거야?”

“왜? 그렇게 하면 좋겠어?”

“그럴 생각은 있어?”

"글쎄. 밀린 책들이나 읽으면서 집에 있는 것도 좋긴 하지만, 당분간만 쉴 거야. 돈 벌어야지."

아내의 당분간은 두 달을 넘기지 못했다. 아내는 다시 일을 시작해야겠다며 내게 물었다.

"이번 일은 경주에서 하는 건데 어떻게 할까?"

"경주? 거긴 너무 멀다. 안 돼."

"멀긴 멀지. 근데 페이가 너무 좋아. 거의 두 밴데?"

"가지 마. 서울에서 할 수 있는 일도 많잖아."

"1년짜리 프로젝트야. 1년 금방 가잖아. 빨리 집도 사야 할 거 아냐."

"집이야 1년쯤 늦게 사도 되잖아. 거기밖에 일이 없대? 다른 에이전트 없어?"

그쪽 업계의 에이전트. 수수료를 받고 프로그래머들과 업체를 연결시켜 주는 인간. 예전에 아내를 우리 회사와 연결시켜 준 것은 고마운 일이었다만 왜 지금 시점에서 머나먼 경주의 일거리를 아내에게 주는가. 망할 자식 같으니.

나는 아내를 보내고 싶지 않았다. 아내를 믿지 못하는 건 사실이지만 그 때문만은 아니었다. 아내가 옆에 없는 생활은 생각하고 싶지 않았다. 컴퓨터를 붙잡고 일하는 아내의 모습보다는 식사 준비를 하는 아내의 모습이 훨씬 더 좋고 다림질을 하는 아내의 모습이 훨씬 더 아름답다. 바람을 피우더라도 내가 모르게 피우면 그만이다. 새벽에 들어오더라도 아내가 집에서 자는 게, 잠에서 깨어날 때 내 옆에 있는 게 더 좋다.

결혼이란 뿌리를 내리는 것이다. 연애가 이벤트라면 결혼은 일상이다. 연애할 때는 주로 그녀의 젖가슴과 사타구니에만 관심이 집중된다. 결혼하고 나면 연애할 때 몰랐던 것들을 알게 된다. 아내의 허벅지를 베고 누우려 들면 아내는 귀이개를 가져온다. 아내의 손에 귀를 맡기고 아내의 무릎을 어루만지는 것이 얼마나 기분 좋은 일인지. 성욕과는 무관하게 이루어지는 스킨십이 얼마나 따뜻한 느낌인지.

10여 년의 객지 생활을 겨우 청산한 지금 아내가 경주로 간다는 것은 내게 다시 객지 생활이 시작되는 것과 같다. 평온한 일상이 무너진다는 얘기와 다를 바 없다.

아내는 자신의 뜻을 굽히지 않았다. 하필이면 왜 경주인가. 설마 신라 여자처럼 살고 싶어서 그런 건 아니겠지. 나는 마지못해 고개를 끄덕였다.

"당신이 생각하기에 경주에 가는 것이 좋을 거 같으면 그렇게 해."

그날 밤 아내는 내 귀에 대고 속삭였다.

"당신하고 결혼하길 참 잘한 것 같아."

그 말 한마디에 고무된 나는 주말에 아내와 함께 경주로 내려갔다. 결혼하길 잘했다는 생각이 드는 남편의 모습을 보여 주기 위해.

경주. 고등학교 수학여행 때 단 한 번 가본 곳. 그나마도 친구들하고 밤새 노느라 낮에는 비몽사몽인 상태로 돌아다녀서 기억나는 게 거의 없었다. 모든 풍경이 낯설었다. 즉시 입주가 가능한 원룸부터 구했다. 이미 인터넷으로 몇 군데를 점찍어 둔 터였다. 아내는 다 돌아보고 난 뒤 제일 처음에 봤던 방을 계약했다. 신축 건물이라 깔끔했고, 기본 집기들도 마련되어 있었다. 설마 여기가 경주의 남자들이 하룻밤 머물러 가는 그런 곳이 되진 않겠지? 불길한 생각을 떨쳐 버리려고 고개를 흔들었다.

경주에서 하룻밤을 자고 이튿날 시내 곳곳을 돌아다녔다. 발에 치이는 게 유적지였다. 천 년 전의 무덤들, 천 년 전의 유물들. 천 년 전이라니, 생각해 보면 신기한 일이다. 나의 아버지가 나를 낳고, 나의 할아버지가 아버지를 낳고……. 그렇게 한 4, 50대쯤 거슬러 올라가면 신라 땅에 살았던 조상이 나올지도 모른다. 아니면 중국의 어느 곳에 살았던 조상이 나올 수도 있고 혹은 북방의 초원에 살았던 조상이 나올지도 모르지만, 어느 곳에서 살았건 남자로 태어나 여자를 만나고 아이를 낳았겠지.

"경주 좋네. 시내도 그렇게 번잡하지 않고 보문단지도 참 좋다. 나도 이쪽에 직장 구해서 여기서 그냥 살아 버릴까?"

"나야 좋지. 빨리 알아봐라."

정말 그래 버릴까 하는 생각도 들었지만 그렇게 하진 못했다. 한번쯤은 그럴 수도 있겠지만 번번이 아내의 직장을 따라 이동할 수는 없는 일이다.

막상 주말 부부로 살아 보니 그것도 나쁘지는 않았다. 아내는 금요일 밤에 서울로 올라와 일요일 밤차로 내려갔다. 온전히 1주일을 함께 보내는 것만은 못하지만 그럭저럭 지낼 만했다. 주중에 보지 못하는 만큼 주말이면 불타올랐다. (다른 여자들에게 눈을 돌리지 않는 성실한 남편이 주말 부부로 살게 되면 다시금 젖가슴과 사타구니에 관심이 집중되기 마련이다.)

주말에 모임이 있다는 전화가 오면 거짓말을 하는 나날이 이어졌다. 주말에 모이기로 했다고? 나 출장이야. 서울에 없어. 어머니 생신이야. 강릉 가야 돼. 아버지 기일이야. 숙부가 별세했어. 사돈의 팔촌이 세상을 떴어.

아내가 집에 왔다 다시 내려갈 때까지 나는 그녀 옆을 떠나지 않았다. 가끔 내가 경주로 내려가기도 했다. 천 년 고도 경주의 밤을 뜨겁게 달구러.

제법 달궜지. 아마.

* *

1990년대 맨체스터 유나이티드와 잉글랜드 국가 대표의 미드필더였던 폴 잉스. 거친 플레이로 상대의 공격을 차단하며 강력하게 미드필드를 장악했던 선수로 유명하며 흑인으로서는 최초로 잉글랜드 대표 팀의 주장 완장을 차기도 했다. (지금은 설기현과 함께 울버햄튼의 선수로 뛰고 있다.) 그는 1998년 프랑스 월드컵 때 이런 말을 남겼다.

"나는 섹스보다 태클을 더 사랑한다. 태클을 할 때 상대편 선수가 내지르는 비명이 너무 좋다."

나로 말할 것 같으면 태클 따위보다는 아내와의 섹스가 백만 배쯤 좋다. 아내의 입에서 새어 나오는 달뜬 신음 소리와 고혹적인 비명 소리가 너무 좋다. 비단 주말 부부이기 때문에 그런 것만은 아니다.

선수 교체

주말 부부가 된 지 반년쯤 지났을 때였다. 이제 반년밖에 남지 않았다? 아직도 반년이나 남았다? 나야 물론 후자다. 부부는 같이 살아야 한다. 우리처럼 사이좋은 부부에게 떨어져서 사는 일은 고통이다. 사실대로 말하면 나처럼 아내를 사랑하는 남편에게는 아내와 떨어져서 사는 일이 고통이다. 아내는? 주말에 나를 보면 반색을 하지만 나처럼 힘들어 보이진 않았다. 경주에서 있었던 일들을 즐겁게 떠들어 대는 걸 보면 오히려 주말 부부 생활에 만족하는 것처럼 보이기도 했다.

그런데 어느 순간부터 아내의 말수가 부쩍 줄었다. 그러면서도 집안일은 허술하게 하지 않았다. 한 주 동안 내가 엉망으로 만들어 놓은 집은 주말이 되면 반짝거렸다. 나는 적극적으로 가사 노동에 힘을 기울이기 시작했다. 주말만이라도 아내가 쉬다 갈 수 있도록. 아내는 고마워했지만 여전히 말이 별로 없었다. 객지 생활에 지친 것 같았다.

"많이 힘들어?"

"아니. 괜찮아."

"경주까지 왔다 갔다 하려니 힘들지. 그 회사 당장 그만둬라."

아내는 그저 미소만 지을 뿐이었다.

어느 주말이었다. 아내는 산책하러 나가자고 말했다. 동네를 한 바퀴 도는 동안 아내는 아무 말도 하지 않았다. 이따금 내가 묻는 말에 "응", "아니"라고 짧게 대답할 뿐이었다. 집으로 돌아온 후에도 아내는 침울한 기색이었다. 저녁을 먹으면서 무슨 일이 있느냐고 물었지만 아내는 묵묵부답이었다. 뭔가 이상했다. 수저를 내려놓고 아내의 눈을 가만히 들여다보았다. 아내도 고개를 들고 나를 응시했다. 결심했다는 듯 아내는 입을 열었다. 목소리는 나직했지만 폭탄선언이었다.

폭탄 하나.

"나, 사람 생겼어."

"뭐라고?"

폭탄 둘.

"나, 좋아하는 사람 생겼어."

오 마이 갓. 좋아하는 사람이 생겼다고 그녀가 말했다. 그렇게 말할 정도면 이미 여러 번 같이 잤을 것이다. 같이 잔 것 이상으로 깊은 사이로 발전했을 것이다. 그냥 몇 번 자고 말 남자였으면 아예 얘기하지도 않았을 테니.

"그래?"

나는 온몸에서 힘이 빠져나가는 것을 느꼈다. 항상 어딘지 불안했던 느낌이 현실로 되었으니 더 이상은 불안할 것이 없었다. 오히려 담담했다.

"언제 알게 된 사람인데?"

"알게 된 지는 오래됐는데……. 예전에 같이 일했거든. 이번 프로젝트 하면서 다시 만났어."

묻는 쪽이 괴로운 질문.

"정말 그 사람이 좋아?"

"응."

묻는 쪽이 처참해지는 질문.

"같이 잤어?"

"응."

"그 사람을 사랑해?"

묻는 쪽을 절망하게 하는 대답.

"응."

지푸라기 하나.

"당신이 결혼한 여자라는 거 그 사람도 알아?"

"응."

지푸라기 둘.

"그래도 괜찮대?"

"응."

어떤 남자인지, 어떻게 만났는지, 얼마나 많이 같이 잤는지 따위를 캐묻고 싶은 마음을 억눌렀다. 올 것이 온 것이다. 잠시 나무꾼의 집에 머물던 선녀가 이제 그녀가 왔던 곳으로 돌아가야 할 때가 온 것일 따름이다.

TV 드라마에서라면 반드시 나올 법한 대사. 주인공이 분노에 찬 표정으로 눈을 치켜뜨고 이렇게 말한다.

"당신이 어떻게 나한테 그럴 수 있어."

나의 경우에는 맞지 않는 대사다. 아내는 나한테 충분히 그럴 수 있는 사람이다. '어떻게 그럴 수 있'는 일을 할 수도 있다고 이미 결혼 전에 여러 번 말했다. 그런 일이 생긴다면 서로 좋게 보내 주자고 약속까지 했다. 모수 족처럼. 집시처럼.

살아오면서 내가 해왔던 수많은 말들 중에서 가장 멋있으면서도 가장 참담한 말이 내 입에서 나왔다.

"나는 당신이 행복해지는 데 방해가 되고 싶지 않아. 우리 이혼할까?"

그토록 사랑했던 (것이 틀림없어 보이는) 토모아나와 리페카도 이혼했다. 영화배우 김지미는 사랑하기 때문에 헤어진다는 말을 남기고 이혼했다. 엘리자베스 테일러가 자살까지 시도해 가며 붙잡았던 리처드 버튼, 두 번이나 결혼했지만 두 번 다 헤어졌다. 사랑해서 결혼한 두 사람이 영원히 행복하게 살았다는 이야기는, 수천 년 동안 수십 억 명의 사람들이 그래 왔듯이, 내 것이 아니었다.

불안한 침묵. 아내는 한숨을 내쉬었다. 어색한 정적을 깬 것은 나였다.

"하나 물어보자. 그놈이 뭐가 그렇게 좋은데?"

"글쎄. 종일 그 사람 생각만 하는 건 아니야. 다른 건 아무것도 보이지 않을 정도로 빠진 것도 아니고, 죽도록 사랑해서 그 사람 아니면 안 된다고 생각하는 것도 아니야. 다만 그 사람하고 있으면 미래가 보이는 것 같아."

"미래? 나하고는 미래가 없는 삶을 살았던 거냐?"

"그런 게 아냐. 내가 말하는 미래라는 건 아파트 평수에 대한 얘기가 아냐. 아이를 몇을 두어야겠다는 얘기도 아니고 추상적인 얘기지만,

내 삶의 방식이 유지되고 발전하는 것에 대한 전망 같은 거야."

"그게 무슨 사랑이야?"

"그 사람을 알면 알수록 나를 알게 되는 것 같아. 그 사람도 마찬가지고. 어떻게 보면 그 사람에 대한 사랑이 아니라 그 사람을 통해 알게 되는 나에 대한 사랑인지도 몰라. 그렇다고 해서 나만 사랑하게 되는 건 아니야. 나 자신을 사랑하게 만드는 그 사람도 사랑하게 되는 거지. 미묘한 얘기지만 어쨌든 그것도 사랑이야. 나한테는 아주 중요한 사랑이야."

"그럼 나는?"

"당신이란 사람에 대한 사랑이지. 당신은 매혹적이면서 선한 남편이니까. 곰곰 생각해 봤는데 그 사람을 사랑하는 게 맞아. 나는 그 사람을 사랑해. 그런데 말이지. 나는 여전히 당신을 사랑해."

엥? 그 폭탄, 불발탄인가? 꺼져 가던 불씨가 확 일어났다.

"그게 무슨 얘기야? 둘 다 사랑한다고? 그래서 어쩌자고?"

"나는 당신하고 헤어지고 싶지 않아. 하지만 당신이 이혼을 원하면 그렇게 해."

뭐? 나보고 폭탄을 던지라고?

"내가 이혼을 원하면 그렇게 하라니. 내가 원하지 않는다면 이혼하지 않아도 된다는 거야?"

"그래."

공은 내게로 넘어왔다? 선수 교체의 권한도 내게로 넘어왔다?

"그럼, 그렇게 해. 결혼 생활을 유지하면서 당신이 하고 싶은 대로 그놈을 만나면 되잖아. 그러다가 때가 되면 정리하고, 그러면 되겠네. 그런 걸 허락받을 필요는 없잖아. 내가 하라는 대로 할 사람도 아니면서. 나한테 말하지 말고 그냥 그렇게 하면 될 일을. 말하지 말지 그랬어. 모르는 게 나은데."

마침내 나는 쿨한 남편이 되고야 말았다. 세상의 어느 남편도 이렇게 쿨하진 못할 것이다. 나는 병수와는 다르다. 나에 대한 아내의 애정이 변하지 않는 한 나는 그녀를 구속하지 않을 것이다. 설령 다른 애인을 둔다고 해도 말이다. 그러나 아내의 표정은 달라지지 않았다.

"그렇게 간단한 게 아니야."

"간단하지 않다니? 이미 충분히 복잡한데 더 복잡할 게 남아 있어?"

"나, 그 사람하고 결혼하고 싶어."

역시 그런 거였다. 원점으로 돌아왔다. 첫 번째는 비극이고 반복은 희극이다. 나는 맥이 빠진 목소리로 희극 배우의 역할을 충실하게 이행했다.

"그럼 그렇게 해. 이혼하면 되잖아."

"당신하고 이혼하고 싶지 않아."

"그러면?"

반문과 동시에 뇌리에 뭔가가 섬광처럼 스쳐 지나갔다. 설마. 설마. 에이, 설마.

* *

감독의 작전이 시합을 좌우하는 야구와는 달리 축구에서는 감독이 경기에 개입할 수 있는 여지가 제한되어 있다. 경기의 흐름을 원하는 대로 가져가기 위해 감독이 행사할 수 있는 유일한 방법은 선수 교체뿐이다. 교체할 수 있는 선수는 단 세 명.

지난 월드컵에서 안타까웠던 일 중 하나는 윤정환의 모습을 필드에서 볼 수 없었다는 것이다. 대한민국 최고의 플레이메이커인 윤정환.

한 템포 빠른 그의 감각적인 패스는 우리나라에서는 보기 드문 뛰어난 것이었고 그의 플레이는 대한민국 축구의 수준을 높여 놓았다. 그의 재능을 아낀 올림픽 대표 팀의 비쇼베츠 감독과 소속 팀인 부천 SK의 니폼니시 감독은 수비를 강화하면서 윤정환이 마음껏 뛸 수 있도록 배려했지만 다른 국가 대표 감독들은 그를 꺼렸다. 몸싸움에서 밀리고 체력이 부족해 보인다는 이유로. 히딩크 감독 체제의 월드컵에서 그는 철저하게 소외되었다. 단 한 경기에도, 단 1분도 출전하지 못했던 것이다.

비쇼베츠 감독은 윤정환을 중용했고 히딩크 감독은 그를 외면했다. 잘했느니 못했느니 하는 것은 결과론적인 얘기일 뿐이다. 그 문제로 감독을 탓할 수는 없다. 선수 교체는 어디까지나 감독의 고유 권한이다. 기용되지 못한다 해도 어쩔 수 없다. 교체되어도 할 수 없는 일이다.

골키퍼를 두 명 다 기용하는 선에서 마음대로

한때 라디오를 틀기만 하면 흘러나왔던 메리 맥그리거의 히트곡. 그녀는 이렇게 노래했다.

다른 남자가 있어요. 나는 그를 사랑해요.
하지만 그렇다고 해서 당신을 덜 사랑한다는 말은 아니랍니다.
그 남자도 자신이 날 소유하지 못한다는 걸, 앞으로도 그럴 수 없다는 걸 알아요.
하지만 맘속엔 단지 그 남자만이 채울 수 있는 빈자리가 있어요.
두 남자 사이에서 갈등하는 내가 바보처럼 느껴져요.
두 사람 모두를 사랑하는 것은 룰을 깨는 거잖아요.
내게 다른 남자가 있다고 해서 나를 얻지 못했다 생각지 말아요.
당신은 내 첫 번째 진실한 사랑이에요.
당신을 사랑한다고 했던 그 모든 말들은 모두 진실이에요.

어느 누구도 내가 당신에게 드렸던 부분을 차지할 수는 없어요.

당신이 나를 떠난다 해도 당신을 비난할 수는 없겠지요.

하지만 당신에게 떠나지 말아 달라고 하고 싶어요.

– 「Torn Between Two Lovers」 by Yarrow & Jarrell, 1976.

아내가 두 사람 모두를 사랑한다고 해도 이해할 수 있다. 설령 세 사람을 사랑한다고 말해도 그러려니 할 것이다. 나에게 애정이 있는 한 다른 남자가 있다는 이유로 아내를 떠날 생각은 없다. 이 정도면 세상의 어떤 남자들보다 쿨한 것 아닌가. 그러나 아내가 바라는 것은 그 이상이었다.

"당신하고의 결혼 생활을 유지하고 싶어. 그리고 그 사람하고도 결혼하고 싶어."

"말도 안 돼!"

내 목소리는 비명에 가까웠다. 아내는 차분한 목소리로 되물었다.

"그게 왜 말이 안 돼?"

왜 말이 안 되긴. 그건 단순히 룰을 위반하는 것이 아니다. 설령 레드카드를 받는 파울이라 하더라도 그것은 룰 안에서의 파울일 뿐이다. 배우자를 두고 다른 애인을 만드는 것은 어디까지나 결혼 제도 내에서의 사소한 위반에 불과하다. 그러나 아내는 룰 자체를, 제도 자체를 깨뜨리려 하고 있다. 아니, 결혼을 깨자는 건 아니니 결혼 제도의 확장인가? 아니다. 이런 식의 확장이란 파괴보다 더 심한 것이다.

"나는 당신을 사랑해. 그래서 당신과 결혼했어. 지금도 당신을 사랑해. 당신과의 결혼을 깨고 싶은 생각은 추호도 없어. 그리고 또 나는 그 사람을 사랑해. 그래서 그 사람과 결혼하고 싶어. 이상하게 들리겠지만 그게 전부야."

이런 이야기를 이상하게 듣지 않을 사람이란 세상에 없다. 그게 전부라고? 그것은 '전부'라는 것 안에 있는 것이 아니다. 그 바깥에 있는 것이다. 즉, 어디에도 없는 것이다. 있어서도 안 되고 있을 수도 없는 그런 종류의 것이다.

"이봐, 이봐. 바람피우는 건 불륜에 지나지 않지만 중혼은 불법이야."

"굳이 법적으로 인정받는 부부가 될 필요는 없어."

말문이 막혔다. 그렇겠지. 법적으로 인정받지 못하는 간통 행위도 밥 먹듯 했을 테니.

"그게 당신에게 피해를 주는 일이라면 그렇게 할 수 없겠지. 그러니까 당신한테 동의를 구하는 거고 당신에게 선택권을 주는 거야. 당신이 받아들일 수 없는 일이라면 당신은 그렇게 하면 돼. 당신하고 헤어지는 건 고통스럽겠지만, 나는 그걸 바라진 않지만, 당신이 그렇게 해야겠다면 감수할 거야."

나한테 피해를 주는 일이라는 건 하나 마나 한 얘기. 그 당연한 사실을 아내는 이해하지 못하는 것일까. 그녀가 가해자이고 내가 피해자라는 것이 명백한데 그녀의 이야기를 듣다 보니 왜 내가 가해자인 것 같은 생각이 드는지 모를 일이었다.

"어디 그게 말이 되는 일이야?"

"지구상에 있는 모든 종의 생물들 중에서 일부일처로 종족을 보존하는 건 1프로 정도밖에 안 돼."

"사람하고 동물하고 같아?"

"머독이라는 인류학자가 그랬어. 전 세계에 있는 각기 다른 인간 사회 238곳 가운데 일부일처제를 유일한 결혼 제도로 채택하고 강요하는 사회는 겨우 43곳뿐이라고."

"뭐라고?"

"포드라는 인류학자도 185곳의 인간 사회를 조사했는데 그중에서 겨우 29곳만이 공식적으로 일부일처제를 채택하고 있다고 밝혔어."

"무슨 소리를 하는 거야."

"일부일처제가 절대 유일의, 절대 불변의 법칙이 아니라는 거야."

"그거야 어쨌든 다른 사회의 일이잖아. 우리가 사는 곳에서는 일부일처제가 절대 유일의, 절대 불변의 법칙이야."

"그렇다고는 해도 비공식적으로 두 집 살림하는 남자들도 많잖아. 배우자 말고 몰래 다른 애인을 두고 있는 기혼자들도 많고. 근데 나는 결혼이 하고 싶어."

"그래서 남편을 둘이나 두겠다고? 그 남자도 그렇게 하는 거에 동의했어?"

"응."

"그놈이야말로 미친놈이구나. 아니, 둘 다 미쳤구나."

"아무리 생각해 봐도 다른 방법이 없어. 나는 당신도, 그 사람도 놓치고 싶지 않아. 당신이나 그 사람이 먼저 나를 버리지 않는 한 놓치지 않을 거야. 놓치지 않도록 최선을 다할 거야. 미안해. 이기적이고 무책임하게 들리겠지만 나 원래 그런 사람이야. 이런 내가 싫으면 이혼해. 당신이 하자는 대로 할게."

"당신, 지금 조금 이상해. 제정신이 아닌 것 같아. 나중에 정신 차린 다음에 얘기하자."

나는 겉옷을 챙겨 밖으로 나왔다. 세상이 빙빙 도는 것 같았다. 세상에. 세상에. 그 외의 다른 말은 떠오르지 않았다. 갈 만한 곳은 없었지만 집으로는 들어가지 않았다. 극장에 가서 영화를 봤다. 무슨 영화였지? 극장에서 나와 밤거리를 쏘다니다가 눈에 띄는 포장마차에 들어갔다. 불러낼 친구도 없었다. 엉망으로 취해서 새벽녘에 집에 들어가니 아내는 보이지 않았다. 경주로 내려간 모양이었다. 방바닥에 주저앉았다. 침대에 등을 기대고 앉아 중얼거렸다. 세상에. 세상에. 그대로 쓰러져 잠들어 버렸다. 방바닥만은 따뜻했다.

* *

내가 하자는 대로 하겠다고? 하자는 대로 하겠다는 말은 이런 경우에 쓰는 말이 아니다.

가령 말이다. 국가 대표 선수를 뽑을 때 축구 협회에서 전적으로 선수 선발권을 행사해 놓고, 그러니까 지연, 학연, 혈연에 따라 협회의 입맛대로, 때로는 외부의 압력에 의해 아무렇게나 선발한 선수들을 데려다 놓고는 감독보고 "마음대로 한번 해보시오. 당신이 하자는 대로 하겠소"라고 하면 그 감독이 마음대로 하고 있다고 생각하겠냐? 게다가 자리에 목숨을 걸고 있는 감독에게 "골키퍼는 두 명인데 반드시 한꺼번에 두 명 다 골대를 지키게 해야 합니다. 그게 싫으면 감독 자리 때려치우시오. 그걸 꼭 명심하고 마음대로 한번 해보시오. 당신이 하자는 대로 하겠소"라고 하면 세상의 어느 감독이 "잘 알겠습니다. 감독 자리가 매우 아까우니 한꺼번에 골키퍼를 두 명 다 기용하는 선에서 마음대로 한번 해보겠습니다"라고 대답하겠냐는 말이지.

나만의 방식

1주일이 어떻게 지나갔는지 모르겠다. 내 머리는 터지기 일보 직전이었다. 맞바람이라도 피워야 하는 것인가. 그래 봤자 아내는 눈 하나 까딱하지 않겠지. 나도 또 결혼해 버릴까. 중혼이라도 기꺼이 하겠다는 이상한 여자가 아내 말고 또 있을까. 설사 그런 여자가 있어서 결혼하겠다고 하면 아내는 얼른 그렇게 하라고 하겠지. 대체 어떻게 해야 내가 겪고 있는 이 혼란을 아내가 깨달을 수 있을까. 그냥 눈 딱 감고 헤어져 버릴까. 중혼도 마다하지 않겠다는 여자하고 어떻게 평생을 같이 살아? 남편이 얼마나 더 늘어날지 알 수 없는 일이잖아.

금요일 밤이 되자 아내가 서울로 돌아왔다. 아내의 표정은 담담했다.

"생각 좀 해봤어?"

"생각은 무슨 놈의 생각. 그게 생각할 일이야? 생각 따위는 할 것도 없어. 남편을 여럿 거느린 여자가 세상에 어디 있어?"

"폴리안드리로 살아가는 종족들이 아직 있어. 티베트에도 있고 인도에도 있고 아프리카에도 있어."

"폴리안드리?"

"폴리가미, 복혼 중에서도 일처다부제."

"걔들은 왜 그렇게 사는데?"

"주로 경제적인 이유 때문이지. 여자의 지위가 높아서 일처다부제인 게 아니라 여자의 지위가 낮아서 그런 거야. 티베트의 경우 형제들이 분산되면 재산도 분산되니까 아예 여러 형제가 공동으로 아내를 소유하는 거지. 가족의 재산을 유지하려는 게 목적이야. 그리고 인도의 토다 족 같은 경우엔 식량이 부족해서 여아 살해가 많이 일어나는데 그만큼 성비가 안 맞아서 필연적으로 그렇게 된 거래."

"미개 사회에서나 그렇게 하는 거네. 문명사회는 어디나 다 일부일처제잖아."

"폴리기니는 많이 남아 있잖아."

"폴리기니?"

"일부다처제. 이슬람 국가에서는 일부다처가 허용되잖아. 그리고 일부일처제를 채택한 나라들에서도 소수는 그렇게 살지 않아."

"일처다부는 없잖아."

"내 말은 모노가미가 절대 유일의 법칙은 아니라는 거야. 이슬람에서는 전쟁고아와 과부들 때문에 일부다처를 채택했는데 요즘엔 고아와 과부를 구하기 위해서가 아니라 마음에 든다는 이유로 여러 여자를 아내로 삼고 사는 거잖아. 종교적이나 경제적인 이유와 무관한 폴리기니가 가능하다면 마찬가지로 그런 것들과 무관한 폴리안드리도 있을 수 있어."

아내와의 대화, 혹은 언쟁은 언제나 한 바퀴를 돌아 제자리로 돌아왔다.

"사람이 원하는 모든 걸 다 가질 순 없어."

"난 모든 걸 다 가지려는 게 아니야. 나는 다만 남편만 하나 더 가지려는 것뿐이야."

"그건 모든 것보다 더 많은 거야."

"그렇지 않아. 당신이 조금만 생각을 바꾸면 돼. 조금만. 애정이 식지 않는 한 내가 뭘 어떻게 하든 존중해 주겠다고 했잖아. 내가 바람을 피운다 해도 애정이 식은 게 아니라면 당신은 나랑 같이 살 거잖아. 지금이 바로 그런 경우야."

"존중할 게 따로 있지. 어떻게 그런 걸 존중하라고 해?"

"난 당신이 좋아. 당신이랑 헤어지고 싶지 않아."

"그럼, 그놈과는 바람만 피워."

"그 사람을 사랑해. 같이 살고 싶어."

"그럼 경주에서 동거하면 되잖아."

"사랑하는 사람을 정부(情夫)로 만들고 싶지 않아. 사랑하는 사람의 정부(情婦)로 남고 싶지도 않아. 결혼해서 같이 살고 싶어."

"그래야만 한다면 나랑 헤어지면 되겠네."

"당신이 그걸 원한다면 그렇게 해. 하지만 당신의 나에 대한 애정이 변한 게 아니라면 당신하고 헤어지고 싶지 않아."

나는 다시 말해야만 했다.

"사람이 원하는 모든 걸 다 가질 수는 없다니까."

아내도 다시 말했다.

"모든 걸 다 가지려는 게 아니야."

평범한 고민을 평범하게 하는 병수가 갑자기 부러워졌다. 그에게 이 얘기를 하면 그는 뭐라고 할까. 생각할 것도 없이 이혼해 버리라고 하겠지. 나도 다른 누군가의 아내가 인아처럼 말도 안 되는 억지를 부린다면 주저 없이 이혼해 버리라고 말할 것이다. 그런데 이건 내 문제다. 내 문제라는 건 객관적으로 사고하고 판단하는 것이 어렵다는 거다. 그리고 내 마누라는 말을 너무 잘한다. 얄미울 정도로. 듣고 있다 보면 나도 모르게 설득될 것 같다.

장인, 장모한테 일러바칠까. 깜짝 놀라시겠지. 자식을 잘못 키웠다고 한탄하시겠지. 딸자식을 꾸짖겠지. 두들겨 팰지도 몰라. 그래도 팔은 안으로 굽게 마련이고 부모는 어디까지나 자식 편 아니겠어? 굳이 결혼하려면 나하고 헤어진 후에 하라고 설득하는 게 고작이겠지.

그래도 거기까진 괜찮아. 아마 아내는 꾸지람이건 매타작이건 달게 받은 뒤에 나한테는 손을 흔들며 "안녕"이라고 말하고는 그 남자의 품으로 쏘옥 사라지겠지. 그녀를 온전히 독점하겠다는 목표를 달성하는 사람은, 당분간이나마 내가 아닌 그 미친놈이 되겠지.

내가 아내를 독점하는 것을 포기하고 그 미친놈은 법적으로 부부가 되는 것을 포기하면 서로 공평한 것인가?

공평은 무슨 얼어 죽을 공평. 이 따위 생각이나 하고 있다니. 나도 미쳤다.

* *

1990년대 초반 요한 크루이프 감독의 FC 바르셀로나는 스토이치코프, 과르디올라, 라우드럽, 고이코이체아, 호마리우 등 세계적인 선수들을 영입하며 프리메라리가 4연패를 이루어 냈다. 그리고 1995-1996 시즌에

루이스 피구를 영입했는데, 이는 이전의 어떤 선수 영입보다 훌륭한 판단이었다. 등 번호 7번을 달고 바르셀로나에서 뛰었던 다섯 시즌 동안 피구는 히바우두 등과 함께 일곱 개의 우승컵을 팀에 안겨 주었다.

유로 2000의 우승 팀은 프랑스였지만 대회 최우수 선수는 피구였다. 유로 대회에서 우승 팀이 아닌 다른 팀의 선수가 최우수 선수로 선정된 것은 처음 있는 일이었다. 게다가 피구의 포르투갈은 결승전에 오르지도 못했다.

유로 2000이 끝난 직후 피구는 레알 마드리드로 이적했다. 피구가 레알로 떠난 후 두 팀의 성적을 비교해 보면 그가 얼마나 대단한 선수인지 알 수 있다. 피구가 이적한 후 세 시즌 동안 바르셀로나는 단 한 번도 우승컵을 안아 보지 못했다. 반면 피구가 등 번호 10번을 달고 뛰었던 레알은 프리메라리가 2연패를 이루었고 챔피언스 리그에서도 우승컵을 안았다.

피구는 이런 말을 남겼다.

"나는 나만의 방식을 창조하고 싶다."

FIFA의 204개 회원국에 대한 2001년 조사에 따르면 정기적으로 축구 경기를 하는 축구 인구는 전 세계적으로 2억 4천만 명이 넘는다. 축구 선수로 등록된 이들은 수천만 명에 달하며, 심판 등 경기 진행에 직접 관련된 사람의 숫자만 해도 약 5백만 명이나 된다.

가까운 일본만 하더라도 등록 선수가 백만 명에 이른다. 네덜란드의 경우 인구가 1,500만 명에 불과하지만 등록 선수는 백만 명이 넘는다. 프랑스의 등록 선수는 220만 명에 가깝다. 흔히 축구의 불모지라고 알려진 미국의 등록 선수는 380만 명이다. 등록된 선수가 가장 많은 나라는 독일로 무려 5백만 명이다. 우리나라의 등록 선수 숫자는? 대한 축구 협회의 발표에 따르면 2003년에 드디어 2만 명을 돌파했다.

2억 명이 넘는 사람들이 축구를 하고 수천만 명이 축구 선수로 뛰고 있지만 그중에서 자기만의 방식을 창조하고 자신만의 창조적인 축구를 하는 이들은 손에 꼽힌다. 우리가 이름을 알고 있는 고작 수십 명의 유명하고도 위대한 선수들이 그들이다.

5천만 명에 달하는 대한민국 국민 중에서 자신만의 방식을 창조하려는 여자가 있으니, 그것도 황당무계하고 허무맹랑한 쪽으로 자신만의 방식을 고집하려 드는 여자가 있으니 바로 내 마누라다.

영화처럼

두 남자와 한 여자의 이야기.

「리스본행 노란색 시트로엥」, 마우리치오 시아라, 2001.

두 남자와 한 여자가 같이 잤다. 소위 트리플 섹스. 게다가 여자는 유부녀였고 그녀의 남편은 집에 있었다.

1974년 4월. 포르투갈에서 혁명이 일어났다. 유럽에서 가장 오래 지속되었던 파시스트 정권이 무너졌다. 파리에서 혁명 소식을 들은 스물다섯의 청년 마르크와 빅토르는 리스본으로 향한다. 혁명을 구경하러. 학창 시절 친구인 클레어는 리스본으로 가자는 그들의 말에 조금도 주저하지 않고 앞치마를 내던지고 남편을 집에 남겨둔 채 그들과 동행한다. 여정이 막바지에 이를 즈음, 그들 세 사람은 한 침대에 나란히 누웠고 섹스를 했다. (아무것도 모른 채 집에 있는 남편. 참 안됐다.)

리스본에 도착하지만 어디에도 혁명의 열기는 보이지 않는다. 맥이

풀린 그들 앞으로 구호를 외치며 지나가는 군중. 그들은 기쁨에 차서 대열에 동참하지만 군중이 향한 곳은 축구장이었다. 그들은 혁명을 예찬하는 군중이 아니라 축구를 보러 가는 관중들이었다는 얘기.

세 사람이 섹스하는 장면은 거부감을 불러일으키지 않았다. 클레어가 두 친구에게 사랑을 느꼈던 것도 아니고 두 남자가 그녀에게 사랑을 느낀 것도 아니었다. 서로 사랑하지도 않는 이들이, 그것도 세 사람이 같이 잔 것은 성적으로 자유로워야 한다는 68세대의 강박 의식 때문일 것이다. '한 사람과 두 번 섹스를 하면 유명 인사가 된다'는 말이 강요된 세대였다고 하니 말이다. 하지만 그런 배경을 염두에 두지 않는다 해도 그들의 섹스는 자연스럽게만 보였다. 혁명의 도시를 향해 가는 자유로의 여정 중에 벌어진 일. 일상 속의 일이 아니라서 그렇게 보였을 것이다. 혁명이란 일탈 중에서도 최고의 일탈이다. 그들은 혁명을 찾아가면서 자연스럽게 자신들이 경험했던 68혁명을 떠올렸을 것이다. 그리고 그들은 혁명조차도 구경하러 가던 길이었다.

「글루미 선데이」, 롤프 슈벨, 1999.

1935년의 부다페스트. 선량하고 마음씨 좋은 레스토랑 주인인 유태인 자보. 그의 애인인 아름다운 일로나. (예쁘긴 하더라.) 일로나는 어느 날 레스토랑에 새로 고용된 피아니스트 안드라스에게 사랑을 느낀다. 안드라스도 마찬가지로 일로나에게 사랑을 느꼈다. 젊은 남녀가 서로 사랑을 느끼면 다음 단계로 넘어가게 돼 있다. 일로나가 안드라스와 밤을 보내고 돌아오자 밤새 그녀를 기다렸던 자보는 침통한 얼굴로 이렇게 말한다.

"당신을 완전히 가질 수 없다면 반쪽이라도 갖겠어."

자보가 좋은 사람이라는 것을 잘 알고 있는 일로나는 굳이 그를 뿌리치려 들지 않는다. 그렇게 세 사람의 사랑은 시작된다. 반이라도 갖겠다는 자보와 반만이라도 고맙다는 안드라스, 그리고 두 남자를 모두 놓치고 싶어 하지 않는 일로나. 서로에 대한 서로의 배려는 삼각관계를 안정적으로 만든다. 그들이 그려 내는 삼각형은 불안하거나 위태로워 보이지 않는다. 세 사람이 등장하는 컷 하나. 미소 짓고 있는 일로나의 양 옆에 두 남자가 그녀의 팔을 베고 누워 있다. 자보는 눈을 감은 채 기분이 좋은 듯 미소를 머금고 있다. 안드라스 역시 조용히 눈을 감고 있다. 편안하게 잠든 것 같다. 갈등의 흔적이라고는 조금도 보이지 않는 아늑한 풍경이다. 마치 일로나의 팔이 미치는 공간 안에서만큼은 어떠한 것도 평화롭게 공존할 수 있다고 말하는 듯하다.

(간과해서는 안 될 포인트. 걔들은 결혼하진 않았잖아.)

「줄 앤 짐」, 프랑소와 트뤼포, 1961.

1차 세계 대전 직전의 파리. 둘도 없는 친구 사이인 독일인 줄과 프랑스 인 짐. 그리고 그들 앞에 나타난 매력적인 여자 카트린. 줄은 카트린을 사랑했다. 짐도 카트린을 사랑했다. 카트린은? 일단 줄을 사랑했나 보다. 줄이 청혼하자 카트린이 대답했다.

"당신은 여자를 너무 몰라. 난 남자가 많았어. 공평하겠네. 우린 좋은 부부가 될 수 있을 거야."

전쟁이 일어났다. 줄과 짐은 서로 적군이 되어 전장에 나갔다. 카트린은 사빈느라는 딸을 낳았다. 전쟁이 끝나고 재회한 세 사람. 부부가 된 줄과 카트린은 라인 강변에서 살고 있었다.

"그녀는 이제 내 아내가 아니라네, 짐. 이미 세 명의 정부가 있어. 난 그녀가 가끔씩 바람을 피우는 것은 참을 수 있어. 하지만 아주 떠나 버린다면 견딜 수 없을 거야."

줄은 여전히 카트린을 사랑했고 짐 또한 여전히 카트린을 사랑했다. 그리고 카트린의 정부인 알베르도 그녀를 사랑했다. 알베르는 카트린과 결혼하고 사빈느도 키우기를 원했다. 알베르도 파리 시절부터 알고 지내던 줄의 친구. (세상에 믿을 놈 없다.) 줄은 위기감을 느끼고 짐에게 부탁했다.

"그녀와 결혼해 줘. 그리고 나와 만나게 해줘. 날 방해물로 생각하지 말아 주게."

(정부에게 아내를 빼앗길까 봐 둘도 없는 친구에게 자기 마누라와 결혼해 달라고 부탁한다? 아무리 영화라지만 너무하네.)

어쨌든 짐은 줄의 집으로 들어가서 같이 산다. 마을 사람들이 수군거렸지만 세 사람은 행복했다. 카트린은 짐의 아기를 낳고 싶어 했다. 짐도 아기를 원했다. 카트린을 붙들어 두기 위해서라도 아이가 필요하다고 생각했다.

회사의 호출로 짐은 파리로 돌아갔고 카트린은 짐의 아기를 유산했다. 편지를 주고받는 사이에 작은 오해가 생겼고 커졌으며 그들을 갈라놓았다. 그녀는 짐의 사랑을 붙들어 보려고 애쓰지만 그의 마음은 이미 그녀에게서 멀어졌다. 줄과 마찬가지로 짐도 알고 있었다. 카트린은 자신이 감당할 수 없는 여자라는 것을. 줄과는 달리 짐은 카트린과 헤어지기로 결심했다. 짐은 옛 애인인 질베르트와 결혼할 계획이라고 말한다. 카트린은? 짐을 자동차에 태우고 끊어진 다리로 달려간다. 풍덩.

(것 봐라. 결혼 문제로 얽히게 되면 어떻게든 파행으로 치닫고 결국 죽는 걸로 끝나잖아.)

기타 등등의 영화에서 두 남자와 한 여자. 모두가 만족스러운 해피엔딩으로 끝나는 경우는 없다. 누군가는 상처받고 누군가는 괴로워하고 누군가는 떠난다. 한 여자와 한 남자가 나와도 해피 엔딩이 쉽지 않은데 거기에 또 한 사람이 더해진다면 비극으로 끝나리라는 것은 자명한 이치.

결론. 아무리 생각해 봐도 그건 불가능한 일이야. 한마디로 미친 짓이지.

그리고 나는 유태인 자보도, 독일인 줄도 아니며 그렇게 되고 싶지도 않다.

* *

지극히 주관적인 견해. 축구에 관한 영화보다는 축구가 더 재미있다. 「슈팅 라이크 베컴」보다는 베컴이 출전하는 축구 경기가 더 재미있고 「교도소 월드컵」보다는 진짜 월드컵이 훨씬 더 재미있다. 그리고 「소림축구」는 소림사나 소림 무술이 나오는 모든 영화 중에서 가장 재미있다.

비교적 객관적인 견해. 우리는 영화처럼 살 수 없다. 두 남자와 한 여자에 대해 영화에서 아무리 아름답게 그려 낸다 해도 현실은 전혀 그렇지 못하다. 게다가 영화 속의 주인공들도 온전히 행복했던 것은 아니었다. 일로나는 반만이라도 갖겠다는 자보의 괴로움을 이해할 수 없을 것이다. 그리고 카트린은 친구에게 아내와 결혼해 줄 것을 부탁하는 남편의 고통을 이해하려 들지도 않았다.

축구공 없이 골을 넣어 보라는 것과 같은

나는 아내를 이해할 수 없었다. 그리고 아내와 결혼하겠다는 그놈도 도저히 이해할 수 없었다. 제정신으로 어떻게 그런 생각을 할 수 있단 말인가.

"그 인간, 고아라도 돼? 가족 없어? 부모님 안 계셔?"

"부모님 다 계셔."

"근데 혼인 신고도 할 수 없는 결혼을 하겠대?"

"혼인 신고하지 않고 사는 부부들도 많잖아."

"하지 않는 거하고 못하는 거하고 같아? 혼인 신고 따위야 하지 않으면 그만이라고 치자. 그다음엔 어떻게 할 건데? 당장 장인, 장모한테 말할 수 있어?"

아내는 고개를 저었다.

"부모한테도 말하지 못할 일을, 세상 모든 사람이 인정하지 않을 일을 대체 왜 하려는 거야. 당장 그만둬."

"당신하고 결혼해서 살아 보니까 좋더라. 좋은 사람이랑 같이 사는 게 참 좋은 일이더라. 그래서 결혼하겠다는 것뿐이야."

정말 그 때문이라면 나는 좋은 사람이 아니어야 했다. 아내와의 결혼 생활이 행복하지 않았어야 했다. 아내를 독점하기 위해선 내가 나쁜 놈이 되었어야 하는 거라고? 이게 말이 되나? 그릇된 결론은 전제마저도 엉망으로 만들어 버린다. 내가 좋은 사람이라는 사실에 화가 났고 아내와의 행복한 결혼 생활이 원망스러워졌다.

"알고 보면 나 좋은 사람 아니야. 앞으로는 좋은 사람이랑 같이 사는 게 좋은 일만은 아니라는 걸 보여 줄 테니 좀 미루어 보도록 해."

"그것도 좋은 일이야. 당신이랑 같이 겪는다면 나쁜 일도 나쁘게만 여겨지진 않을 거야."

"결혼한 다음엔? 두 집 살림을 하겠다고? 설마 다 모여 살자는 건 아니지?"

"그래도 돼?"

"정말 미친 거 아냐? 그게 될 법한 얘기야?"

"당신이 동의하지 않는다면 그렇게는 못하겠지. 두 집 살림할 거야."

"당장은 그런 식으로 넘어간다 쳐도 나중에 아이라도 낳게 되면 그땐 어떻게 하려고? 출생 신고 같은 건 어떻게 할 건데?"

"법적인 건 모두 당신과 연결되어 있으니 당신 호적에 올려야지."

"누구 아이라도? 만약에 그놈 아이라면 어떻게 해?"

"당신이 싫다면 당신 호적에 올리지 않으면 돼. 아이 아빠가 당신이건 그 사람이건 난 아이 엄마고 아이는 내 아이야."

"허. 그다음에는? 아빠가 둘이 되는 거냐?"

"아마도."

"아빠가 둘이라고? 나중에 아이가 겪을 혼란을 생각이나 해보고 하는 말이야?"

"그건 나중에 아이를 낳고 생각해 볼래. 방법이 있을 거야. 이슬람교도나 몰몬 교도들 중에 일부다처로 사는 사람들이 있는데, 그 사람들도 아이 키우면서 살아가잖아."

"당신이 이슬람이야? 내가 몰몬이야? 그리고 일부다처하고 일처다부하고 같아?"

"일부일처인 부부에게서 태어난 아이들이 모두 화목한 가정에서 크는 건 아니잖아. 당신만 해도 아버지하고 불화가 있었다며? 부모가 아이를 선택할 수 없듯 아이도 부모를 선택할 수 없잖아. 일단은 태어난 아이가 엄마를 이해하는 아이로 자라 주길 바라는 수밖에. 또 아이가 이해해 주지 않는다 해도 그건 아이의 삶이니 할 수 없는 일이야. 나도, 당신도 부모님의 모든 것을 다 이해하는 건 아니잖아."

"세상일이 당신 생각처럼 그렇게 간단할 거 같아? 정말 세상 무서운 줄 모르는구나."

"세상은 워낙에 넓으니까 내가 살 수 있는 아주 조그만 모퉁이쯤은 있을 거야. 당신이 조금만 이해해 줘."

손바닥이 아내의 뺨을 향해 쏜살같이 날아가는 것을 막으려고 크게 심호흡을 하고는 단단히 팔짱을 꼈다. 나는 폭력을 싫어하는 사람이고, 특히 여자에게 손찌검을 하는 남자처럼 못난 인간은 없다고 생각하지만 이 순간만큼은 정말 참기 어려웠다. 얘기를 하면 할수록 내가 못난 인간이 될 가능성이 점점 높아지고 있었다. 나는 자리에서 일어났다. 아내는 내게 설득당할 사람이 아니다. 내가 뭐라고 하건 자기 뜻대로 할 것이다. 뺨 한 대로 굴복할 사람은 더더욱 아니다. 그리고 뺨을 맞아야만 하는 인간은, 비단 뺨만이 아니라 온몸 구석구석 흠씬 두들겨 맞아야 하는 인간은 따로 있다.

"그놈 이름이 뭐야?"

"그놈?"

"그놈이 그 빌어먹을 놈 말고 누가 또 있겠어. 이름이 뭐냐니까?"

"한재경……."

"휴대폰 번호는?"

"왜?"

"죽도록 패주려고. 휴대폰 번호 불러."

"이건 당신이랑 내 문제야."

"이게 그놈이랑 무관하다고? 그놈 때문에 생긴 문제잖아. 번호 불러."

"우리는 우리 일만 결정하면 돼. 우리 일만으로도 충분히 복잡한데 왜 일을 더 복잡하게 만들어?"

"대답하기 싫으면 관둬. 그 정도야 얼마든지 알아낼 수 있어."

법적으로 본인의 동의 없이는 가족의 휴대폰 통화 내역을 알아낼 수 없지만 먼저 탈법을 저지르겠다고 선언한 것은 그녀였다. 휴대폰 통화 내역쯤이야, 메일 비밀 번호쯤이야 그런 걸 전문으로 캐내는 업체에 비용만 지불하면 얼마든지 알아낼 수 있다.

가만. 요즘엔 인터넷으로 폭력 청부도 한다는데…….

* *

아시안컵 예선에서 대한민국 국가 대표 팀은 베트남에게 1 대 0으로 패배했다. 대한민국이 베트남에게 패한 것은 44년 만의 일이라고 한다. 베트남의 FIFA 랭킹은 98위에 불과하다. 그뿐만이 아니다. 불과 이틀 뒤 오만과의 경기에서는 3 대 1로 졌다. 오만의 FIFA 랭킹은 베트남보다도 낮은 102위다. 월드컵 4강 팀 맞아? 팬들이 받은 충격이란 실로 어마어마했다.

베트남이나 오만에게 패한 것은 치욕적이긴 하지만 결코 일어날 수 없는 일도 아니다. 공은 둥글고, 대한민국 국가 대표 팀이 김도훈의 결승 골로 세계 최강 브라질을 1 대 0으로 이겼던 적이 있듯 베트남이나 오만도 얼마든지 대한민국을 이길 수 있는 일이다.

그런데 베트남전, 오만전에서 받은 팬들의 충격을 다 합친다 해도 아내로 인해 내가 받은 충격에는 이르지 못할 것이다. 아내가 준 충격이란 절대로 있을 수 없는 성질의 것이었으니 말이다.

아내의 공은 둥글지 않다. 둥글지 않을뿐더러 아예 세상에서 찾아볼 수 없는 형태의 공이다. 아예 존재하지도 않는 공이다. 아내의 얘기는 축구공 없이 골을 넣어 보라는 말과 같다. 축구공 없이 골을 넣을 수 있는 사람이 세상에 어디 있단 말인가. 제아무리 마라도나라고 해도 축구공 없이는 결코 골을 넣지 못한다. 마라도나는 골프공이나 페트병으로 축구공으로 하는 것과 별반 다르지 않은 기막힌 트래핑을 보여 주기도 했지만, 페트병 따위를 골대 안으로 넣어 봤자 청소하는 아저씨한테 욕만 얻어먹을 뿐이다.

페널티 킥을 맞이한 골키퍼의 불안

적장을 잡으려면 장수의 말부터 잡아야 하는 법. 누가 장수이고 누가 말인지는 모르겠지만 내 애기가 도무지 먹히지 않는 아내를 상대하는 것보다는 그놈을 만나는 것이 훨씬 빠를 것이다. 같은 회사에 다닌다고 했지. 나는 아내의 회사에 전화를 걸어 한재경을 찾았다. 내 이름을 말했더니 그는 움찔했다. 시간과 장소를 정했다.

약속한 날이 되어 하루 휴가를 냈다. 고속버스는 서울을 벗어났다. 아내의 샛서방을 만나러 가는 네 시간 반. 대체 어떻게 생겨 먹은 놈일까. 프로그래머에 대한 선입견 때문인지 마른 체구에 안경을 낀 남자의 모습이 떠올랐다. 무슨 애기부터 하지? 대뜸 멱살부터 잡아 버릴까. 고속도로 휴게소에서 늦은 아침을 먹었다. 입 안은 깔깔했고 밥알은 곤두섰다. 만약에 나보다 덩치가 크고 우락부락한 놈이라면? 그래도 팰 수 있을까. 어느덧 경주 톨게이트. 죽도록 패기는커녕 경주까지 가서 두들겨 맞고 오는 것 아냐?

약속 시간보다 일찍 도착해서 커피를 마시며 앉아 있었다. 이윽고 남자 하나가 내 앞으로 다가왔다.

"저……. 이덕훈 씨 되십니까?"

고개를 들고 소리가 난 곳을 쳐다보았다. 다행스럽게도 우락부락하게 생겨 먹은 놈은 아니었다. 우락부락하기는커녕 왜소해 보일 정도로 마른 남자였다. 약간 자신감이 생겼다.

"당신이 한재경이오?"

그는 대답하지 않고 내 앞에 앉았다. 차를 주문할 때 빼고는 그의 시선은 내내 아래쪽을 향해 있었다. 주문한 차가 나올 때까지 나는 그의 얼굴을 빤히 쳐다보았다. 어딘지 식물 같은 느낌을 주는 정적인 얼굴이었다. 작은 눈에서 나오는 눈빛은 흔들리지 않았다. 성실하고 선량한 대학원생처럼 생긴 얼굴이었다. 안경을 끼지 않았다는 것만 빼면 비교적 생각했던 대로의 모습이었다. 아니, 생각보다 잘생긴 얼굴이었다. 멀쩡하게 생겨 먹은 놈이 어쩌자고 그런 짓을.

"나를 만나기로 했다는 거, 인아에게 말했소?"

그는 고개를 저었다. 나는 단도직입적으로 말했다.

"보아하니 얼굴도 그만하면 제법 생긴 편이고 전문직에 종사하고 있고……. 결혼할 여자가 얼마든지 많을 거 아니오. 왜 하필 결혼한 여자요? 왜 하필 내 마누라요?"

"인아 씨를 먼저 안 건 접니다. 오래전부터 인아 씨를 좋아했습니다."

"근데 이미 결혼했잖아. 설령 좋아했다 해도 마음을 접어야지, 결혼한 여자를 왜 건드려요?"

"결혼했다고 해서 감정이 한순간에 사라지는 건 아니잖습니까."

"그래서 결혼한 여자한테 계속 집적거렸다?"

"집적거린 건진 몰라도 사랑한다고 고백한 건 사실입니다."

"같이 자기 전에 고백한 거요, 아니면 잔 다음에 고백한 거요?"

"대답하지 않겠습니다."

나는 혀를 찼다.

"당신이 이러는 거 당신 부모님은 아시는 거요?"

그의 시선이 다시 아래로 떨어졌다. 그는 말없이 고개를 저었다.

"친구들한테는 말했소?"

그는 대답하지 못했다.

"대체 부모한테 제대로 말하지도 못할 결혼을 왜 하려는 거요?"

그는 천천히 고개를 들고 나를 똑바로 바라보았다.

"초면에 이런 말씀드리기 뭣합니다만 이유는 한 가지뿐입니다. 사랑하기 때문에 같이 살고 싶고, 같이 살고 싶어서 결혼하려는 겁니다."

"그게 어디 사랑이오? 미친 짓이지."

"그렇지 않습니다. 그렇게 사는 사람들도 많습니다."

"이름 한번 대보시오. 누가 그렇게 사는지."

"동시에 두 명을 사랑한 적이 없으십니까? 애인을 두고 또는 아내를 두고 다른 여자를 생각한 적이 한 번도 없나요?"

"설사 두 사람을 동시에 사랑한다고 해도 동시에 결혼한다는 게 어디 말이나 되는 얘기요?"

"인아 씨는 남편을 사랑한다고 했습니다. 그리고 또 저를 사랑한다고 했습니다. 저는 인아 씨의 사랑을 존중합니다. 인아 씨가 한 사람만 사랑한다면 저는 그 사랑을 존중해 주고 싶습니다. 그 사람이 제가 아니라고 해도요. 마찬가지로 인아 씨가 여러 사람을 사랑한다 해도 저는 인아 씨의 모든 사랑을 다 존중해 주고 싶습니다."

그 한 음절이 끝까지 사람 속을 썩인다. '만'이라니, 그 음절을 이런 식으로 구사하다니. 나는 고작 이렇게 대꾸할 수밖에 없었다.

"이 사람, 참 말이 안 통하는 사람이구만."

"수많은 사람들이 배우자 몰래 외도를 합니다. 그런 식으로 상대를 속이고 자신을 속이는 것보다는 그냥 터놓고 인정하는 게 낫지 않습니까."

"뭘 인정해요? 바람피우는 걸? 바람피우는 걸 대체 누가 용납할 수 있겠소."

"용납하는 게 아니라 인정하는 겁니다. 자기 자신도 얼마든지 그럴 수 있으니까 상대방도 그럴 수 있다는 걸 받아들이는 거지요. 두 사람이 평생을 사랑한다는 건 불가능한 일입니다. 정말 상대방을 존중한다면 그 사람의 감정도 존중해야 하지 않겠습니까. 자신에게 마음이 떠나 다른 사람을 사랑할 수도 있다는 걸 인정하고 존중한다면 두 사람을 동시에 사랑하는 일도 인정하고 존중할 수 있습니다. 그리고 실제로 그렇게 하는 사람들도 있습니다."

"그게 어디 가당키나 한 일이오?"

"얼마든지 가능한 일입니다. 폴리아모리, 다자간 사랑이라는 건데요. 독점욕이나 질투심을 버리고 상대방을 존중할 수 있다면 누구나 가능합니다."

"백번 양보해서 연애야 그럴 수 있다고 해도, 그리고 또 바람피운 남편을 아내가 용서하듯 마누라가 바람피우는 걸 용서한다고 해도 이게 어디 그런 거하고 같은 일이오? 어디 한번 입장을 바꾸어 놓고 생각해 봐요. 결혼한 여자가 멀쩡하게 남편이 있는데 이혼도 하지 않고 다른 사람하고 또 결혼하겠다는데 도대체 이게 말이 되는 거요?"

"제도라는 거, 인간이 만드는 거잖습니까. 일부일처제가 인간 사회를 유지시켜 주는 제도일진 몰라도 인간의 본성에는 맞지 않습니다."

"당신도 대학 나왔지? 그럼, 당신은 입시 제도가 맘에 들어서 대입 시험 본 거요? 선거 제도가 당신한테 적합하다고 생각해서 투표하는 거요?"

"대입 시험을 거부하는 아이들도 있습니다. 선거를 보이콧하는 사람들도 있고요. 그런다고 해서 그들을 미쳤다고 생각하는 사람은 없습니다. 이것도 마찬가지입니다. 당장은 어렵겠지만 결국에는 미친 짓이 아니라고 생각할 때가 올 겁니다."

"내, 참. 정말 어이가 없네. 장담하건대 그런 때는 절대로 오지 않아. 그래서 그 폴리아모린지 뭔지 하는 것 때문에 남의 눈에서 피눈물 나는 꼴을 봐야겠다?"

"저는 인아 씨를 사랑합니다. 인아 씨가 존중받으면서 살기를 바랍니다. 인아 씨를 이해하지 못하는 남편이라면, 인아 씨의 생각을 존중하지 못하는 남편이라면 헤어지는 게 낫지 않겠습니까?"

"그건 우리 부부의 문제니 당신이 상관할 일이 아니지."

마치 냉수라도 마시듯 식어 빠진 커피를 단번에 들이켜고는 나는 빈정거림과 비난을 가득 실은 목소리로 물었다.

"그래서 결국 그 빌어먹을 폴리아모린지 뭔지를 하자면서 같이 잤다는 얘기지?"

그는 또 입을 다물었다. 뭐가 어찌 되었건 남의 마누라를 꼬여 내서 같이 잔 게 맞잖아. 그 짓을 계속하려고 이런 수작을 벌이는 거잖아. 폴리아모리는 무슨 얼어 죽을 폴리아모리.

"어금니 깨물어요."

나도 모르게 튀어나온 말이었다. 나도 모르게 튀어 나간 것이 하나 더 있었으니 오른쪽 주먹이었다. 그는 피하지 않았다. 요란한 소리를 내며 작은 의자와 함께 그가 뒤로 나동그라졌다. 순식간에 벌어진 일이어서 나조차도 어리둥절했다. 카페 안의 시선이 일제히 우리 쪽으로 향했다. 나는 자리를 박차고 카페 밖으로 나와 무작정 걸었다. 이러려고 내려온 것은 아니었는데. 놈의 얼굴을 치는 순간 불안한 느낌이 들었다는 게 문득 떠올랐다.

떠오른 것 또 하나. 커피 값은?

내가 낼 작정이었는데…….

* *

「페널티 킥을 맞이한 골키퍼의 불안」. 페터 한트케의 원작 소설을 친구인 빔 벤더스가 영화로 만들었다. 전직 골키퍼 블로흐가 낯선 도시에서 여기저기 떠돌아다니며 신문을 사고, 극장에 가서 영화를 보고, 매표소 아가씨와 하룻밤을 보내고, 다음 날 그 여자를 느닷없이 살해하고, 옛 애인을 만나러 시골로 가는 등의 장면들이 부자연스럽게 나열된다. (말하자면 페널티 킥이나 골키퍼에 관한 영화가 아니라 불안에 관한 영화라 할 수 있다. 그러니 재미가 없을 수밖에.)

평론가들은 소통 부재에 관한 영화라고 말한다. 블로흐가 여자를 살해한 것은 그녀가 블로흐 자신이 알지 못하는 사람들에 대해 이야기를 하고, 자신이 하는 얘기들을 아는 체했기 때문이다. 블로흐의 소통 방식이 그녀와는 극단적으로 달랐기에 대화를 나눌수록 점점 불안이 가중되어 결국 살인을 저지르게 되었다는 얘기다. 단절적인 영상들은 동상이몽, 동문서답의 모습을 보여 준다.

(소통 부재에 대해 말한답시고 소통 곤란한 영화를 만들어서 관객들을 갑갑하게 하는 건 무슨 고약한 심보란 말인가. 게다가 근사한 제목으로 관객을 유혹하기까지 하면서 말이다.)

영화의 마지막 부분. 축구장에 간 블로흐, 경기를 관전하다가 옆 사람에게 말을 건넨다.

"페널티 킥이군요. 상대방의 마음을 읽는 게 중요해요. 키커의 방향을 보고 골키퍼는 공의 방향을 예상할 거요. 하지만 키커도 골키퍼의 움직임을 보고 있지. 골키퍼가 움직이려는 반대 방향으로 찰 거요."

그러나 골키퍼는 공이 오는 방향으로 몸을 날려 페널티 킥을 막아낸다. 불안을 이겨 낸 골키퍼의 승리이다. 그 장면에서 느닷없이 엔딩 자막이 올라온다.

내가 주먹을 날릴 거라는 걸 미리 생각하고 놈이 일부러 피하지 않은 거라면? 한 대 맞은 걸로 면죄부를 얻었다고 생각한다면? 나를 만나러 온 목적이 바로 그거였다면?

나로 말하자면 실패한 키커인 것이다. 혹은 흥분한 나머지 커피 값을 치르는 것도 까먹은 한심하기 이를 데 없는 골키퍼이거나. 키커든 골키퍼든 승리는 내 것이 아니다. 영화는 끝났다.

경기의 끝은 곧 경기의 시작이다

병수가 끝내 이혼했다. 뜻밖이었다. 그동안 자신이 해왔던 일들을 생각하면 한 번쯤은 그냥 넘어갈 수 있을 텐데 말이다. 제법 놀아 봤던 사람이 오히려 결혼한 뒤에 잘 산다고 말했던 그였다. 사람이란 얼마든지 놀아날 수도 있는 존재라는 걸 알게 되면 상대방에 대해서도 관대해진다고 했던 그의 말은 결국 스스로에게는 적용되지 못했다. 자신의 말을 어기면서까지 감행한 이혼. 그 결과 불행에서 벗어났을까. 적어도 나를 만난 날까지는 그렇지 못한 듯했다. 그의 얼굴은 마누라가 바람을 피운다고 고민할 때보다 훨씬 더 초췌해졌고 목소리에는 힘이 없었다. 그는 알코올 중독자처럼 손을 떨기까지 했다.

"와이프가 이혼에 동의했어?"

"동의해야지 어쩌겠어."

"천주교에서는 이혼을 못하게 하지 않아? 종교 때문에 중절도 못했다면서."

"하지 말라고 해서 안 하는 건 아니지. 그리고 세상이 많이 달라졌잖아. 어느 설문 조사 결과를 보니 여성 천주교 신자의 30프로가 낙태를 해봤다더군. 경우에 따라 이혼할 수 있다는 여자도 절반에 가까웠고."

나는 혀를 찼다.

"아무리 그래도 요즘 세상에 바람 한 번 피웠다고 이혼까지 하냐. 너무 성급하게 결정한 거 아냐?"

"아닌 게 확실하다면 하루라도 빨리 접는 게 나아. 시간을 끌어 봤자 나도 힘들고 그 사람도 힘들고, 아이들은 더 힘들지."

"조금이라도 노력해 보긴 했냐? 더 살아 보고 결정했어야지. 네 말처럼 애들도 있는데. 살다 보면 바람피울 일도 한번쯤은 생기게 마련이잖아. 스스로에겐 관대하면서 상대방에겐 가혹하면 좀 치사하지 않아?"

병수는 앞에 놓인 술잔을 손가락으로 툭툭 치면서 아무 말도 하지 않았다. 나도 달리 할 말도 없고 해서 가만히 있었다. 뭔가를 생각하는 듯 술잔만 응시하던 병수가 불쑥 입을 열었다.

"좀 달라."

"뭐가? 남자랑 여자가 다르다고? 인마, 달라 봤자 뭐가 얼마나 다르겠냐. 남자나 여자나 똑같은 사람인데. 거기서 거기지."

"다르다니까. 마누라가, 애들 엄마가 바람을 피운다는 건 애인이 바람을 피우는 거하곤 전혀 다른 거야."

"뭐가 다른데?"

"아끼는 자전거가 있다고 해보자. 처음에는 매일같이 닦고 조이고 기름칠하겠지만 얼마 지나지 않아서는 그냥 내버려 두게 되잖아. 그러다가 가끔 타게 되고 말이지. 그렇다고 해서 자전거가 싫증 난 건 아니야. 그저 자전거를 처음 손에 넣었을 때의 흥분이 사라졌을 따름이지.

근데 어느 날 자전거를 타려고 했는데 안장이 사라진 걸 알게 된 거야. 다른 놈이 몰래 훔쳐 타고서는 안장을 빼놓아 버린 거지. 물론 자전거를 타지 않고 지내다 보면 바퀴에 바람이 빠져 있다거나 핸들이 빡빡해졌다거나 브레이크가 느슨해진 걸 뒤늦게 발견하지. 그런 건 조금만 손질해 주면 되는 거잖아. 근데 안장이 사라졌다는 건 전혀 다른 문제거든. 더 이상 자전거를 탈 수 없게 되는 거지. 마누라가 바람을 피운다는 건 바로 그런 거야."

"야, 이 자식아. 안장을 갈아 끼우면 되잖아."

"처음과는 달리 이제는 어쩌다 한번 탈 자전거란 말이야. 안장을 갈아 끼우기보다는 자전거 타기를 포기하게 된다고."

"그래서 그놈의 안장 때문에 이혼했다는 거냐?"

"안장은 자전거의 혼이야. 혼이 없는 자전거는 더 이상 자전거라고 할 수 없지. 아예 새 자전거를 사는 게 나아."

이혼하는 이유도 참 여러 가지다. 자전거의 혼 때문에 이혼했다는 얘기는 일찍이 들어 보지 못했다. 언뜻 들어도 엉성하기 이를 데 없는 자전거 이론의 결정적인 약점을 찔러 보았다.

"그럼 네 와이프의 자전거는? 그 자전거야말로 툭하면 안장이 빠지잖아. 와이프는 매일같이 안장을 고쳐서 자전거를 타고 다녀도 괜찮고 너는 그럴 수 없다는 게 말이 되냐?"

병수는 멋지게 담배를 피워 물고는 이렇게 대답했다.

"내 자전거의 안장은 원래부터 탈·부착 방식으로 제작된 거야."

고작 바람 한 번 피웠다고 감행한 이혼은 내가 보기에는 사치에 가까운 일이다. 하지만 수많은 부부들이 그 이유로 이혼을 한다. 바람을 피우는 건 결혼 생활을 위협하는 가장 중요한 사건이다. 특히 남자들은 자신이 오쟁이 지는 사내가 되는 것을 받아들이지 못한다.

나는 바람피우는 것을 심각한 일로 생각하는 사람들이 부럽다. 나도 그런 사람들 중 하나지만 그런 사람들과는 거리가 먼 아내와 함께 살고 있다. 손뼉도 마주쳐야 소리가 나는 법이다. 아무리 나 혼자 바람피우는 건 심각한 일이라고 말해 봤자 허공에서 맴돌 뿐이다. 내 아내에게 바람을 피우는 것 따위는 아무것도 아닌 일이다. 결혼마저도 두 번을 해야겠다고, 두 명의 남편을 가져야겠다고 우기는 사람 아니던가. 나를 오쟁이 진 남편보다 더 형편없는 남자로 만들려고 애쓰는 사람 아니던가.

병수에게 내 마누라 얘기를 해주었다면 자신이 얼마나 평범한 고민을 하고 있는지 새삼 감사할 것이다. 어쩌면 이혼 생각을 그만두었을지도 모른다. 하지만 내 마누라를 정신병자 취급하겠지. 정신병자와 같이 살고 있는, 앞으로도 계속 같이 살고 싶어 하는 나를 천하에 둘도 없는 바보로 여기겠지.

내 문제를 상의할 사람은 없다. 아내는 세상 누구와도 상의할 수 없는 고민을 내게 던져 주었다. 나는 고립되었다. 고립에서 벗어나는 유일한 길은 아내와 헤어지는 방법밖에 없다. 혹은 아내가 그 말도 안 되는 계획을 깨끗하게 포기하거나.

쾌청한 날씨였다. 서울 하늘은 거짓말처럼 푸르렀고 길거리는 깨끗했다. 얼굴 위로 마치 봄바람처럼 따뜻한 바람이 살랑거리며 스쳐 지나갔다. 사람들은 날씨 같은 건 아무래도 좋다는 듯 바쁘게 움직였다. 나도 그들 틈에 섞여 빠른 걸음으로 구청을 빠져나왔다.

* *

제프 헤어베르거는 이런 말도 남겼다.

"경기의 끝은 곧 경기의 시작이다."

어쩌면 병수의 결정이 현명한 것인지도 모른다. 이미 끝난 경기라면 아무리 억울한 경기였다고 해도 필드에 버티고 앉아 있어 봤자 소용없는 일이다. 대책 없는 몽상가들이나 필드에서 일어나지 못하고 하염없이 지나간 경기를 곱씹고 앉아 있을 뿐이다. 훌훌 털고 일어나 다음 경기를 준비하는 것이 현실적이다. 다만 다음 경기라고 해서 잘된다는 보장은 없다. 다음 경기가 언제나 더 어렵다고 헤어베르거가 덧붙였듯이.

헤어베르거는 1933년에 나치에 입당했고 1936년에는 독일 국가 대표 팀 감독이 되었다. 2차 세계 대전 도중 그는 괴벨스의 도움으로 전쟁을 피해 대표 팀을 덴마크와 스웨덴으로 인솔해 훈련을 계속했다. 그의 노력으로 독일 대표 팀은 1942년부터 1950년까지 경기를 단 한 차례도 치르지 못했던 악조건 속에서도 전력을 유지할 수 있었다. 이를 바탕으로 1954년 스위스 월드컵에서 '베른의 기적'을 이루며 우승을 차지했고 이는 패전한 독일인들에게 희망 이상의 것을 안겨 주었다.

나치 경력은 그의 오점이었다. 월드컵 우승이라는 공(功)이 나치 당원이었다는 과(過)를 덮어 줄 수 있을까. (독일인들은 덮어 주었다. 그를 '축구의 신'이라 칭송했고 훈장을 수여했으며 그의 기념 우표를 발행했다.) 축구는 정말 축구일 뿐일까.

몰수 게임

금요일 밤, 아내가 서울로 올라왔다. 나는 아내에게 봉투를 내밀었다. 봉투 안에는 미리 작성해 둔 이혼 서류가 들어 있었다. 아내의 생각을 되돌리기 위해 내가 할 수 있는 최후의 방법이었다. 아내의 눈이 동그래졌다.

"이게 뭐야?"

"보면 알아."

아내를 거실에 남겨 놓고 컴퓨터가 있는 작은 방으로 들어갔다. 대화는 충분히 했다. 아무리 이야기해 봤자 평행선만 달릴 뿐이다. 나는 말도 안 되는 이야기라고 주장할 것이고 아내는 가능한 일이라고 우길 것이다. 나 모르게 경주에서 바람만 피우다가 때가 되면 정리하라는 타협안을 아내는 단박에 뿌리쳤다. 그 이상 양보할 수는 없다. 우리가 타협할 수 있는 중간 지점은 없다. 이제 필요한 것은 결론이다.

아내와 나는 1년 가까이 부부로 살았다. 사람의 감정을 양적인 잣대로 측정할 수는 없겠지만 만약 아내가 자신의 말대로 나와 그놈을 똑같이 사랑한다면, 그리고 둘 중 한 사람을 선택해야 하는 상황이라면 부부로 살아왔던 시간은 내 편이 되어 줄 것이다. 그러나 만약 아내가 나와의 이혼을 택한다면? 지나간 시간을 과거의 일로 치부하고 그놈을 선택한다면? 어쩔 수 없는 일이다. 바람을 피우는 정도라면 모를까, 은밀히 애인을 두겠다는 거라면 모를까, 나 외에 다른 남편을 인정할 수는 없다. 아내가 원하는 대로 살 수 없다. 그렇다면? 아내를 놓아주어야 한다. 아내에게 매달린 끈을 끊어야 한다. 결론은 이미 났지만 머릿속에는 '어떻게 하지'라는 다섯 글자가 영화의 자막처럼 맴돌고 있다. 자막은 점점 커져서 스크린을 모두 메워 버린다. 그 외에 보이는 것은 아무것도 없다.

지금까지 살아오면서 가장 긴 밤이었다. 초조해서 밤새 잠을 이루지 못하고 뒤척거렸다. 아내는 나를 선택할 것이다. 실낱같은 희망은 이내 짙은 불안으로 뒤덮인다. 아니, 아내는 나를 저버릴 것이다.

처음 아내를 본 날이 떠오른다. 괜찮았지. 바르셀로나라고 발음할 때 달싹이던 그녀의 입술이 떠오른다. 그때 정말 예뻐 보였지. 철제 앵글로 둘러싸인 아날로그적인 풍경이 떠오른다. 환상적인 날이었어. 그리고 그녀의 아파트 앞 공원 벤치가 떠오른다. 그 벤치에 앉아서 보냈던 많은 시간들이, 혹시라도 그녀에게 다른 남자가 있을까 봐 조바심을 내던 기억들이, 불안들이 스멀거리며 떠오른다. 세월이 흘렀지만 달라진 것은 없다. 나는 여전히 불안에 떨어야 했다. 다만 그사이에 있었던 좋은 기억들만은 온전히 내 몫이다. 아내와의 짧았던 결혼 생활이 풍경처럼 머리를 스치고 지나간다. 좋았는데. 하지만 그것만으로는 부족하다. 나는 훨씬 더 많은 나날들을, 아내와 함께 있는 풍경들을 원한다.

새벽녘에 거실로 나와 보니 아내는 그때까지 소파 위에서 몸을 웅크리고 있었다. 내내 울었는지 눈이 부어 있었다.

"도장 찍었어?"

머뭇거림 끝에 갈라진 목소리로 아내가 말했다.

"응. 당신이 원하는 대로 해."

최후의 작전은 실패로 끝나고 말았다. 기다리고 있는 것은 낭떠러지. 추락하는 일만 남았다. 아내는 내가 이혼을 원하는 것처럼 몰아가고 있다. 내가 원하는 건 절대로 이혼이 아니다. 아내가 그놈과의 결혼을 포기하는 것이다. 그러나 아내는 도장을 찍었다고 말했다. 다 끝나 버린 것이다. 이제 물러서야 하는 이는 내가 되었다. 억울하지만 할 수 없는 일이다. 아내는 헛기침을 하며 목소리를 가다듬고는 조심스럽게 말했다.

"내 소원 하나 당신이 들어주기로 한 거 있는데, 기억해?"

"엘 클라시코 역대 전적으로 내기한 거?"

"그럼, 이혼하자고 하지 말아 줘. 그게 내 소원이야. 들어줄 거지?"

아내는 고개를 들고 간절한 눈빛으로 나를 바라보았다. 나는 아무런 대답도 하지 못했다. 이혼하지 않는 것이야말로 내 소원이다. 단 아내가 또 하나의 결혼을 감행하지 않는다는 조건에서 말이다. 나는 그녀의 소원을 들어줄 수 없다. 그리고 불쌍한 내 소원마저도 들어줄 수 없다. 아니다. 이렇게 이상한 상황을 만든 사람은 아내다. 아내의 소원을 들어주지 않는 이는, 내 소원을 저버리는 이는 내가 아니라 바로 아내인 것이다.

"월요일에 접수할게."

아내의 눈에 다시 물기가 어렸다. 이내 눈물이 그렁그렁해진 눈으로 나를 바라보았다.

"정말 꼭 그래야만 해?"

나는 아내의 뺨이 젖어드는 것을 외면했다.

"미안해."

월요일이 되었다.

화요일, 수요일이 지나갔다.

목요일은 길기만 했다.

드디어 금요일. 퇴근하고 집에 가보니 아침에 나올 때까지만 해도 어지러웠던 집 안이 깨끗해졌다. 아내가 와 있었던 것이다. 그새 부쩍 수척해진 모습이었다. 화장기 없는 얼굴이 유난히 창백해 보였다. 반가움도 안쓰러움도 모두 억눌렀다.

"왜 왔어?"

"아직은 여기가 내 집이고 당신은 내 남편이잖아."

야윈 얼굴, 맥 빠진 목소리, 풀이 죽어 있는 그녀를 보니 마음이 아팠다.

"법적인 건 중요하지 않다며? 나는 그저 법적인 남편일 뿐이잖아."

"응. 중요하지 않아. 그런 거하고 상관없이 당신은 내 남편이야. 지금도 그렇고 앞으로도 그럴 거야. 우리가 남남이 되고 당신이 나를 미워한다고 해도 나한테 당신은 영원한 남편이야. 집시들은 헤어져도 평생을 오누이처럼 산다고 했지. 그런 거, 오누이 같은 건 필요 없어. 나는 당신을 남편으로서만 기억할 거야."

순간의 선택이 평생을 좌우하는 때가 있다. 지금이 그런 때이다. 마음 약해지지 마. 헤어지는 것이 정답이야. 헤어지는 괴로움은 잠깐이야. 참아. 시간이 지나면 괜찮아질 거야. 평범한 여자를 만나서 평범하게 사는 게 좋아. 참아.

그러나 내 인내심은 내 편이 아니었다.

헤어지는 건 나중에라도 할 수 있잖아. 그게 정말 견디지 못할 일인지 살아 보지 않고서는 모르잖아. 무엇보다 이 여자 없이 살 수 있어? 정말 그럴 수 있어?

그녀를 놓쳐서는 안 된다고 아우성치는 나의 영혼, 나의 심장도 내 편이 아니었다.

헤어지는 순간부터 후회하게 될걸? 다시 돌아오고 싶어도 돌아올 수 없게 될걸? 몸이 멀어지면 마음도 멀어지게 마련이야. 지금 놓치면 영원히 놓치게 되는 거야. 놓치고 싶어?

오직 「글루미 선데이」에서 자보의 대사만이, 그녀를 완전히 가질 수 없다면 반쪽이라도 갖겠다는 절박함만이 내 것이었다. 나는 맥없이 중얼거렸다.

"당신 소원 들어줄게. 원하는 대로 해. 어디 한번 가는 데까지 가보자."

빨간 도장 자국이 두 군데나 선명하게 찍힌 그 서류는 아직까지도 내 책상 서랍에 있다. 가끔 꺼내서 들여다보곤 한다.

명백해진 사실. 나도 미쳤다.

* *

라이언 긱스는 이런 말도 했다.

"축구는 상호 비방과 모욕으로 가득한 잔인한 경기이며 나는 분명히 그 주범 중 하나일 거예요."

지나친 상호 비방도 없었고 심한 모욕도 없었지만 (주범은 있다. 그것도 두 명이나.) 무엇보다도 잔인한 경기를 뛰고 있는 선수로서 한마디 하자면, 이게 축구였다면 진작 부정 선수 개입으로 인한 몰수 게임이 선언되었을 것이다. 부정 선수로 인한 몰수 게임의 공식 스코어는 3 대 0.

훌리건

요한 크루이프는 이렇게 말했다.

"스피드는 종종 통찰력과 혼동된다. 다른 사람들보다 먼저 뛰기 시작하면 내가 빠른 것처럼 보인다."

청부 폭력, 청부 살인 같은 말들은 나와 무관한 다른 세상의 말인 줄로만 알았다. 그러나 상황이 상황이다 보니 그런 말들이 머릿속에서 맴돌았다. 놈에게 해코지라도 해버릴까. 인터넷으로도 청부 살인 의뢰가 가능하다며? 천만 원이면 된다며? 살인은 좀 그렇고, 남자 구실을 못하게 만들어 버릴까. 그러다가 꼬리를 밟히기라도 하면? 타블로이드 신문에 실릴 만한 일이다. 기사 타이틀도 뻔하다. '치정에 얽힌 청부 폭력.'

그러나 아내가 훨씬 빨랐다. 실로 번개 같은 스피드였다. 청부 업체를 알아보기도 전에 아내는 내게 청첩장을 보냈다. 항복 선언을 한 지 보름도 채 되지 않아서였다. 청첩장을 보낼 정도면 결혼 준비를 거의 다 끝냈다는 얘기다. 나의 동의와는 무관하게 아내가 그놈과 결혼할 작정이었다는 것이 명백해졌다. 내 앞에서 눈물지을 때 어쩌면 이미 결혼 날짜까지 잡아 놓았는지 모른다. 아내의 눈물이 거짓은 아니었겠지만 그렇다고 해서 온전히 진실한 눈물이라 할 수도 없다. 내가 속은 것은 아니지만 그렇다고 해서 속지 않았다 할 수도 없다. 속인 사람은 없어도 속은 사람은 있다. 그게 더 억울한 일이다.

회사에서 청첩장을 받아 보고는 기가 막혀 즉시 아내에게 전화했다.

"청첩장을 보내? 이게 지금 뭐 하자는 거지?"

"당신도 시간 되면 오라고."

"내가 거기 가면 가만히 보고만 있을 것 같아? 다 뒤집어 놓을 텐데 왜 나한테 이런 걸 보내?"

"뒤집어 놓고 싶으면 그렇게 해. 당신이 하고 싶은 대로 해."

내가 하고 싶은 대로? 아내는 여전히 그 말이 무슨 의미안지 모르고 있다. 내가 하고 싶은 것은 오직 한 가지뿐이다. 어느 누구와도 아내를 공유하지 않고 온전히 그녀를 독점하는 것. 결혼식장에 가서 난장판을 만들고 싶어 하는 사람은 없다. 어떤 절박한 상황이 사람을 그렇게 만드는 것일 뿐이다. 결혼식장에 가서 마구 뒤집어 놓는다면 당장 기분은 풀릴지 모르지만 아내와는 영원히 결별하게 될지도 모른다. 아니다. 그렇게 한다고 해서 기분이 풀리지는 않을 것이다. 기분도 엉망인 채로 아내와 헤어지게 될 것이다. 내가 내심 자기와 헤어지는 것을 두려워한다는 걸 그녀는 누구보다도 잘 알고 있다. 나는 이를 갈았다.

"안 가. 내가 거길 왜 가?"

아내는 시종일관 차분함을 잃지 않았다.

"싫으면 오지 않아도 돼. 언제 어디서 하는지 당신도 알고 있어야 할 것 같아서 보낸 거야. 너무 기분 나쁘게 생각하지 마."

기분 나쁘게 생각하지 않을 수 없는 일을 저지르면서 기분 나빠하지 말라니. 아내가 하는 일은 모두 이런 식이다. 골치 아픈 일을 던져 놓고는 자기는 한 발 뒤로 물러서서 먼 산만 바라보고 있는 것이다. 미안해하기는커녕 난 원래 그런 사람이야,라고 한마디 던지고는 다시 먼 하늘이나 쳐다보고 있는 것이다. 그런 유의 인간들과는 아예 처음부터 거리를 두어야 한다. 그러나 깨달음이란 항상 뒤늦게 오는 것. 거리를 두기에는 이미 너무 깊숙이 들어왔다.

아내의 결혼식은 평일에 있었다. 고민 끝에 결혼식 전날 밤 경주로 내려가고 말았다. 결혼식장을 난장판으로 만들려고 간 것도 아니고 축하해 주려는 건 더더욱 아니었다. 그저 내게 일어난 말도 안 되는 이 상황을 내 눈으로 확인하고 싶었을 따름이다.

아내가 사는 원룸 부근에서 그녀의 방 창문을 올려다보았다. 불이 꺼져 있었다, 밤새도록. 어쩌면 아내는 이미 신접살림을 꾸릴 집으로 이사했는지도 모른다.

찜질방을 찾아 잠깐 눈을 붙이고는 아침 일찍 결혼식장으로 향했다. 결혼식장은 경주 외곽의 조그만 교회였다. 교회를 범죄 행위의 장소로 삼다니 가증스러운 일이다. 아내는 철저한 무신론자다. 평생 교회에 가본 적이 없고 앞으로도 그럴 것이다. 결혼식 장소를 교회로 정한 것을 보면 그놈이 교회에 다니거나 혹은 그놈의 부모가 크리스천일 것이다. 크리스천의 탈을 쓰고 어떻게 남편이 있는 여자와 결혼할 수 있단 말인가. 십계명에도 나와 있다. 간음하지 말라고. 도둑질하지 말라고. 남의 아내를 탐하지 말라고. 하나님이 있다면 한꺼번에 세 가지나 계명을 어긴 그놈에게 불벼락이라도 내려야 한다. 아내는? 불벼락까지 내리는 건 좀 그렇고 회개만 하면 되지 않을까.

하릴없이 경주 시내를 쏘다녔다. 카페에 들어가서 커피를 마셨고 PC방에 들어가서 게임을 했다. 시간에 맞추어 다시 교회로 갔다. 다른 사람들의 눈에 잘 띄지 않는 창가에서 결혼식을 낱낱이 훔쳐봤다. 이런 식의 결혼을 꼭 해야만 하나 싶을 정도로 결혼식은 너무 조촐했다. 강단 앞에 옹기종기 모여 있는 몇몇 사람들. 하객이라고 해봤자 열 명도 되지 않았다. 모두 그놈의 지인일 것이다. 나이가 지긋한 남녀, 아마 신랑의 부모일 것이다. 장인과 장모 역시 보이지 않았다. 아내가 아무리 간이 크다고 해도 가족에게 알릴 정도로 크진 않을 것이다. 그렇겠지. 내가 두 눈 퍼렇게 뜨고 있으니 말이다. 조용한 교회에 전자 오르간 소리가 울려 퍼졌다. 신랑 신부 동시 입장? 참 여러 가지 하고 있다. 신랑이랍시고 말끔하게 차려입은 그놈의 얼굴도 보였다. 성실? 선량? 다 취소다. 허여멀건 것이 꼭 기생오라비처럼 생겨 먹은 놈. 이웃의 아내를 탐내는 파렴치한이고 남의 것을 가로채는 도둑놈이며 궤변으로 아내의 판단을 흐리게 한 사기꾼이다.

심플한 웨딩드레스를 차려입은 아내의 얼굴은 즐거움으로 빛나고 있었다. 나와 결혼했을 때도 저렇게 환한 얼굴이었던가. 기억이 나지 않는다.

휴대폰이 울렸다. 아내로부터 문자 메시지가 온 것이었다.

결혼식은 잘 끝났으며 신혼여행 다녀와서 보자고…….

* *

훌리건. 축구장에서 행패를 일삼는 무리들을 일컫는 말이다.

1960년대 초, 영국 보수당 정권하에서 사회 복지 축소, 빈부 격차 심화에 반발한 실업자와 빈민층이 그 울분을 축구장에서 폭발시켜 난동을 부리는 일이 잦아지면서 이들을 지칭하는 용어로 사용되기 시작했다. 1963년 리버풀에서 더 콥(The Kop)이라는 조직화된 응원단이 등장하면서 훌리건의 폭력 사태는 과격해지기 시작했다. 1970년대로 들어서면서 켄싱턴 앤드 첼시의 팬들로 구성된 헤드헌터스(Headhunters), 웨스트 햄 후원자들이 결성한 인터 시티 펌(Inter City Firm) 등 악명 높은 '수퍼 훌리건' 집단들이 속속 생겨났다.

1980년대에 들어서는 훌리건들의 난동이 더욱 격렬해져 통제 불가능한 폭동의 수준으로까지 치달았다. 교통수단의 발달로 축구 팬들의 원정 응원이 성행하면서 원정 팬과 홈 팬 간의 충돌도 빈번해졌다. 원정 팬들은 무리를 지어 다니며 상대 팬들을 공격하거나 경기장 근처의 거리를 활보하고 기물들을 마구 파괴했다. 이에 따라 축구장의 폭력 문제는 하나의 사회 문제로 대두되기 시작했다.

훌리건들의 난동으로 인한 대표적인 피해 사례는 1964년 페루와 아르헨티나의 리마 경기 때 3백여 명이 사망한 사건, 1969년 온두라스와 엘살바도르의 축구 전쟁, 1985년 잉글랜드의 리버풀과 이탈리아의 유벤투스와의 유럽 챔피언스 리그 결승전이 열린 벨기에 브뤼셀 하이젤 경기장에서 영국 훌리건의 난동으로 인한 스탠드 붕괴로 이탈리아 원정 응원 팀 39명이 사망한 사건 등이 있다.

– 네이버 백과사전.

백과사전의 설명과는 다른 해석도 가능하다.

훌리건. 그 빌어먹을 결혼식에 유일하게 함께 가고 싶은 사람들.

사랑이 뭐길래

아내는 다른 남자를 만났고 그와 결혼했다. 사랑한다는 이유로. 그러면서도 나와 이혼하지 않으려 했고 결국 이혼하지 않았다. 역시 사랑한다는 이유로. 나는 그런 아내와 헤어지지 못했다. 마찬가지로 사랑한다는 이유로. 그놈은 남편이 버젓이 있는 여자와 결혼을 해버렸다. 그 또한 사랑한다는 이유로.

대체 사랑이 뭐길래?

사랑에 대해 존 레논이 수많은 정의들을 갖다 붙이기 전에 나훈아는 이미 한마디로 간단하게 정의했다. 눈물의 씨앗이라고.

학자들이란 학문을 하는 사람들이다. 학자로 살아가기 위해서는 뭔가 연구해야 한다. 부인하는 학자들도 많겠지만 먹고살기 위해서라도 뭐든 연구해야 한다. 그리하여 학문의 분야는 점점 넓어지는 것이다.

그 와중에 학자들은 사랑에 대해서도 연구하기 시작했다. 사랑이 뭔지. 그 종류와 형태는 어떠한지. 그리고 사랑이 왜 눈물의 씨앗인지.

토트넘 핫스퍼 FC의 서포터이자 현대 사회학의 거장인 앤서니 기든스는 사랑을 열정적 사랑과 낭만적 사랑, 그리고 합류적 사랑(confluent love)으로 구분했다.

열정적 사랑이란 가장 원초적인 사랑의 형태이다. 앞뒤를 가리지 않는 맹목적인 사랑이 곧 열정적 사랑이다. 과학자들은 열정적 사랑을 뇌의 화학 작용으로 보고 있다. 인류학자 헬렌 피셔에 따르면 상대방에게 호감을 느끼게 되는 시기에 신경 전달 물질인 도파민이 만들어져 행복감을 느끼고, 사랑에 빠지게 되면 페닐에틸아민이 만들어져 천연 각성제 구실을 해서 열정이 분출되며, 그다음에는 옥시토신이라는 호르몬이 분비되어 성적 충동으로 이어진다고 한다. 이런 사랑에 빠지면 현실감이 사라지기도 한다. 앞뒤를 가리지 않는 만큼 파괴적인 속성도 지니고 있다. 어떤 희생이나 극단적 선택도 얼마든지 할 수 있게 되는 것이다. 이는 비정상적인 상태이다. 그래서 오래 가지 못한다. 신체에 병균이 침입하면 자기 방어 기제가 작동하여 신체가 스스로 균형을 찾으려 하듯이 사랑으로 인한 비정상적 상태에서도 자기 방어 기제가 작동하는 것이다. 인간 행동 심리학자 신디 하잔은 37개 문화권의 5천여 명을 관찰한 결과 열정적 사랑의 지속 기간은 대략 30개월 미만이라고 발표했다.

비정상적이고 극단적인 요소를 지닌 열정적 사랑은 오랫동안 반사회적인 것으로 여겨졌다. 사랑과 무관하게 결혼이 이루어졌던 대부분의 문화권에서 열정적 사랑이란 결혼의 위험 요소였다. 서구의 경우 18세기 전까지 귀족 계층에게 결혼이란 지위와 재산에 의해 결정되는 것이었고 평민층에서도 경제적인 목적을 실현하려는 도구였다. 사랑의 대상은 어디까지나 결혼 바깥의 상대, 곧 불륜 상대였다.

(이 경우 사랑이란 눈물의 씨앗일 수밖에 없다. 불륜이잖아.)

우리가 일반적으로 생각하는 사랑, 운명적으로 만난 두 사람이 변치 않는 사랑을 나누며 평생을 함께하는 것이 낭만적 사랑이다. 영화 「봄날은 간다」에서 유지태의 유명한 대사, "사랑이 어떻게 변하니?"와 같은 사고는 낭만적 사랑의 핵심이다.

열정적 사랑이 성적 매혹과 불가분의 관계인 반면 낭만적 사랑은 정신적인 것, 영혼의 만남을 우위에 둔다. 이는 중세 유럽 기독교 사회에서의 신에 대한 숭고한 사랑에 열정적 사랑이 더해진 것이다.

왜 하필 그 사람이어야 하는가. 낭만적 사랑에서는 이렇게 대답한다. 다른 사람이 아닌 바로 그 사람이니까. 낭만적 사랑에 있어서 상대방은 자신의 결여를 메워 주는 존재이다. 낭만적 사랑은 불완전한 개인을 완전하게 만들어 주는 것이다.

18세기에 시작된 자본주의의 발전은 도시화, 산업화의 과정이다. 이 과정에서 일터와 가정이 분리되었고 개인주의가 확산되었다. 이 시기에 이르러서야 비로소 사랑은 결혼과 결합할 수 있게 되었다. 가족과 친족의 영향력에서 벗어나 개인이 스스로 배우자를 선택할 수 있게 된 것이다. 남자에게 이상적인 배우자란 일터와 분리된 가정을 잘 돌볼 수 있는 여자였다. 이전에 불륜으로 치부된 사랑은 낭만적 사랑이 부상하면서 결혼 제도 안으로 들어갔다. 이제 사랑은 결혼 생활을 유지하게 해주는 가장 중요한 것이 되었다.

(이 경우 사랑은 눈물의 씨앗이 아닌 것처럼 보인다. 많은 사람들에게 결혼이 실제로 영원했던 시기가 있었으니까. 그러나 그 결과, 기든스의 지적처럼, "종종

오랜 불행의 나날이 초래되었다." 결국 사랑은 눈물의 씨앗이라는 속성을 떨쳐 낼 수 없었다.)

낭만적 사랑에서는 서로의 차이점이나 갈등의 요인들이 간과되고 축소된다. 낭만적 사랑의 관점에서는 사랑으로 모든 것을 극복할 수 있다고 본다. 따라서 차이점이나 갈등이 있다 해도 소소한 것이거나 소소한 것이어야만 한다. 그 결과는? 갈등이 커질수록 상대방이 진정한 영혼의 짝이 아니었다고 생각하게 되며 결국 관계는 깨지게 된다.

합류적 사랑이란, 기든스에 의하면, "자기 자신을 타자에게 열어 보이는 것"이다. 즉 서로 다른 정체성을 인정하고 사랑의 유대를 공유함으로써 새로운 정체성을 이루어 가는 것이 합류적 사랑이다.

동물원은 '주체'와 '타자'와 '정체성'에 대해 이렇게 노래했다.

> 사랑했던 우리. 나의 너, 너의 나, 나의 나, 너의 너.
> 항상 그렇게 넷이서 만났지.
> 사랑했던 우리.
> 서로의 눈빛에 비춰진 서로의 모습 속에서 서로를 찾았지.
> (……)
> 잊지 못할 그날. 나는 너, 너는 나였었지.
> 그렇듯 쉽게 떠나갔던 우리.
> (……)
> 이렇게 생각해. 나는 나, 너는 너였다고. 나는 나, 너는 너.
>
> ─「나는 나 너는 너」, 『동물원 세 번째 노래 모음』, 1990.

나는 곧 너이고 너는 곧 나라는, 또는 그렇게 되어야 하는 것이 사랑이며, 나는 나이고 너는 너임을 확인할 때 사랑이 깨진다는 관점이 낭만적 사랑이다. 이에 반해 합류적 사랑에서는 나는 나이고 너는 너임을 확인하는 것이 사랑의 시작이다.

낭만적 사랑의 속성인 '영원'과 '유일'의 허구성은 합류적 사랑이라는 새로운 사랑의 형태를 만들었다. 낭만적 사랑에서는 바로 그 특별한 '사람'이 중요하지만 합류적 사랑에서는 그 사람과의 특별한 '관계'가 더 중요하다.

기든스는 이렇게 말한다.

"낭만적 사랑과는 달리 합류적 사랑은 이성애여야 할 필요도 없고 **반드시 일부일처제여야 할 필요도 없다.**"

(이젠 학자들마저 내 속을 긁는다. 합류적 사랑이 일부일처제여야 할 필요가 없는 그런 것이라면 내게는 그 사랑이야말로 눈물의 씨앗이다.)

이 모든 경우 사랑이란 눈물의 씨앗이다. 씨앗은 이미 사방에 뿌려졌다. 싹이 트고 꽃이 피면 후드득 눈물을 떨굴 일만 남았다.

* *

나는 너의 기쁨, 그리고 고통.
갈채도 비난도 나에게서 시작된다.
동료이자 적이고 축구의 처음이며 또한 끝이다.
나로 인해 너는 승리자로 영원히 빛나거나 패배한 채 잊혀질 것이다.
나를 지배하라!
그리하면 경기를 지배할 것이다.

– 아디다스 CF, 'I am'편.

낭만적 사랑의 전형처럼 보이는 카피지만 마치 아내가 내게 하는 말처럼 들린다.

승리자로 영원히 빛나는 길은 사라지고 말았다. 나는 패배한 채 잊혀질 것이다.

부부

시뮬라시옹

나도 결혼했다. 혼인한 채로. 다른 여자와.
아내가 하는 일을 나라고 못할 이유가 있겠는가.

결혼하는 일은 전혀 어렵지 않았다. 몇 번인가 대화를 나누고 곧바로 결혼에 골인할 수 있었다. 상대는 열여덟 여고생이었다. 노래를 지어 준 것도 아닌데 열여덟 처녀는 나와 결혼했다. 부모의 동의 같은 건 필요하시 않았다. 예복을 샀고 청첩장도 돌렸다. 결혼 후가 문제였다. 너무 어린 탓에 대화가 통하지 않았다. 학교에서 일어났던 시시콜콜한 이야기들을 끝도 없이 늘어놓으며 사사건건 피곤하게 굴었다. 싸우는 것도 귀찮아서 여고생과는 깨끗하게 이혼했다. 여고생 아내와 헤어지면서 이렇게 말했다.

"공부 열심히 해. 수능 잘 봐라."

곧바로 다른 여자를 만났다. 성격은 괜찮은 것 같았지만 그녀와의 대화는 따분했다. 그래서 그녀와는 결혼하지 않았다. 그다음에 만난 여대생은 축구를 좋아했다. 다른 건 생각하지도 않고 오직 그 이유 하나 때문에 그녀와 결혼했다. 여대생 아내와 헤어지지 않은 채로 또 결혼했다. 이번에는 전업 주부였다. 그녀는 남편이 잠든 뒤에 나를 만나러 온다.

이 모든 일들이 불과 며칠 사이에 일어났다. 결혼하는 일은 지나칠 정도로 간단해서 마음만 먹으면 옛날의 왕처럼 수십 명의 아내를 거느릴 수도 있다. 왕과 다른 점이 있다면 그 수십 명의 아내들 역시 수많은 남편을 두고 있다는 것이다.

온라인 롤플레잉 게임 얘기다. 이제는 결혼마저도 게임 속으로 들어갔다. 약관에 동의하고 회원 가입을 하고 요금 결제만 하면 10대의 아이들도, 80대의 노인들도 얼마든지 결혼할 수 있다. 인터넷 머니로 청첩장이나 예복 같은 것도 살 수 있다. 현실 세계에서 불가능한 것들이 게임에서는 아무렇지도 않게 이루어진다. 게임을 통해 캐릭터를 여럿 보유할 수 있고 각각의 캐릭터들이 결혼도 할 수 있으니 중혼도 얼마든지 가능한 일이다. 심지어 어떤 게임에서는 캐릭터들이 키스도 하고 섹스도 한다.

전업 주부인 사이버 아내에게 아내가 결혼했다고 말했다. 그녀는 대수롭지 않다는 듯 대답했다.

"뭐 어때요. 저도 여러 번 결혼했는데. 님도 또 결혼하면 되잖아요."

"만일 진짜 남편이 이혼도 하지 않고 다른 여자랑 또 결혼하면 어떨 것 같아요?"

"에이. 세상에 그런 일이 어디 있어요. 바람만 피우다 말거나 이혼한 다음에나 결혼하겠지요."

"게임에서는 다들 그렇게 하잖아요."

"그거야 게임이니까 그렇지요."

(그런 사람이 진짜 있단 말이오! -_-;;;)

중혼뿐만이 아니다. 인류가 지금까지 경험해 왔던 모든 혼인 형태가 게임 안에선 모두 존재한다. 모노가미뿐 아니라 폴리기니, 폴리안드리까지. 또한 동성 결혼도. 그리고 루이스 모건이 인류 최초의 혼인 형태였다고 주장한 원시 집단혼마저도 21세기의 사이버 세계에서는 얼마든지 가능하다.

게임 속에 나타나는 이런 모습들은, 보드리야르의 용어를 빌리면, 일종의 '시뮬라시옹'이다. 실재하는 현실이 아닌 가상 현실이다. 가상 현실은 근본적으로 현실의 모사이자 반영이겠지만, 과잉된 가상 현실은 본질을 은폐하고 왜곡하며 조작하여 때로는 현실을 압도하는 위력을 지니기도 한다. 그렇다고는 해도 게임은 게임이고 현실은 현실이다. 가상 현실이 실재의 세계를 전복하는 일은 일어나지 않을 것이다. 우리는 아직 "그거야 게임이니까 그렇겠지요"라고 말할 수 있다. 현실과 게임을 혼동하고 게임 속의 가상 현실에 압도되어 살아가는 이들은 매우 드물다.

아내야말로 전복자이다. 실재하지 않고 실재할 수도 없는 일을 게임 같은 가상 현실에서가 아니라 현실에서 구현해 냈다.

전복자와 함께 사는 삶이란 어떤 것일까.

매트릭스를 빠져나온 네오에게 모피어스는 이렇게 말했다.

"현실의 사막에 온 것을 환영하네."

로그아웃을 하고 컴퓨터를 끈다. 기다리고 있는 것은 가혹한 현실이다. 어디서부터 잘못되었는지, 어떻게 바로잡아야 할지 도무지 알 수 없는 막막한 일상이다. 이제 내 인생에는 끝없는 사막만이 펼쳐져 있을 것이다.

* * *

'위닝' 시리즈나 '피파' 시리즈 같은 축구 게임에서는 게이머의 실력만 좋으면 약팀이 강팀을 충분히 이길 수 있다. 게임 속이라면 대한민국이 얼마든지 브라질, 프랑스, 아르헨티나 같은 축구 강국들을 이길 수 있고 심지어 월드컵에서 우승을 할 수도 있다. 이런 시뮬라시옹이라면 비록 실재하지 않는다 해도, 과잉 현실이라 해도, 실재를 대체한다 해도 아주 기꺼이 받아들일 수 있을 것이다.

그러나 실제로 대한민국이 월드컵에서 우승하는 일은, 공이 아무리 둥글다 해도, 일어날 리 없다. (내 말이 틀리기를 바란다.) 앞으로도 그럴 것이다. (내 말이 틀려야만 한다.) 다만 유소년 축구 시스템이 획기적으로 개선되고 축구 인프라가 비약적으로 발전한다면 그 수십 년 뒤에는 어쩌면 가능할지도 모른다. (내가 죽은 다음에?)

축구 따위야

보름 만에 아내가 돌아왔다. 여느 때처럼 가벼운 차림이었다. 아내는 현관에 들어서면서 소리쳤다.

"나, 왔어."

나는 거실 소파에 앉아 TV를 보던 중이었다. 아내에게 한 번 눈길을 주고는 다시 TV로 시선을 돌렸다. 아내는 아랑곳하지 않고 집 안을 둘러보고는 내 옆에 와서 앉았다.

"잘 있었지? 별일 없었구나."

별일이 없다고? 집 안 구석구석에 별일이 있다는 증거를 남겨 놓았는데도 아내는 그렇게 말했다. 당장 눈앞에 있는 거실 탁자만 해도 여기저기에 묻은 자장면 소스가 시커멓게 말라붙어 있다. 아내는 아직 못 봤겠지만 컴퓨터 책상은 치킨 양념으로 더럽혀져 있다. 안방에 들어가 봤으면 방 한구석에 아무렇게나 벗어 놓은 옷들이 쌓여 있고 뒤집힌 양말들이 사방에 나뒹굴고 있다는 것을 알 텐데. 게다가 부엌에 들어가 봤으면 싱크대 안이 음식물 찌꺼기가 잔뜩 묻은 그릇들로 꽉 차 있는 것도 봤을 텐데. 그리고 음식물 쓰레기봉투에서 나는 악취도 맡았을 텐데. 그 모든 것들이 별일이 있다고 아우성치고 있는데도 별일이 없다고?

아내는 곳곳에 묻어 있는 '별일' 있다는 증거들을 없애기 시작했다. 빨랫감을 모두 거두어 세탁기에 넣었고 청소기를 돌렸으며 설거지를 했다. 아내는 집 안 꼴이 엉망이 되어 있으리라는 것 정도는 미리 짐작했다는 듯 지극히 자연스럽게 행동했다. 누가 봐도 다른 남자와 결혼을 하고 신혼여행이라는 대사를 치르고 온 사람이라고는 생각하지 못할 것이다. 조그만 시빗거리도 만들지 않으려는 듯 아내는 엉망이 된 집을 보고도 불평 한마디 없었다. 내 말투는 저절로 퉁명스러워졌다.

"밀월여행은 즐거웠냐?"

"응, 뭐."

"재미있었어?"

"그냥, 뭐."

"나랑 갔을 때보다 더 좋았어?"

아내는 말을 돌렸다.

"배고프지 않아? 나, 저녁 먹어야 되는데, 당신은? 오면서 간단하게 장 봐 왔어. 동태 찌개 해서 먹자."

다시 부엌 쪽으로 발걸음을 옮기려는 아내를 붙잡았다.

"이제 어떡할 거야?"

"뭘?"

뭐긴 뭐야. 그대가 저지른 이 어이없는 일을 도대체 어떻게 할 거냐는 말이지. 그러나 이미 일은 벌어졌는데 이제 와서 뭘 어떻게?

"말이 쉽지. 두 집 살림을 어떻게 해?"

"나를 걱정해 주는 거야?"

"아니. 걱정되는 건 나야. 두 집 살림을 하는 여자하고 같이 살 생각을 하니 앞이 캄캄하다."

"당분간은 크게 달라질 거 없잖아. 주말에는 올라오고 주중에는 내려가 있을 테니."

"경주 프로젝트 끝나면?"

"같이 사는 건 싫지?"

"내가 미쳤냐."

"그럼 뭐, 그때는 또 다른 방법을 찾아야겠지."

"명절 같은 때는 또 어떻게 해?"

"조금 더 바쁘게 움직이면 어떻게든 될 거야."

"그 집은 제사도 안 지내?"

"기독교 집안이라 제사 안 지내고 가족 예배로 대신한대."

"기독교 집안에서 자란 놈이 중혼을 해?"

"기독교가 왜? 기독교하고 일부일처제하고는 무관해. 성경에 이혼하지 말라는 구절은 있어도 복혼을 금지한 구절은 나오지 않아. 그나마 이혼하지 말라는 얘기도 사실은 경제적인 이유 때문일 거야. 여자가 이혼을 당하면 먹고살 길이 막막해질 테니까. 아브라함은 여러 아내를 거느렸고 모세도 일부다처제를 인정했어. 우리가 기독교의 전통이라고 알고 있는 많은 것들이 사실은 로마의 전통이야. 12월 25일 크리스마스도 사실은 로마 태양신의 탄생일에 갖다 붙인 거잖아. 복혼이 금지된 건 기독교 때문이 아니라 로마 시대의 풍습 때문이야. 로마에선 자유로운 성 관계를 인정했지만 부인은 한 명만 허용했거든. 가문의 유지와 재산 상속 때문이었을 거야. 마틴 루터도 일부일처제가 원칙이라고 생각했지만 특정한 상황하에서는 예외적으로 복혼이 허용될 수 있다고 말했어."

"특정한 상황이라는 게 뭔데?"

"루터 말로는 문둥병에 걸렸다거나……."

"그래서 그대하고 그놈은 나를 나환자로 생각한단 말이지?"

"비약하지 마."

"그게 왜 비약이야?"

"만약에 말이야. 내가 다른 남자하고 먼저 결혼한 다음에 당신을 만났고, 우리가 서로 사랑하는 사이가 되었다면 당신은 어떻게 했을 거 같아?"

"나야, 그대보고 이혼하라고 한 다음에 결혼하겠지."

"내가 남편과 헤어질 수 없다고 하면? 그리고 당신하고 결혼하고 싶다고 하면?"

글쎄. 그건 그녀를 얼마나 원하는가에 따라 달라지지 않을까. 세상의 규범을 무시하고 반만이라도 가져야겠다는 열망이 크다면……. 아니다. 아무리 그렇다 해도…….

아내는 내 대답을 기다리지 않고 말했다.

"잘할게. 내가 정말 잘할게."

"가서 저녁이나 먹어."

"근데 왜 그대라고 불러?"

"그 난리를 겪고도 전처럼 여보, 당신 소리가 나올 줄 알았냐. 가서 밥이나 먹어."

그날 밤 침대에서 나는 아내를 거칠게 다루었다. 내 몸은 그 어느 때보다 단단해졌다. 다른 때와는 달리 키스도 하지 않았다. 전희도 없었다. 곧바로 아내의 몸속으로 들어갔다. 아내는 아프다고 말했지만 나는 아랑곳하지 않았다. 아내의 두 발목을 잡아 한껏 벌리고는 거세게 돌진했다. 강약 조절이라고는 전혀 없이 마구 밀어붙이기만 했다. 자세를 바꾸고 아내가 몸을 흔들 때 손바닥으로 그녀의 엉덩이를 때렸다. 전과 다른 점이 있다면 손바닥에 감정이 실렸다는 것. 쾌감을 고조시키기 위한 것이 아니라 화풀이를 했다는 것. 애무가 아니라 손찌검에 가까웠다는 것.

사정한 뒤 등을 돌리고 누워 있는데 아내가 내 쪽으로 몸을 돌렸다. 아내는 작아진 내 성기를 입에 물었다. 마치 위로라도 하듯 부드럽게. 얼마나 오랫동안 그러고 있었는지 모르겠다. 언제인지 모르게 스르르 잠들어 버렸으니.

* *

2003년 12월. 엘 클라시코.

레알의 윙백 카를로스가 선제골을 넣었다. (잘했군.)

연이어 호나우두가 추가 골을 넣었다. (잘했어.)

종료 직전 FC 바르셀로나의 클루이베르트가 가까스로 한 골을 만회했다. (너도 잘했다.)

경기는 그대로 끝났다. 레알이 2 대 1로 승리했다. 바르셀로나의 홈구장 누캄프에 모인 십만의 관중은 오랫동안 느껴 보지 못했던 괴로움을 겪어야만 했다. 누캄프에서 레알이 이긴 것은 20년 만의 일이었으니 말이다. 그만큼 레알의 팬들은 기뻐 날뛰었을 것이다. (좋겠다.)

다른 때 같았으면 분해서 펄쩍 뛰었을 아내가 내게 축하한다고 말했다. (얼씨구?)

바르셀로나의 패배를 안타까워하는 기색은 보이지 않았다. 어쩌면 아내도 이번만큼은 레알의 승리를 바랐는지도 모르겠다. (내기도 하지 않았는데, 뭐.)

레알이 20년 만에 누캄프에서 승리했다고 해서 내 인생이 달라지는 것은 아니다. 이번만큼은 레알의 승리가 그리 기쁘지 않았다. 이겨도 기쁘지 않은 이런 어정쩡한 상태보다는 차라리 패배의 괴로움에 빠져 있는 것이 더 낫다. 레알이 졌다면 패배자의 괴로움에 완벽하게 젖을 수 있었을 텐데. 아내가 미안함을 조금이라도 더 크게 느꼈을 텐데. 하지만 이러거나 저러거나 경기가 끝난 후에 돌아와야 하는 현실은 축구 따위와는 무관하다.

공은 바라는 쪽으로는 오지 않는다

세상은 전과 다름없이 돌아갔다. 내 생활도 마찬가지였다. 마누라가 두 번째 남편을 얻었는데도 일상생활은 크게 달라진 것이 없었다. 아침이면 출근을 했다. 회의와 미팅을 했고, 상사에게 싫은 소리를 들었으며 팀원들에게 싫은 소리를 해댔다. 저녁이 되면 퇴근했다. 별일 없으면 정시에 퇴근했고 일이 많으면 야근을 했다. 집에 와서 혼자 밥을 먹었고 혼자 TV를 봤다. 온라인 게임에서 몇 번의 결혼과 몇 번의 이혼을 반복했다. 그리고 주말이 오기를 기다렸다.

주말이면 아내가 집으로 왔다. 짧은 시간 동안 그녀는 온갖 집안일들을 다 해냈다. 주말이 지나면 집 안은 반짝거렸고 냉장고엔 밑반찬들이 가득 찼으며 장롱 속에는 깨끗하게 다림질 되어 개켜진 옷들이 차곡차곡 쌓여 있었다. 경주에서도 이렇게 하나? 언제 쉬나? 가사 노동에 관한 한 더 잘하겠다는 그녀의 말은 허언이 아니었다. 그녀는 정녕 슈퍼우먼이었다.

사소하게 달라진 것. 나는 더 나태해졌다. 집안일에는 손가락 하나 까딱하지 않게 되었다. 다분히 고의적이기는 했지만 한편으로는 어쩔 수 없는 일이기도 했다. 미안한 마음에 청소를 할까 하다가도 문득 괘씸한 생각이 들곤 했다. 그러면 청소를 하기는커녕 일부러 더 아무렇게나 해놓게 되는 것이다.

달라진 것이 또 있다. 내 손가락에는 아무것도 없고 아내의 왼손 넷째 손가락에는 반지 두 개가 예쁘게 빛나고 있다. 나는 아내에게 반지가 왜 두 개인지 묻지 않았다. 아내 역시 나에게 반지가 왜 없는지 묻지 않았다.

달라진 것 하나 더. 아내와의 대화가 줄어들었다. 전처럼 자연스럽게 아내와 이야기를 나누는 것이 힘들어졌다. 예전 같았으면 아무렇지도 않게 했을 일상적인 대화조차 자꾸 어긋나곤 했다. 그도 그럴 것이 나로서는 지금의 상황을 일상적인 것이라 여길 수 없었으니 일상적인 대화란 애초에 불가능했다. 예컨대 이런 대화.

"집들이 한번 하자. 주말에 경주 올 수 있어?"

두 남편과 두 집 살림을 하는 여자가 한 남편과 새살림을 꾸려 놓은 집에 다른 남편을 초대하는 걸 일상적인 일이라고는 할 수 없다. 따라서 일상적인 대답이 나올 리가 없다.

"경주 가면? 그놈하고 그대하고 같이 뒹구는 꼴을 보라고?"

어쩌면 아내에게는 일상적인 일이고 일상적인 대화였을 것이다. 마치 옆집에 한번 가자고 말하는 사람처럼 아내의 어조는 자연스러웠다.

"집들이에서 그런 퍼포먼스를 왜 하겠어?"

"범상치 않은 결혼을 한 사람들이 범상치 않은 퍼포먼스라고 못할 것 없잖아."

"비꼬지 말아 주세요. 그냥 집들이일 뿐이야."

"내가 왜 가? 안 가. 절대로 안 간다."
"언제라도 마음 변하면 말해."
"그럴 일 없다."

그러나 대답과는 달리 나는 주중에 휴가를 내고 경주로 내려갔다. 아내가 사는 곳은 지은 지 제법 된 복도식 아파트였다. 그들의 집 맞은 편에 있는 아파트로 들어갔다. 계단 쪽 창가에 서서 바깥을 내려다보았다. 엘리베이터에서 내리는 사람들과 타려는 사람들이 흘끔거리며 지나갔다. 날은 이내 어둑해졌다. 추운 날씨였다. 오래지 않아 몸에 한기가 돌았다. 꼭대기 층까지 계단으로 걸어 올라갔다가 내려왔다. 몸은 조금 따뜻해졌지만 발이 시린 것은 어떻게 할 수 없었다. 따뜻한 데 가서 몸을 녹이고 돌아올까 하던 차에 그들의 집에 불이 켜졌다. 아내의 모습이 보였고 뒤따라 들어오는 그놈의 모습도 보였다.
두 사람은 나란히 퇴근한 모양이었다.
(그런 건 나도 얼마든지 할 수 있다. 같은 회사에 다니기만 한다면.)
아내가 식사 준비를 할 때 그놈은 청소를 했다.
(나도 그 일이 생기기 전에는 열심히 청소했다.)
그놈은 설거지도 했다.
(아, 나도 할 수 있다니까.)
나란히 앉아서 TV를 보고.
(축구 중계해 줄 시간도 아닌데 뭐가 그렇게 재미있다고.)
불이 꺼지고.
(그거야말로 내가 잘한다. 나는 불을 끄지 않고도 얼마든지 잘할 수 있단 말이다.)
아는 사람은 안다. 사랑하는 여자가 나 아닌 다른 남자와 같이 있는 방의 불 꺼진 창문을 바라보는 일이 얼마나 괴로운지. 천여 년 전 서라벌 땅에 그 괴로움을 아는 인간이 있었으니, 그 이름 처용. 그는 이렇게 노래했다.

서울 밝은 달에 밤새도록 놀다가
들어와 자리를 보니 다리가 넷이로구나.
둘은 내 것이거니와 둘은 뉘 것인고.
본디 내 것이었지만 빼앗긴 것을 어찌하리.

처용 아내의 가랑이를 앗아 간 역신은 처용의 노래에 감읍해서 다시는 처용의 아내를 건드리지 않겠다고 했다지. 듣는 이의 혼을 앗아 갈 정도로 처용이 뛰어나게 노래를 잘했거나 혹은 그 역신이 염치라는 것을 아는 놈이었을 것이다. 그러나 내 아내의 가랑이를 절반이나 앗아 간 놈은 그것도 모자라 결혼까지 해버렸다. 염치라고는 아예 모르는 놈이다. 어떤 노래를 불러도 또 아무리 잘 부른다 해도 놈은 결코 빼앗아 간 절반을 돌려주지 않을 것이다.

천여 년 전 서라벌 땅에는 남편이 셋이나 되는 여자도 있었으니, 선덕여왕이 그랬다. 숙부인 용춘과 흠반, 을제를 남편으로 두었다. 여왕은 남자를 밝혔고 신하들은 삼서지제(三壻之制)라는 것을 만들어서 제도적으로 세 명의 남편을 두는 것을 인정했다. 혹은 여왕이 직접 만든 제도인지도 모르겠다. 어쩌면 옥문지(玉門池)니 여근곡(女根谷)이니 하는 설화는 여왕의 총명함을 칭송하기 위한 것이 아니라 그 방면에 남다른 조예가 있었던 여왕을 비꼬려고 지어낸 이야기일지도 모른다. 선덕 여왕만이 아니다. 권력자들은 색을 밝혔다. 여자들도 마찬가지였다. 진성여왕도 남자를 거느리는 데에는 일가견이 있어서 여러 젊은이들을 곁에 두었다고 한다.

신라가 싫다. 경주가 싫다. 옛날 여왕들도 싫다.
처용만은 좀 불쌍하다.

* *

카뮈는 이런 말도 남겼다.
"골키퍼 시절에 공은 어느 누군가가 오기를 바라는 쪽으로는 절대 오지 않는다는 것을 나는 배웠다. 그것은 내 인생에 많은 도움을 주었다. 아무도 믿을 수 없는 파리 시절에 특히 그러했다."

공이 어느 쪽으로 오건 골키퍼는 필사적으로 몸을 날려 막으려 한다. 바라지 않는 쪽으로 온다 해서 막으려는 노력을 포기하진 않는다. 나로 말하자면 골문을 텅 비워 놓아야만 계속 기용될 수 있는 골키퍼이다. 몸을 날리는 것조차 허용되지 않는다. 공이 오는 방향을 알고 있어 봤자 내 인생에 아무런 도움도 안 된다.
그리고 인생이 뜻대로 되지 않는다는 것을 배웠다 해서 그게 인생에 무슨 도움이 되겠는가. 어차피 뜻대로 되지 않는 인생인데.

축구에 서린 인문 정신

시내로 나가 찜질방에서 몸을 녹이고 새벽에 다시 아파트로 향했다. 차가운 새벽바람이 옷깃 사이로 스며들었다. 주차장의 자동차들은 갓밝이에 이르기도 전에 벌써 연기를 내뿜으며 움직이기 시작했다. 날이 조금씩 밝아 오자 점점 더 많은 사람들이 아파트를 빠져나갔다. 아파트라면 어디서나 볼 수 있는 새벽의 풍경이겠지만 여기는 경주, 아내가 또 하나의 남편과 살림을 꾸린 신혼집 앞이다. 세상의 끝이라 해도 여기보다 낯설지는 않을 것이다. 눈에 들어온 건 다른 세상의 풍경이다.

아내의 집에 불이 켜졌고, 이내 다시 꺼졌다. 두 사람이 아파트 현관을 나서는 모습이 보였다. 그들은 이따금 서로 마주 보기도 하면서 마치 산책이라도 하듯 천천히 걸어갔다. 두 사람이 시야에서 사라지자 한동안 서성이며 망설였다. 이제 어떻게 할 것인가.

현관문에는 열쇠 업체들의 스티커가 붙어 있을 것이다. 거기에 전화하면 문을 열 수 있다. 신분 확인을 요구하는 경우도 있지만 그렇지 않을 수도 있다. 경주의 열쇠 가게 아저씨가 신분 확인을 하려고 하는 깐깐한 사람이라면? 그리고 경비 아저씨가 올라와 "댁은 누구요?"라고 묻는다면? 아내에게 전화하면 해결이야 되겠지만 체면이 말이 아닐 텐데?

앞뒤를 가릴 처지가 아니었다. 아내의 집 앞으로 올라가 문에 붙은 스티커의 전화번호로 전화를 걸었다. 다행히도 열쇠 가게 아저씨는 내게 신분 확인을 요구하지 않았고 경비 아저씨도 올라오지 않았다. 오래된 아파트여서 문을 따는 건 간단하게 끝났다. "키를 새로 만드실 건가요?" 나올 때 문을 잠그고 나와야 하니 키가 필요했다. 키가 만들어지는 시간만큼 불안에 떨어야 했다.

조마조마한 순간이 지나갔다. 열쇠 가게 아저씨는 돌아갔고 나는 안으로 들어갔다. 신발을 벗고 집 안으로 들어서자 한숨이 절로 나왔다. 간밤에 건너편 아파트의 복도에서 훔쳐볼 때는 몰랐는데 들어와 보니 벽면이 온통 책장이었다. 마치 결혼 전 아내가 살았던 집처럼. 그때는 방 안을 가득 채운 책들을 보고 경이로움에 가까운 뭔가를 느꼈지만 이번에는 씁쓸함만 감돌았다. 아내의 책들은 모두 서울에 있으니 이 집에 있는 책들은 다 놈이 사들였을 것이다.

방문 하나를 열어 본다. 안방이다. 자그마한 화장대 하나, 단조로운 무늬가 수놓아진 이불이 단정하게 깔려 있는 더블 침대 하나. 이 침대에서 연놈이 뒹굴었단 말이지. 침대에 식칼이라도 꽂아 놓을까. 마피아 영화에 나오는 것처럼 강아지 시체라도 집어넣을까.

눈을 돌려 보니 또 책장들이다. 흡사 책에 환장이라도 한 인간 같다. 책장 한 칸은 축구에 관한 책들로 채워져 있다. 내가 안 읽은 책, 모르는 책들이 더 많았다. 이놈은 축구마저도 이렇게 책으로 보는 놈이란 말인가. (기왕 들어온 거 축구 책이나 훔쳐 가 버릴까?)

또 다른 책장 한 칸은 결혼과 사랑에 대한 책들로 가득 메워져 있었다. 그중에 내가 아는 책은 없었다. 이놈은 결혼이나 사랑마저도 책으로 읽는 놈이란 말이지.

이런 종류의 인간들은 위험하다. 책 속의 세상과 현실을 구분하지 못한다. 주어진 현실에 결코 만족하지 못하는 인간들이다. 따지고 보면 책이야말로 가장 고전적이면서도 가장 위험한 시뮬라시옹의 세계다. 2천여 년 전에 진시황이 괜히 할 일 없고 심심해서 세상의 책들을 모아 불사른 것이 아니다. 진시황만이 아니다. 로마 교황들도 금서 목록을 만들었다. 어려운 말들로 가득해서 읽는다고 이해되는 것이 아닌 칸트의 저작들도 금서였다. 먼 옛날의 이야기만도 아니다. 현대의 철학자인 베르그송의 저작들도 역시 금서 목록에 포함되었다. 남의 나라 이야기만도 아니다. 불과 얼마 전까지도 우리나라 검찰청에는 두툼한 금서 목록이 있었다. (두께가 조금 얇아진 채로 아직도 남아 있을 것이다.)

가만. 분서갱유라. 생각난 김에 이 집에 석유를 뿌리고 불이라도 확. 화악.

그렇게 하면 속은 시원하겠지만 나오느니 한숨이다. 푹. 푸욱.

사방에 가득한 책들을 보고 나니 아내가 그놈과 어떻게 사는지 이것저것 들춰 보는 일이 시들해졌다. 뒤져 보면 뒤져 볼수록 놈이 아내와 비슷한 취향을 가졌다는 증거들만 나올 것이다. 불법 가택 침입 30분 만에 나는 그 집을 나섰다. 새로 만든 키로 문을 잠그고 천천히 걸어갔다. 아파트 안 조그만 놀이터의 모랫바닥에 키를 던져 버렸다. 택시를 탔다. 경주 터미널로. 고속버스를 탔다. 서울로. 내 집으로.

사랑하는 여인에게 외면당하고 홀로 집으로 돌아가는 길의 쓸쓸함을 아는 인간이 2천 년 전에도 있었으니, 고구려의 유리는 이렇게 노래했다.

翩翩黃鳥 雌雄相依 펄펄 나는 저 꾀꼬리 암수 서로 정다운데
念我之獨 誰其與歸 외로운 이 내 몸은 뉘와 함께 돌아갈꼬.

왕(王)씩이나 되는 인간도 겨우 한 명의 마누라를 떠나보내고 돌아오는 길이 외롭다며 칭얼거렸는데 달랑 하나 있는 마누라를 반이나 빼앗겼다는 걸 새삼 확인하고 홀로 집으로 돌아가는 내 마음은 오죽하겠는가. 실로 '염아지독'이며 '수기여귀'다.

* *

유홍준은 이렇게 말했다.

축구 자체는 분명 발로 공을 차는 아주 단순한 경기일 뿐이다. 그러나 축구 경기를 통해 일어나는 문화 전체는 세계 문화사를 압축해 볼 수도 있는, 말할 수 없는 크기와 넓이의 인문 정신이 서려 있는 것이다. 그것을 담당하는 것은 해설과 비평의 몫이다.

– 『동아일보』, 2002. 7. 5.

축구에 서린 인문 정신이란 게 뭔지는 잘 모르겠지만 굳이 알 필요도 없다. 유홍준이 말했듯이 그것은 축구를 통해 인문 정신을 보려는, 혹은 보아야 하는 사람들의 몫이다. 우리는 축구에 서린 인문 정신 따위를 모른다 해도 얼마든지 축구를 즐길 수 있다. 마찬가지로 결혼에 '세

계 문화사를 압축해 볼 수도 있는' 어떤 종류의 정신이 서려 있건 그것 역시 해설과 비평의 몫일 것이다. 결혼의 역사와 다양한 형태에 대해 아는 것과 결혼 생활을 잘하는 것과는 아무런 관계가 없다. 그리고 책 좀 읽었다고 해서 고도의 합리화와 감언이설로 도리에 어긋나는, 가령 남의 아내를 꼬여 내는 것과 같은 행동을 하는 건 아예 책을 읽지 않느니만 못하다.

터치라인 밖에는 아무것도 없다

하늘에 반짝이는 별은 많지만 해도 하나, 달도 하나, 사랑도 하나.

제목도 가사도 잊어버린 옛날 노래다. 이 한 대목만 기억하고 있다.

해가 하나여도, 달이 하나여도, 사랑은 하나일 수 없으며 남편도 하나가 아닐 수도 있다는 여자가 하필이면 내 마누라다. 그녀라면 아마 이렇게 말할 것이다. "우주 속에 있는 해는 무수히 많아. 달은 말할 것도 없지. 해도 달도 모두 별이야. 사랑이란 무수히 반짝이는 별 같은 거야." 그리하여 그녀의 남편은 두 사람이고 그녀의 집도 두 곳이며 그녀의 시댁도 두 곳이다. 그녀는 주중에는 경주의 남편과 함께 지냈고 주말에는 서울의 남편과 함께 지냈다.

아무리 공평 같은 건 진작 얼어 죽었다 해도 이건 매우 불공평한 일이다. 이번 해에는 크리스마스도 주중에 있고 연말과 신년도 주중에 있으니 말이다. 크리스마스 축하 케이크도 그놈 차지고 제야의 종소리를 함께 듣는 일도, 새해 첫 태양을 보는 일도 모두 그놈 몫이다.

나는 강력하게 어필했다. 평소에는 인위적으로 주중과 주말을 나누더라도 특별한 일이 있는 경우는 조절해야 하며 크리스마스와 신년은 특별한 경우에 속하는 것 아니냐고. 아내는 나의 어필을 전적으로 수용했다. 내 뜻대로 12월 31일에 그녀는 서울로 올라왔다. (싫지 않은 일이지만 이런 걸로 내심 기뻐하는 내 자신이 한심스럽다.) 아내와 함께 듣는 제야의 종소리. 생각해 보면 실로 다사다난한 한 해였다. 기억하고 싶지 않은 한 해였다. 그러나 앞으로도 계속 그럴 것이다.

아무리 아내가 잘한다 해도 어딘지 밉살스러운 기분을 떨쳐 버릴 수는 없었다. 시앗을 보면 돌부처도 돌아눕는 법이니 말이다. 그렇다고 해서 마음 내키는 대로 화를 낼 수도 없는 일이었다. 아내에게 심술 부리는 것은 조금만 삐끗해도 곧바로 줄 아래로 추락하는 위태로운 외줄타기와 같다. 어디까지 삐딱하게 굴어도 되는 건지 나는 모른다. 아내가 어디까지 받아 줄 수 있을지 알 수도 없다. 암묵적인 합의는 있다. 판은 깨지 말자는 것. 그러나 초등학교 시절 책상에 금을 긋고 짝에게 넘어오지 말라고 한 이후로 경계선을 구분하는 일은 항상 어렵기만 했다. 그리고 여태까지 그어 왔던 그 어떤 선보다 더 난해하고 복잡한 게 지금 아내와 나 사이에 존재하는 경계선이다.

최대한 내 기분을 맞추어 주려고 애쓰는 아내보다는 가능한 한 아내를 기분 나쁘게 만들어야 하는 내 발밑이 훨씬 더 얇은 살얼음판이었다. 내가 부리는 심술이라고 해봤자 집 안을 어지럽히는 게 고작이었지만. 그 외에 종종 심술궂은 질문을 던지는 정도.

"그놈도 축구 좋아해?"

(다 알고 물어보는 건 치사한 일이지만 이 정도는 상당히 점잖은 질문이다.)

"그놈 부모님한테도 어머님, 아버님 하면서 안부 전화 자주 해?"
(뜨끔하지?)
"서울 올 때 속옷은 갈아입고 와?"
(갈아입지 않기만 해봐라. 때도 박박 밀고 와!)
"그놈이랑 하는 게 좋아? 나랑 하는 게 좋아?"
(거짓말이라도 나라고 대답해.)
"그놈이 오래 해? 내가 더 오래 해?"
(그놈은 이런 거 묻지 않냐?)
"그놈이 잘해? 내가 잘해?"
(내가 한심해 보여?)

나를 더 이상 유치한 사람으로 만들고 싶지 않았는지 아내는 그때마다 얼버무리거나 말을 바꾸며 대응했다. 아내가 대답하지 않을수록 나는 더 집요하게 물어보았다. 아내는 이렇게 대꾸했다.

"그 사람한테 궁금한 게 있으면 당신이 재경 씨를 만나서 직접 물어보는 게 어때?"

만나서 뭘 어쩌라고? 물어봐도 그놈이 입을 꾹 다물고 있을 텐데, 뭘. 이번에는 내가 입을 다물었다.

"한번 만나 볼 생각 없어? 집들이 한번 하자니까."

"됐다."

"아니면 재경 씨를 여기로 초대할까?"

나는 목소리를 높였다.

"그러기만 했단 봐라. 그놈이 한 발짝이라도 이 집에 발을 들여놓으면 그대하고는 당장 이혼이야. 진짜로 당장 이혼이야."

"재경 씨는 당신이랑 만나고 싶어 하는데?"

"시끄럽다. 우연이라도 만나기만 해봐라. 내가 가만히 있나. 주먹부터 날릴 거야."

"주먹질하고 싶으면 그렇게 해."

"시끄럽다니까. 겨우 주먹질로 끝날 것 같아? 목을 조를지도 몰라."

"목 졸라 버려."

"그만하자. 농담하는 거 아냐. 그러다가 정말 죽으면?"

"할 수 없지."

남편 하나는 죽고, 다른 남편 하나는 감옥에 가고, 그럼 또 새 남편 구하려고?

**

해체 철학의 대가 자크 데리다는 어린 시절을 회상하며 이렇게 말했다.

"우리는 어두워질 때까지 축구를 했다. 나는 그때 프로 축구 선수를 꿈꾸었다."

10대의 나이에 공부 열심히 안 하고 어두워질 때까지 축구나 하면 대학 입시에 낙방하게 마련이다. 그는 결국 대입 자격시험에서 재수를 해야만 했다. 예나 지금이나 프로 축구 선수는 아무나 하는 것이 아닌지라 그는 꿈을 버려야 했고 이후 열심히 공부한 끝에 "텍스트의 밖에는 아무것도 없다"라고 선언하며 주목을 받기 시작했다. 스스로 생각하기에도 그 말이 꽤 그럴싸하게 보였는지 그는 텍스트의 범위를 정치적·윤리적 차원으로까지 확대했으며, 기왕 확대한 김에 슬쩍 한마디를 더 끼워 놓았다.

"터치라인 밖에는 아무것도 없다."

언뜻 심오해 보이기도 하는 이 말, 존재하는 모든 것들은 다 터치라인 안에 있다는 얘기는 말장난일 뿐이다. 터치라인 안이 세상의 전부인 사람에게는 얼마든지 그럴 수 있다. 문제는 사람들마다 그린 터치라인이 모두 다르다는 것. 아내가 그린 터치라인은 너무 컸다. 존재할 수 없는 것, 존재해서는 안 되는 것조차 아내의 터치라인 안에 들어 있다. 그 끝이 어디인지 도무지 알 수 없다.

터치라인까지 섭렵한 후 데리다는 결혼 제도에도 관심을 기울였던 것 같다. 말년에 그는 이렇게 말했다.

"결혼이란 단어와 개념으로부터 모호함이나 종교적 위선을 제거하고, 이를 섹스 파트너들 또는 여러 명 사이의 자발적이고 유연한 규약인 계약적 '시민 결합'으로 바꿀 수 있다."

그 할아버지, 결혼 제도도 해체하시겠다? 여러 명 사이의 계약적 시민 결합? 어디 자기가 대한민국 땅에서 그렇게 한번 살아 보라지. (터치라인은 해체 안 하시나?)

8 times

스트라이커는 골로 말한다. 아무리 경기 내내 부진한 플레이를 펼쳤다고 해도 골을 넣으면 모든 것이 용서된다. 마찬가지로 아무리 뛰어난 움직임을 보였다 해도 골을 넣지 못하면, 그리고 팀이 패하면, 비판을 면할 수 없다. 그 점에서 대한민국의 스트라이커 이동국은 불행하다. 마녀 사냥이 횡행하는 인터넷 시대, 어떤 이들은 이동국이 골을 넣어도 비난한다. 주워 먹기라고, 아시아용(用)일 뿐이라고, 유럽의 팀들에게는 통하지 않을 거라고 비난한다. 정작 유럽 팀과의 경기에서 골을 넣으면 수비 가담이 부족하다거나 찬스를 만드는 능력이 없다는 식의 다른 트집을 잡는다. 이동국이 비난을 받지 않으려면 타깃형 스트라이커의 역할뿐 아니라 섀도 스트라이커에 플레이메이커 및 홀딩맨의 역할까지 능란하게 해내는 수밖에 없다. 그러나 그런 선수는 다른 나라에도 없다.

생각하고 싶지 않지만 떨쳐 버리지 못하는 생각. 몹시 불쾌하면서도 두려운 일. 아내가 나와 자면서도 그놈과의 섹스를 상상하는 것. 비교하는 것. 그리고 내가 그놈보다 못하다고 여기는 것.

수십 번, 수백 번 물어봤지만 아내의 대답은 하나뿐이었다.

"둘 다 좋아."

"솔직하게 말해 봐. 누가 더 잘해?"

"둘 다 잘해."

"두 사람이 어떻게 똑같을 수 있겠어? 누가 나은지는 생각할 수밖에 없는 일 아냐?"

"비교할 수 없는 걸 비교하라고 하지 마. 다 좋다니까."

"그게 왜 비교할 수 없는 거야?"

"호나우두하고 지단하고 누가 더 잘하는지 비교할 수 있어? 호나우두는 호나우두고 지단은 지단이야. 호나우두는 페널티 에어리어 안에서의 최강자고 지단은 미드필드의 최강자야. 뭘로 비교할 거야? 누가 더 골을 많이 넣었나? 거야 호나우두겠지. 누가 팀을 더 잘 이끌고 경기를 잘 조율하는가? 거야 지단이겠지. 근데 그런 비교는 아무 의미도 없잖아."

"누가 스트라이커하고 미드필더를 비교하래? 같은 포지션에 있는 선수끼리는 비교할 수 있잖아."

"같은 포지션? 그럼 베컴이랑 피구랑 누가 더 잘하는지 비교할 수 있어? 스타일이 아예 다르잖아. 피구는 윙어 스타일의 미드필더고 베컴은 그와는 전혀 다른 스타일의 미드필더잖아. 비교의 기준이 뭔데? 누가 더 많은 숫자의 수비수를 제쳤는가가 기준이 된다면 피구가 훨씬 더 뛰어난 선수겠지만 수비 가담 능력이라거나 결정적인 크로스 한 방 같은 게 기준이 된다면 베컴이 더 낫다고 할 수 있겠지. 감독이 어떤 전술을 사용하느냐에 따라 피구가 더 중요할 수도 있고 베컴이 더 필요할 수도 있잖아. 근데 그런 비교가 의미가 있어?"

"미드필더는 스타일이나 팀 전술에 따라 달라질 수 있다고 쳐도, 그럼 스트라이커는? 셰브첸코하고 호나우두를 비교할 수는 있잖아. 누가 더 뛰어난지, 누가 더 잘하는지."

"팬의 입장이라면 그렇겠지. 호나우두는 전설적인 선수가 되어 가는 중이고 셰브첸코는 그에 미치지 못한다고 생각할 수 있겠지. 하지만 만일 내가 셰브첸코하고 같은 팀이라면 나는 셰브첸코가 더 뛰어난 선수라고 생각할 거고 셰브첸코를 더 뛰어난 선수로 만들려고 애를 쓸 거야."

"둘이 같은 팀이라면? 그대가 감독이라면? 한 명만 내보내야 한다면?"

아내는 잠시 생각하더니 이렇게 대답했다.

"우리 팀은 투톱 체제야."

뭔가 생산적인 일을 할 때마다 여자가 "그만"이라고 애원한다면 생물학적인 남자로서 그보다 큰 자랑은 없다. (당신이 이 말에 코웃음을 치려는 남자라면 적어도 나이 서른다섯이 넘은 다음에 치기를 바란다. 서른다섯이 넘었다면 부디 비결을 알려 주기 바란다.) 나이가 들어 간다는 서글픔 중 하나는 저런 소리를 듣게 되는 빈도가 점점 줄어든다는 것이다. 물론 서로의 몸에 익숙해지면 익숙해질수록 아무래도 빈도는 줄어들게 마련이다. 조금씩 나이가 들어 갈수록 격렬한 섹스만큼이나 부드러운 섹스도 좋다는 걸 알게 된다. 부드러운 섹스가 훨씬 더 따뜻하고 느낌이 좋다고 생각한다면 인생의 절반 정도는 깨달았다고 볼 수 있다. 그러나 그런 것을 감안한다고 해도, 어디까지나 생물학적으로, 20대에는 그렇지 않았다는 생각이 들 수밖에 없다. 남자는 단순하니까.

자보는 일로나를 독점하는 것을 포기하고 안드라스와의 공존을 택했다. 줄은 짐에게 부탁해서 카트린을 옆에 두려고 했다. 나는 그들과 다르다. 그놈과 공존할 생각은 없다. 독점도 포기하지 않을 것이다. 온전히 내 힘으로 내 뜻을 이룰 것이다.

대한민국 축구의 불세출의 영웅 차범근이 경기 해설 도중 이렇게 말했다.

"축구는 골대 안에 공을 집어넣는 경기입니다. 골을 넣지 못하면 이길 수 없어요."

아무리 볼 점유율이 높은 경기를 했다 해도, 아무리 압도적인 경기를 했다 해도 골대 안에 골을 집어넣지 못하면 이길 수 없다는 단순한 진실. 지난 월드컵에서 스페인이나 이탈리아 같은 강호가 대한민국에게 진 것은 그들이 우세한 경기를 펼치지 못해서도 아니며 심판 탓도 아니다. 그들이 우리의 골문 안에 골을 집어넣지 못했기 때문이다. 마찬가지로 골을 넣지 못하면 우리도 얼마든지 베트남이나 오만에게 질 수 있는 것이다.

축구와는 전혀 다른 종목이지만 경주의 기생오라비 같은 놈과 경쟁하려면 어쨌든 골을 많이 넣어야 한다. 골을 많이 넣으려면? 체력이 좋아야 한다. 울분과 분노만으로 한두 번은 효과를 거둘 수 있을지 몰라도 안정적인 플레이는 할 수 없다. 나는 운동을 시작했다. 그러라도 잘해야 된다. 아내의 입에서 "그만!"이라는 소리가 매번 나올 수 있도록.

여자가 오르가슴에 이르도록 남자가 힘을 기울이는 것은 비단 성적 쾌락 때문만은 아니다. 그것은 인간이라는 종이 종족 번식을 위해 프로그래밍된 진화론적 존재이기 때문이다.

흔히 알려져 있듯 수억 개의 정자 중 난자와 만나 수정되는 정자는 하나뿐이다. 나머지는? 영국의 진화 생물학자 로빈 베이커와 마크 벨리스는 80퍼센트 이상의 정자가 여성의 질과 자궁 등에 있는 다른 남자의 정자를 적극적으로 찾아내 죽이는 역할을 하며, 20퍼센트 미만의 정자는 다른 남자의 정자가 난자로 가지 못하게 차단하는 역할을 한다고 밝혔다. 여자의 몸 안에서 수억의, 때로는 수십억의 정자들이 서로 생사를 건 싸움을 벌이는 것이다. 정자가 수정되는 과정에서의 전쟁은 수백만 년 이상 진행되어 온 진화의 결과이다. 여자의 몸은 이 전쟁을 조장하는 격렬한 전장일 뿐만 아니라 선택한 정자를 지원하는 첨단 기지의 역할도 수행한다. 여자가 느끼는 오르가슴의 타이밍에 따라 산성의 점액이 분출되어 알칼리성인 정자의 전진을 막아 버린다. 여자 스스로 오르가슴의 타이밍을 결정할 수 없다. 어떤 정자를 몰살시킬 것인지 결정하는 것은 여자의 몸이다. 그녀의 성향이나 의지와는 별개로 그녀의 몸은 더 나은 유전자를 획득하려고 하는 것이다.

베이커와 벨리스의 연구는, 그들의 의도와는 무관하게, 일부일처제를 반대하는 사람들을 이론적으로 뒷받침하고 있다. 다른 종의 동물들을 끌어들일 필요도 없이 일부일처제는 인간 고유의 생물학적 본성에 맞지 않는다는 것이다. 남자뿐 아니라 여자에게도. 여자는 여러 남자의 정자 중에서 가장 우수한 정자를 받아들이게끔 진화했고 남자는 그러한 조건에서 자신의 유전자가 존속할 수 있는 방향으로 진화했다. 정자 전쟁이란 여자의 바람기가 남자의 그것 이상으로 프로그래밍되어 있다는 의미이기도 하다. 쿨리지 효과는 고작 수천 년 동안 이루어진 남성 지배 사회의 결과물일 뿐이다.

심수봉이 옳았다. 남자는 배, 여자는 항구다. 마음대로 움직일 수 있는 배가 들를 수 있는 항구의 수보다, 움직이지 못하는 하나의 항구에 오고 가는 배들의 수가 훨씬 많을 수밖에 없다. 게다가 여자는 항구처럼 움직일 수 없는 것도 아니다. 그러니 남자가 배라면 여자는 항구라기보다는 이동식 독(dock)이라거나 항공모함이라 해야 할 것이다.

(여자들이란 원래부터 그런 존재란다. 하루, 이틀도 아니고 수백만 년 동안이나. 병수야, 이제 우리 어떡하냐.)

* *

펠레는 지구상에서 가장 축구를 잘했던 사람으로 손꼽히지만 월드컵 우승 팀에 대한 그의 예측은 항상 빗나갔고 그가 칭찬하는 팀이나 선수는 바닥으로 떨어지기 일쑤였다. 이름하여 '펠레의 저주.'

햇병아리 시절부터 펠레는 그가 최고의 선수가 될 것이라고 말했다. 그럼에도 불구하고 정말 최고의 선수가 된 호나우두 데 아시스 모레이라. 곧 브라질의 작은 호나우두, 호나우딩요이다. ('펠레의 저주'는 묘하게도 브라질리언에게는 잘 먹혀들지 않는 경향이 있다.)

탄탄한 체격 조건을 바탕으로 한 신기의 볼 컨트롤과 예측 불가능한 창조적 플레이는 그를 마법사의 경지로 올려놓았다. 테크닉 못지않게 스피드와 파워가 요구되는 '현대 축구에 적합한 모습으로 진화된 펠레'가 바로 그이다.

현대 축구는 미드필드를 전쟁터로 바꾸어 놓았다. 그 전쟁터에서는 현란한 개인기보다 체력을 바탕으로 한 압박과 스피드와 팀 플레이가 요구된다. 그리하여 뛰어난 테크니션들이 종종 애물단지로 전락하는 것이다. 그러한 현대 축구에서 호나우딩요의 발끝은 알라딘의 램프가 되며 그의 플레이는 한순간에 필드 전체를 판타지로 물들인다.

호나우딩요의 별명. 하룻밤 8골의 사나이. 2003년 4월 2일, 영국의 타블로이드 일간지 『더 선(The Sun)』에 대문짝만 하게 새겨진 표제는 이런 것이었다.

Brazil ace scored with me 8 times in 1 night.

(브라질의 에이스는 나랑 하룻밤에 여덟 번이나 했답니다.)

표제 옆에는 청색 브래지어와 팬티만 걸친 리사 콜린스의 커다란 사진이 있었다. 스트립 댄서인 그녀는 "호나우딩요와 여섯 시간 동안 밤이 새도록 섹스를 즐겼다"면서 "호나우딩요는 진정한 섹스 머신"이라고 말했다. 그녀는 마음속으로는 데이비드 베컴을 더 원했다고 털어놓기도 했다.

하룻밤에 여덟 번이라. 달리 말하면 호나우딩요는 정자 전쟁에 내보낼 군대를 압도적으로 많이 보유했다고도 할 수 있다. 그는 승리자다. 스물두 명이 골문 안에 골을 넣기 위해 싸우는 필드에서만이 아니라 수억, 수십억의 군대가 골문 안에 골을 넣기 위해 생사를 걸고 싸우는 거대한 전쟁터에서도.

그저 부러울 따름이다.

축구의 개념

삶이 어렵고 힘겹다 해도 살다 보면 살아진다. 살다 보면 힘겨움에도 적응이 되는 것이다. 처음에는 도저히 견딜 수 없었던 일들도 겪다 보면 감당할 수 있는 것처럼 여겨지게 된다. 알래스카의 혹한도, 열대 지방의 무더위도 살다 보면 적응해 살아갈 수 있다. 삶에서 견딜 수 없는 고통이란 없다. 다만 견딜 수 없는 순간만이 있을 뿐이다.

견딜 수 없는 순간을 견디는 방법에는 두 가지가 있다. 첫째, 견딜 수 없는 상황을 바꾸어 버린다. 둘째, 견딜 수 없는 상황을 받아들이도록 마음을 바꾼다.

상황을 바꾸는 방법. 없다. 절이 싫으면 중이 떠나는 수밖에. 절이 싫은 게 아니라 절에 있는 다른 중이 싫다면? 다른 중을 쫓아 버리면 된다. 하지만 절에서는 그 다른 중을 감싸고돈다. 수단과 방법을 가리지 않고 다른 중을 쫓는다 해도 또 다른 중이 들어올지도 모르는 일이다.

그놈이 돌연사라도 하지 않는 한 내가 아무리 밤일을 잘한다 해도, 누구처럼 하룻밤에 여덟 골을 터뜨린다 해도 아내는 원톱 체제로 복귀하지 않을 것이다. 거꾸로 내가 인생을 비관한 나머지 폐인이 된다고 해도 아내가 그놈을 폐기 처분하진 않을 것이다.

그렇다면 마음을 바꾸는 수밖에 없다. 내 몫은 절반뿐임을 인정하면 된다. (말이 쉽지. 인정할 수 없는 일이니 견디기 어려운 거지.) 그러나 내가 인정하건 말건 아내는 1주일에 나흘은 그놈과 지냈다. 있을 수 없다고 생각했던 삶에 알게 모르게 조금씩 적응해 갔다.

아내에겐 적응이란 것이 없었다. 그녀 말대로 원래 처음부터 그런 여자였던 것처럼 아내는 어떤 상황에서도 자연스럽게 행동했다. 설날이 되어 강릉 집에 갔을 때도 그랬다. 도둑이 제 발 저린 법이지만 아내는 저릴 발이라고는 애당초 없다는 듯 태연하게 행동했다. 아내는 선물 꾸러미를 내려놓자마자 팔을 걷어붙이고 곧장 부엌으로 달려갔다. 이내 부엌에서는 웃음소리가 울려 퍼졌다. 시댁 식구들을 대하는 아내의 태도는 살갑기만 했다.

형수들과는 내 흉을 봤다.

"한번 삐치면 오래간다니까요. 아주버님도 그러셔요? 집안 내력인 건가요?"

시어머니와 시누이들에겐 내가 좋은 남편임을 강변했다.

"속 썩을 일 없어요. 사람이 얼마나 건실하고 착한데요. 제가 남자 고르는 눈이 있거든요."

막내며느리를 향한 이런저런 충고들.

"부부가 오랫동안 떨어져 있으면 안 좋아. 부부 싸움을 해도 잘 때는 한 이불 덮고 자라고들 하잖아. 주말 부부가 다 뭐야. 얼른 다시 같이 살아야지."

"우선 집부터 사야 되잖아요."

"아이는 빨리 낳을수록 좋아. 늦게 낳으면 그게 더 고생이야."

"아이, 참. 빨리 낳아야겠지요."

싹싹한 제수를 보며 형들이 하는 말.

"너, 장가는 정말 잘 갔다. 요즘 저런 여자 없다. 복 받은 줄 알고 제수씨한테 잘해라."

"그래야죠."

누나들도 거들었다.

"특별한 거 없어. 딱 하나만 잘하면 돼. 절대로 바람은 피우지 마라."

"그러죠 뭐."

소곤소곤 덧붙이는 한마디.

"너, 꽉 잡혀 살지? 보아하니 보통내기가 아니야. 괜히 바람 한번 잘못 피웠다가는 곧바로 길바닥에 나앉게 될 거야."

어머니에게 세배를 드리자 어머니가 덕담을 건넸다.

"너희도 건강하고, 동기간에 새해에도 화목하게 지내고, 그리고 우리 막내는 올해 꼭 아이도 낳고 그래라."

어머니는 유난히 힘을 주어 '우리 막내'라고 말했다. 싫은 내색 한번 하지 않고 밝은 표정으로 웃음꽃을 피워 가며 명절 일을 바지런히 거드는 막내며느리가 예뻐 죽겠다는 기색이 역력했다. 쪽빛 한복을 곱게 차려입은 아내는 공손하게 "네"라고 대답했다. 세상에 자기처럼 공손한 며느리는 없다는 듯. 뻔뻔하기도 하지. 즐겁다는 듯 웃는 얼굴로 전을 부치고 산적을 꿰고 설거지를 하는 그녀를 보면 어느 누구도 그녀가 남편 둘을 거느린 여자라고는 생각하지 못할 것이다.

(아이고, 아버지. 제삿밥 드시러 오셨다면 한번 보시오. 아버지가 오입질로 일

생을 보낸 죄로 내가 이렇게 살고 있소. 할아버지도 한번 보시오. 할아버지가 들였던 첩들이 저주를 내렸소.)

강릉에 내려올 땐 함께 였지만 집으로 돌아갈 땐 혼자 가야 했다. 아내는 대전으로 향했다. 아내의 또 다른 시댁이 있는 곳. 아내는 대전에서 경주로 갔다가 주말에 올라오겠다고 말했다. 신년 연휴를 나와 보냈으니 설 연휴는 그놈과 보내겠다는 것이었다.

> 전쟁고아들을 공정히 대해 줄 수 없을 때는 아내를 구하라. 둘, 셋, 넷까지. 그러나 아내들을 공정하게 대해 줄 자신이 없거든 한 아내로서 족하리라.
>
> —『코란』 4장 3절.

이슬람에서는 네 명의 아내를 두는 것을 허용하고 있다. 『코란』에 명시되기 전에는 아무런 제약 없이 여러 여자를 취했고, 또 버렸다. 부인을 겨우 네 명까지로 제한한 것은 7세기의 상황으로 봐서는 혁명적인 일이라고 한다. 그 발단은 『코란』에서 볼 수 있듯이 전쟁으로 인한 과부와 고아를 돌보기 위한 일종의 복지 수단으로 시작된 것이었다.

현재에는 이슬람 내에서도 일부 왕정 국가에서만 일부다처가 허용되며 극히 일부만이 일부다처로 살고 있다고 한다. 일부다처가 허용되는 국가에서도 남자가 여러 아내를 얻는 것은 쉽지 않은 일이기 때문이다. 다른 아내들의 동의가 필수적이며 장성한 자식이 있는 경우에는 자식의 동의도 받아야 하며 질병이나 불임 등의 제한적인 상황에서만 가능하다. 그리고 모든 아내에게 동등한 대우를 해줄 수 있는 경제력이 있어야 한다.

규정과 현실 사이에는 괴리가 있게 마련이다. 인도적인 측면에서 여러 아내를 거느리는 경우는 오히려 드물 것이다. 자발적 동의보다는 그렇지 않은 경우가 더 많을 것이며 어느 한 여자에게 더 마음을 쓰는 것이 일반적일 것이다.

아내는 내 동의를 구했으며, 사랑이라는 미명하에 벌어진 일이었고, 두 남편을 동등하게 대우해 주려고 애쓰고 있으니 나름대로 경우에 어긋난 건 아니라고 해야 하나? 비교적 공평하다고 해야 하나?

그럴 리가. 공평 같은 건 진작, 아주 오래전에 다 얼어 죽었다니까.

* *

1986년 멕시코 월드컵. 아르헨티나가 우승했다. 아르헨티나가 우승할 수 있었던 원인은 단 하나의 이름으로 요약된다. 디에고 알만도 마라도나.

축구는 11명이 하는 경기다. 긱스가 아무리 세계 제일의 레프트 윙이라 하더라도 혼자 힘으로는 웨일스를 월드컵으로 이끌 수 없다. 조지 웨아가 아무리 세계 최고의 스트라이커라고 해도 라이베리아는 끝내 월드컵 본선에 진출하지 못했다. 한편, 지단이 없다 해도 프랑스의 전력은 막강하고 호나우두가 없다 해도 브라질은 여전히 세계 최강이다. 혼자 힘으로 팀을 최고로 끌어올린 선수는 마라도나밖에 없다.

월드컵이 끝난 후 마라도나는 나폴리로 이적했다. 나폴리 팬들은 성금을 모아 거액의 이적료를 충당했다. 팬들의 정성은 결실을 맺었다. 창단 이후 60년간 단 한 번도 우승을 해보지 못했던 팀을 마라도나는 단숨에 리그 우승으로 이끌었다. 나폴리 시민들은 사흘 밤낮으로 축제를 벌였고 어린이들은 마라도나의 가발을 쓰고 다녔다. 그 후에도 마라도나는 또 한 번의 리그 우승을 안겼고 UEFA컵마저 나폴리의 품으로 가져왔다. 세계적인 미항이라는 나폴리항, 폼페이 최후의 날로 유명한 베수비오 화산과 더불어 마라도나가 나폴리의 3대 보물로 일컬어졌던 것은 전혀 과장된 수사가 아니다.

1986년 월드컵. 아르헨티나와 잉글랜드의 8강전. 마라도나가 하프라인부터 치고 올라가 신기의 드리블로 잉글랜드의 수비진을 유린하며 넣은 골은 월드컵 최고의 골로 꼽힌다. 그때 어느 방송 해설자가 한 말은 마라도나가 왜 위대한지 극명하게 보여 준다.

"축구란 혼자서 하는 게 아니라 11명이 하는 겁니다. 우리는 지금 축구의 개념을 깬 최초의 선수를 보고 있습니다."

결혼이란 두 사람이 하는 것이고 그 둘의 가족이 얽히는 것이다. 나는 결혼의 개념을 깬 최초의 여자와 같이 살고 있다. 그리하여 사는 게 참 힘들다.

골키퍼로서의 철학

경주로 내려가면서 아내는 1년은 금방 지나갈 거라고 말했다. 아내에게 1년은 금방 지나갔을 것이다. 정신없이 바쁜 1년이었을 테니. 그러나 내게 그 1년은 지금까지 살아왔던 수십 년보다 길었다. 아내에게 경주는 또 하나의 보금자리가 있는 곳이겠지만 내게 있어서 경주는 다시는 가고 싶지 않은 배반의 도시일 뿐이다. 1년이 지났고 아내의 경주 프로젝트가 끝났다. 아내는 다음 일은 서울에서 하게 되었으며 일산으로 이사하게 될 것이라고 말했다. 배반의 도시 리스트에 하나가 더 추가되었다. 그나마 다행인 것은 이번에는 그놈과 다른 회사에서 일하게 되었다는 것이다. 이미 뒤늦은 일이긴 해도 나란히 출퇴근하는 꼴사나운 일은 생기지 않을 것이다. 일산이면 우리 집에서 고작 20여 킬로미터 정도 떨어져 있는 곳이다. 나는 아내에게 말했다.

"그놈한테 전해. 내 눈에 띄지 않도록 조심하라고. 우연이라도 내 눈에 띄게 되면 무조건 죽어라 도망가라고."

"왜?"

"몰라서 물어? 그놈을 불구자로 만들고 싶으면 눈에 띄는 곳으로만 다니라고 하던가."

나는 아낌없이 적의를 드러냈지만 아내는 피식 웃었다. 나는 더욱 힘주어 말했다.

"나보고 집들이 같은 거에 오라는 말은 아예 하지 마. 그리고 가까운 데 있다고 그놈을 이리로 부르지도 말고. 그런 일만 생겨 봐라. 당장 이혼이야."

아내는 등을 돌리며 노래라도 흥얼거리듯 가락을 실어 중얼거렸다.

"이혼이 어디 그렇게 쉬운 일이던가요."

아내는 그놈에게 내 말을 전하지 않았던 것 같다. 아내가 일산으로 이사한 지 한 달쯤 지났을 때였다. 놈은 내 눈을 피하기는커녕 배짱 좋게도 우리 집으로 전화를 했다. 막 잠자리에 들려는 순간 전화벨이 울렸다. 놈은 자신의 이름을 밝히고는 한참을 머뭇거렸다. 무슨 일인지 빨리 말하라고 재촉했다. 아내에게 무슨 일이라도 생긴 것이 아니라면 놈이 내게 전화할 리 없으니 말이다.

"인아 씨 혹시 거기에 있습니까?"

"그걸 왜 나한테 물어요? 오늘 평일인데."

"휴대폰이 꺼져 있어서요."

"휴대폰이야 배터리가 다 되면 꺼지는 것 아니오."

놈은 잠시 사이를 두고 다시 물었다.

"요즘 인아 씨 조금 이상하지 않습니까?"

"뭐가?"

"주말에는 댁에만 있나요?"

"뭘 자꾸 나한테 그렇게 꼬치꼬치 캐묻는 거요? 궁금하면 인아한테 직접 물어보면 될 거 아니오."

나는 짜증을 냈지만 놈은 개의치 않았다.

"저, 사실은……. 요즘 인아 씨가 거의 매일같이 늦게 들어옵니다."

"그게 뭐 어쨌다는 거요. 늦을 수도 있지."

"전화를 안 받는 때도 많고요. 그래서 저는 혹시 댁에 자주 들르는 것이 아닌가 해서 전화드려 본 겁니다. 거기에 있는 것도 아니라면……."

"아니라면?"

"어쩌면……. 애인이 생긴 거 아닐까요? 경주 프로젝트가 연장되었는데도 굳이 계약 기간만 채우고 일산으로 가자고 했거든요. 회사도 서로 다른 데를 다니자고 하고……."

애인? 남편 둘도 모자라서 또 애인? 에이, 설마. 나는 당황하지 않았다. 아내가 그러고도 남을 사람이라는 건 나도 알고 있다. 정말로 애인이 생겼을지도 모른다. 그러나 아내에게 또 다른 남자가 있을지도 모른다는 걱정은 뒷전으로 밀려났다. 그보다는 놈이 안달하는 것이 고소했다. 나는 빈정대는 티가 나지 않도록 최대한 점잖게 말했다.

"당신은 폴리아모린지 뭔지를 하겠다는 사람 아니오?"

"네?"

"그건 애인이 많아도 터치 안 하는 거라고 하지 않았나요?"

"그렇긴 합니다만 이 경우가 꼭 그런 것만은……."

놈의 말이 끝나기도 전에 이번에는 빈정대는 티가 한껏 나도록 조롱을 가득 실어서 말했다.

"근데 왜 그러는 거요? 폴리 뭐라는 거가 고작 며칠 늦게 들어오고 전화 몇 번 받지 않으면 의심하고 뒤를 캐고 하는 그런 거요?"

놈은 곧바로 풀이 죽었다.

"저기……. 그게 아니라……."

"어쨌거나 주중에 있는 일은 내 알 바 아니오. 당신이 알아서 멋대로 하고, 앞으로 이런 일로 나한테 전화하지 말아요. 그리고 다른 일로도 전화하지 마시오. 당신이 거는 전화 받으라고 있는 전화기가 아니란 말이오."

나는 빠르게 말하고는 놈이 대꾸하기 전에 전화를 끊어 버렸다. 그래. 네놈도 어디 한번 당해 봐라. 그게 얼마나 사람 환장하게 하는 일인지. 폴리아모리? 합류적 사랑? 어디 잘해 보시지. 부디 놈의 속이 바싹 타들어 가기를. 아내가 동이 틀 무렵에나 집에 들어가기를.

나는 놈이 전화했다는 얘기를 아내에게 하지 않았다. 새 애인이 생겼냐고도 묻지 않았다. 놈의 말을 듣고 나서 보니 아내가 조금 달라진 것 같기도 했다. 주말에 집안일을 다 끝낸 뒤에도 집에 있으면 주중에 애인까지 만나느라 피곤해서 그런가 싶고, 어디 약속이라도 있다고 하면 주말에도 애인을 만나러 가는 것이 아닌가 하는 생각이 들었다.

의심이란 그런 것이다. 행동을 의심하게 되고 행동에 꼬투리 잡을 것이 없으면 의도를 의심하게 된다. 의도마저도 결백이 입증되면 그다음에는 무의식을 의심하게 된다. 무의식을 의심해서 어쩌겠다고? 뭘 어쩌기 위해 무의식을 의심하는 것이 아니다. 의심의 메커니즘이 그런 것이다. 선인들은 이를 일러 의심생암귀(疑心生暗鬼)라 했다. 놈의 마음속에도 이제 서서히 암귀가 싹틀 것이다. 바라건대 무럭무럭 거대하게 자라서 하늘 끝까지 닿기를.

아내는 충분히 바쁜 사람이었다. 새 애인을 만들 만한 마음의 여유가 없을 것이다. 두 집 살림이라는 게 말이 쉽지. 청소하고 빨래하는 것만 해도 얼마나 일이 많은데. 일산의 집은 어떤지 모르겠지만 나는 여전히 가사 노동을 방기하고 있으니 말이다. 게다가 회사도 다녀야 하지. 두 시댁에 간혹 안부 전화도 해야 하지. 틈틈이 술도 마셔야 하지. 가끔 책도 읽어야 할 테고. 그 와중에도 새 애인을 만들었다면 감탄할 만한 일이다. 표창장이라도 받을 만한 일이다.

얼마 후였다. 밤늦은 시간에 벨이 울려 나가 보니 놈이 문 앞에 서 있었다. 퍼뜩 스치는 생각. 인아에게 무슨 일이라도? 다급하게 물었다.

"왜 여기에 있는 거요?"

"드릴 말씀이 있어서요."

놈의 얼굴을 보니 아내에게 무슨 일이 생긴 것은 아닌 듯했다. 하긴, 뭔가 사고가 생겼으면 먼저 전화를 했을 것이다.

"나는 당신한테 들을 얘기가 없는데?"

"잠시만 시간을 내주십시오."

놈은 꿈쩍도 하지 않았다. 집 안에 들일 수야 없는 일이었다. 그리고 놈에게는 커피 한 잔 사주는 돈도 아까운지라 카페 같은 데로 갈 수도 없었다. 놈을 데리고 아파트 단지 안에 있는 놀이터로 향했다.

"그래, 할 얘기란 게 뭐요?"

"저, 심려를 끼쳐 드려 죄송하다는 말씀을 드리려고 왔습니다."

"심려?"

"인아 씨에 관한 건네요. 제가 그동안 오해를 좀 했습니다. 다른 사람이 생기진 않은 것 같습니다. 걱정하실 것 같아서……."

짜증이 왈칵 밀려왔다. 놈은 아내에게 또 다른 남자가 생기지 않아서 근심 걱정이 사라졌을 것이다. 그러나 그렇다고 해서 내 근심 걱정까지 같이 사라지는 것은 아니다. 내 근심 걱정이란 바로 내 눈앞에 있는 놈의 존재이니 말이다. 놈의 얼굴을 보니 아내에게 무슨 일이라도 생겼을까 봐 걱정했던 것조차 아까워졌다. 나는 으르렁대듯 말했다.

"그 여자한테 새 남자가 생겼건 아니건 내 알 바 아니야. 어서 꺼져."

이번에는 내 목소리에 감정이 제대로 실렸는지 놈은 도망치듯 사라졌다. 놈이 자취를 감춘 후에도 나는 한참이 지나도록 놀이터의 벤치에 하염없이 앉아 있었다.

나는 아파트 안에 있는 놀이터가 싫다. 특히 밤에는 더욱 그러하다.

* *

2002년 월드컵의 골든 볼 수상자는 팀을 우승으로 이끌고 득점 왕에 오른 브라질의 호나우두가 아니었다. 우승 팀이 아닌 준우승 팀에서 골든 볼 수상자가 나왔다. 독일의 올리버 칸은 골키퍼로서는 최초로 골든 볼을 차지했다. 호나우두가 받는 것이 자연스러웠겠지만 칸이 받았다 해서 이상한 일은 아니었다. 올리버 칸의 활약은 골든 볼 수상자로서 조금도 모자람이 없었다. 그는 골키퍼도 경기를 좌우할 수 있다는 것을 보여 주었다. 약체로 꼽혔던 독일이 결승전까지 진출할 수 있었던 것은 올리버 칸의 선방 때문이었다 해도 과언이 아니다. 독일 대표 팀의 다른 선수들이 한 것이라고는 몸으로 밀어붙이는 거친 수비와 상대의 골문으로 뻥뻥 크로스를 올리는 것이 전부인 단조로운 공격밖에 없었다.

어느 인터뷰에서 올리버 칸에게 골키퍼로서의 철학을 물었을 때 그는 이렇게 대답했다.

"골키퍼에게 철학이 있을 수 없다. 나는 선 안으로 공이 들어가지 않도록 가능한 모든 일을 할 뿐이다."

만일 누가 내게 폴리가미스트이자 폴리안드리스트이며 자신의 사상을 전적으로 실천하며 살고 있는 마누라를 둔 '골키퍼로서의 철학'에 대해 묻는다면 나는 이렇게 대답할 것이다.

"나 같은 골키퍼에게는 철학이 있을 수 없다. 선 안으로 공이 들어가거나 말거나 신경 쓰지 않는 것이 정신 건강에 좋다."

물론 그렇게 생각한다고 해서 신경이 쓰이지 않는 것은 아니지만 적어도 그놈처럼 사소한 일에 안달하지는 않는다. 핵폭탄 같은 위력의 예방 주사를 맞았으니 말이다. 터진 입으로 폴리 어쩌고 떠든다 해도 놈은 초보에 불과하다.

놈의 말과는 달리 아내가 정말 새 애인을 만들었다면? 애인 정도야 뭐. 또 결혼하겠다고 하지만 않으면 괜찮다.

공을 가지면 내가 주역이다

나도 바쁘게 살았다. 회사 일 때문에 특별히 더 바빠진 것은 아니었다. 온라인 롤플레잉 게임의 아내들 외에도 현실에서 만날 여자들이 생긴 때문이었다. 세상은 넓었고 여자는 많았다. 인터넷 채팅에서 알게 된 여자들을 만났고 나이트클럽에서 알게 된 미시하고도 만났으며 아직 결혼하지 않은 대학 시절의 여자 동창도 만났다. 사랑하고 싶은 여자, 애인으로 만들고 싶은 여자를 만나는 것은 쉽지 않은 일이지만 아무 여자나 만나기로 마음먹는다면 어디에서나 찾을 수 있다. 다만 어느 누구를 만나더라도 자꾸 아내하고 비교하게 된다. 아내보다 예쁜 여자를 보면 (그런 여자들은 넘쳐 날 정도로 많았다.) 그녀의 성격을 탓했고 아내보다 좋은 성격의 여자를 보면 (알고 보면 아내보다 못된 습성의 여자는 없을 테니 그런 여자들 역시 넘쳐 날 정도로 많다고 할 수 있다.) 그녀의 외모가 불만스러웠다.

성격도 좋고 외모도 괜찮은 여자도 있었다. 친구들 손에 끌려 억지로 나이트클럽에 왔다는 30대의 싱글. 연락처를 받았고 그 후 몇 번 데이트 비슷한 걸 했다. 그녀도 내게 호감을 갖고 있는 것처럼 보였다. 그녀가 결혼했냐고 물었을 때 나는 고개를 저었다. 나는 결혼한 사실을 밝히고 여자를 만날 만큼 그렇게 당당한 사람이 못 된다. 상대가 바람기 있는 유부녀이거나, 유부남이어도 상관없다고 먼저 말해 준다면 또 모를까. 그녀는 유부남과도 기꺼이 같이 잘 것 같은 여자로 보이진 않았다. 같이 차를 마셨고 저녁을 먹었고 영화를 봤으며 술을 마셨다. 술을 마신 다음에는? 어른으로서 응당 해야 하는 일이 있다. 단도직입적으로 물었다.

"같이 잘래요?"

그녀는 마치 내가 그녀를 모욕하기라도 했다는 것처럼 기분 나쁜 표정을 지었다. 그러고는 택시를 타고 사라졌다. 더 이상 그녀를 볼 수 없으리라고 생각했다. 아쉬울 건 없었다. 얼마 뒤에 그녀로부터 전화가 왔다. 뜻밖이었다. 다시 만났고 또 몇 번 데이트 비슷한 걸 했다. 저녁을 같이 먹었고, 영화를 봤고, 술을 마셨다. 그러고 나서 또 물어봤다.

"같이 잘래요?"

처음 말하는 것이 힘들다. 두 번째부터는 어렵지 않게 말이 나온다. 또한 사랑하는 사람에게 말하는 것이 힘들지 사랑하지 않는 여자에게는 오히려 쉽게 할 수 있는 말이다. 그녀는 대답하지 않았다. 그러나 지난번처럼 불쾌한 얼굴은 아니었으며 택시를 타고 사라지지도 않았다. 대담하게 그녀의 손을 잡고 여관들이 즐비한 골목으로 향했다. 그녀의 발걸음에 맞추어 천천히. 걸음이 점점 느려지긴 했지만 결국 그녀는 나와 함께 여관 문에 들어섰다.

우리가 들어간 여관은 여관이라 하기엔 미안할 정도로 깔끔하고 화려한 곳이었다. 여관이라고 하면 특유의 냄새라거나, 왠지 불결할 것만 같은 이불, 삐걱거리는 침대로만 기억하고 있던 나로서는 어리둥절하기조차 했다. 엷은 커튼이 드리워진 엔틱 스타일의 커다란 침대가 시선을 끌었다. 침대 옆에는 푹신해 보이는 소파까지 있었다. 창가에는 의자와 탁자가 따로 있었고 방 한쪽에는 컴퓨터가 있는 책상이 있었다. 모든 것이 새것처럼 깨끗했다. 커다란 벽걸이 TV며, 냉장고 옆의 정수기며 공기 정화기 등 이런저런 집기들이 많은데도 공간이 남아돌 정도로 넓은 방이었다. 욕실만 해도 우리 집 안방만큼이나 넓었다. 한눈에도 고급스러워 보이는 짙은 쑥빛의 바닥 타일이 깔려 있었고 말로만 듣던 월풀 욕조가 설치되어 있었다. 눈이 휘둥그레질 수밖에 없었다. 성적인 욕구를 굳이 참지 않으려는 수많은 젊은 연인들과 불륜남녀들 덕분에 숙박 업체들의 시설 경쟁이 시작되었고 그 결과 숙박시설의 질이 놀랍도록 향상된 것이었다.

내가 이것저것 보며 연신 감탄하고 있을 때 그녀는 고개를 숙인 채 소파에 가만히 앉아 있었다. 감탄만 하고 있을 때가 아니었다. 그녀 옆에 다가가 앉았다. 조심스레 그녀를 껴안고는 키스를 했다. 그녀의 몸은 뻣뻣하게 굳어 있었다. 리모컨으로 불을 껐다. 창가의 덧문은 방 안을 칠흑 같은 어둠으로 덮어 주었다. 아무것도 보이지 않는 어둠 속에서도 할 수 있는 일, 선험적으로 알고 있는 일, 어쩌면 이것 역시 진화의 결과가 아닐까. 그녀의 옷가지를 차례차례 벗겼고 나는 단번에 옷을 모두 벗었다. 그녀는 저항하진 않았지만 그렇다고 적극적으로 호응하지도 않았다. 그녀와의 섹스는, 그녀에겐 매우 미안한 얘기지만, 그리고 또 나로서도 매우 유감스러운 일이지만, 재미가 없었다. 그 나이가 되도록 남자하고 잔 일이 별로 없었는지, 아니면 일부러 그렇게 서툰 몸짓을 보인 것인지는 모르겠지만 밋밋했고 무미건조했다. 콜라를 마시고 싶었는데 맹물을 마셨을 때처럼.

서로의 몸을 어루만질 때의 따뜻함, 나로 인해 상대가 쾌감을 느낄 때의 뿌듯함, 상대로 인해 내가 쾌감을 느끼고 있다는 즐거움, 절정을 향해 함께 달려가는 기쁨, 그 모든 것은 아내와의 섹스에서만 느낄 수 있는 것이었다. 아내와의 섹스에서만 그렇게 느끼게끔 내 몸이 길들여졌다.

(그래도 말이지. 밋밋하고 무미건조하다 해도 그게 더 낫지 않아? 아니, 뭐가 낫고 뭐가 못하고가 아니라 그게 체질에 맞지 않아? 콜라 많이 마셔 봤자 몸만 상하잖아. 콜라를 감당할 수 있는 체질이 아닌 사람들도 있을 테고 내가 그런 사람들 중의 하나일지도 모르잖아. 송충이는 송충이와 더불어 솔잎을 먹어야지. 뱁새는 뱁새와 더불어 걸어야 하고. 아내는 애초부터 내가 감당할 수 있는 여자가 아니었던 거야.)

인생에서, 부부 관계에서, 남녀 관계에서 섹스는 중요한 문제지만 그게 전부는 아니다. 섹스가 전부인 것처럼 여겨지는 아주 짧은 순간만 제외한다면 말이다. 내게 필요한 여자는 섹스를 잘하는 여자가 아니라 건전한 사고방식을 가진 평범한 여자다.

과연 아내와 그놈의 결혼을 빙자한 동거 생활이 일시적인 것으로 그칠 수 있을까. 아내가 그놈과 헤어질 생각이 없다면 내가 물러서야 하는 것이 아닌지. 아내나 그놈이 그저 일반적인 것과는 '다른' 것으로만 여기는 이 기묘한 스리섬 게임을 '틀렸다'고 생각하는 사람은 나밖에 없으니까. 아무리 생각해 봐도 그건 아니니까. 언제까지 이런 어이없는 상황 속에서 살아야 하는가. 해결 방법은 하나밖에 없다. 그들과 무관하게 사는 것이다.

우드스탁 페스티벌에서 토플리스 차림으로 노래하며 일약 히피 문화의 꽃으로 떠올랐던 그레이스 슬릭은 제니스 조플린과 더불어 여성록 보컬리스트의 선두 주자였다. 미모의 그녀는 프리섹스주의자로도 유명했다. 그녀는 이렇게 노래했다.

당신은 말했지. 우리 둘 다 당신을 사랑하는데, 이제 어떻게 해야 하냐고.
나도 당신들을 사랑해.
하지만 모르겠어. 왜 우리 셋이 계속 함께 있으면 안 되는 걸까.
당신은 두렵겠지. 부끄럽기도 하고.
아무도 그런 얘기를 해준 사람이 없었거든.
당신 어머니의 영혼은 학교에서 배운 룰을 깨면 안 된다고 차갑게 말하겠지.
하지만 정말 모르겠어. 왜 우리 셋이 계속 함께 있으면 안 되는 건지.
내게는 한 가지 해답밖에 떠오르지 않아.
우리가 제정신이 아닌 거겠지만,
우리가 할 수 있는 건 새로운 일을 시험해 보는 것뿐이야.
하지만 정말 모르겠어. 왜 우리 셋이 계속 함께하면 안 되는 걸까.

— 「Triad」 by David Crosby.
Jefferson Airplane, 『Crown Of Creation』, 1968.
Crosby, Stills, Nash & Young, 『4 Way Street』, 1971.

왜 세 사람이 함께하면 안 되냐고? 대답은 간단하다. 누군가는 불행해지기 때문이다. 바로 나처럼.

* *

네덜란드의 명문 아약스의 감독을 역임했고 네덜란드 대표 팀 감독을 맡았던 리누스 미헬스가 창안한 '토털 사커'는 일종의 혁명이었다. 이전의 축구가 공격수와 수비수의 철저한 역할 분담에 주안점을 두었다면 토털 사커는 '포지션 파괴'를 그 핵심으로 한다. 미헬스는 이렇게 말했다.

"모두들 아무 곳에나, 그러나 각자 제 위치에."

이는 공격할 때에는 미드필더들이 공격에 가세하고 수비할 때에는 윙 포워드까지 수비에 가담하여 국지전의 숫자 싸움에서 우위를 확보하는 것이다. 비록 1974년 월드컵 결승전에서 리베로 전술을 들고 나온 서독에 패했지만 토털 사커는 현대 축구의 출발점이 되었다.

당시 서독이 우승했던 데에는 뛰어난 리베로 베켄바우어의 공이 절대적이었던 것처럼 아약스와 네덜란드의 토털 사커의 중심에는 요한 크루이프가 있었다. 크루이프의 포지션은 센터 포워드였지만 그는 경기장 도처를 뛰어다녔고 다른 동료들은 포지션을 바꾸어 가며 플레이했다.

크루이프는 아약스에 세 번이나 챔피언스컵 우승을 안겨 주었고 이후 1973년에 FC 바르셀로나로 이적하여 팀을 리그 우승으로 이끌었다. 1950년대가 디 스테파뇨의 시대였고 1960년대가 펠레의 시대였다면 1970년대는 크루이프의 시대였다. 발롱도르(Ballon d'Or)를 세 번이나 수상할 정도였다.

(발롱도르란 축구 전문지 『프랑스 풋볼(France Football)』의 주관하에 유럽 축구 기자단의 투표로 결정되는 '올해의 유럽 선수상'이다. 전통과 권위 면에서 세계 최고를 자랑한다. 다만 1995년 이전에는 수상 대상자를 유럽 선수로만 제한했기 때문에 역대 수상자 명단에 펠레나 마라도나의

이름은 나오지 않는다. 크루이프 외에 플라티니와 반 바스텐이 이 상을 세 차례씩 수상했다. 베켄바우어, 케빈 키건, 루메니게 등 둘째가라면 서러워 할 선수들이 2회 수상에 그쳤다. 지단, 피구 같은 당대 최고의 선수들도 아직 한 번밖에 받지 못했다.)

크루이프는 자신감이 넘치는 사람이었고 매우 많은 말을 남겼다. 하지만 그는 논리적으로, 또 문법적으로 문제가 있는 말들을 양산한 것으로도 유명하다. 심지어 언어 학술지에서 그의 말을 주제로 다룰 정도였다고 한다. 그는 어느 인터뷰에서 이렇게 말했다.

"당신이 말하는 것을 크루이프와 사람들이 모를 것이라고 말할 수 있는 날은 오지 않을 것이다."

이런 대답을 면전에서 들으면 인터뷰어는 어리둥절해질 것이다. 분명히 이상한 말이지만, '너보다는 내가 더 많이 알고 있으니 까불지 마!'라는 의미는 전달될 테니 뭘 더 물어야 할지 또 무슨 대답이 튀어나올지 몹시 갑갑해질 것이다.

크루이프는 이런 말도 남겼다.

"공을 가지면 내가 주역이다. 결정하는 것도 창조하는 것도 나다."

문법적, 논리적 오류가 없는 이 멋진 말에 의하면, 공을 가지고 있는 것은 아내였다. 그러므로 결정하는 것도, 창조하는 것도 그녀였다. 지금까지는 그랬다. 이제는 공을 찾아와야 한다. 내가 결정하고 내가 창조해야 한다.

골 결정력

정작 공을 찾아온 사람은, 막상 이혼에 성공한 사람은 내가 아니라 작은누나였다. 마치 내가 이혼이라도 한 것처럼 어머니는 수화기에 대고 목소리를 높였다.

"그년이 도대체 지금 제정신이냐."

어머니는 딸들의 이혼에 대해 관대하다면 관대한 편이었지만 이번만큼은 크게 화를 냈다. 작은누나의 이혼은 두 번째였기 때문이다. 큰누나가 한 번, 작은누나가 두 번, 도합 세 번의 이혼에 그동안 참아 왔던 화가 한꺼번에 치민 모양이었다. 10여 년 전 가문 최초로 이혼의 테이프를 끊었던 큰누나까지 도매금으로 한탄의 대상이 되었다.

작은누나는 똑 부러지는 성격의 소유자였지만 결론에 이르기까지는 신중한 사람이었다. 조금 마음에 들지 않는다고 경솔하게 이혼을 결정하진 않았을 것이다. 나는 작은누나를 두둔했다.

"매형이 뭔가 잘못했겠지요. 누나가 괜히 그랬겠어요. 다 그럴 만하니까 그랬겠지요. 너무 속상해하지 마세요."

"그럼 이게 손뼉 치고 좋아할 일이냐. 동네 창피해서 밖에도 못 다니겠다."

"그래도 그나마 다행인 게 이번엔 애는 없잖아요."

어머니를 위로하느라 그렇게 말했지만 나도 속이 상했다. 형제들 중에서 나를 가장 귀여워해 준 이가 작은누나였다. 대학 시절 서울에서 자취할 때에도 작은누나가 가장 많이 올라와서 들여다보고 챙겨 주었다. 다른 형제들은 내게 드러나게 관심을 보여 주진 않았다. 서운해할 일은 아니었다. 나 역시 마찬가지였으니까. 마음속에 아무리 정을 많이 담아 두고 있다고 해도 표현하지 않으면 알 수 없다. 작은누나는 다른 형제들과는 달리 표현할 줄 아는 사람이었다.

직접 듣지 않아도 작은누나가 이혼한 이유를 추측할 수 있다. 작은누나는 아이 딸린 이혼녀였고 새 매형은 총각이었다. 아무리 사랑해서 결혼했다고 해도 사랑이 언제까지나 일상의 불만을 덮어 줄 수는 없다. 아이 딸린 이혼녀와 결혼한 총각이 결혼한 다음엔 은근히 유세를 부렸을 것이다. 알게 모르게 조카를 구박했을지도 모르는 일이다. 혹은 바람을 피우고도 당당하게 행동했거나. 끝까지 결혼을 반대했던 시어머니가 못살게 굴었을 수도 있다. 아이를 천덕꾸러기 취급했거나. 작은누나의 성격으로는 그 어떤 것도 용납되지 않았을 것이다.

새삼스럽게 아버지에 대한 원망이 일었다. 두 누나의 이혼은 전적으로 빵점짜리 아버지 때문이다. 우리 형제들은 아버지의 바람둥이 기질을 혐오했다. 바람을 피운다는 말이 무슨 의미인지 전혀 몰랐을 때부터 나는 바람둥이를 싫어했다. 왜? 어머니가 눈물을 찍어 내니까. 또한 누나들은 바람둥이 남편과 끝까지 같이 살았던 어머니의 삶을 이해하려 들지 않았다. 당연히 어머니의 삶과 닮지 않으려고 애썼을 것이다. 툭

하면 바람피우는 아버지를 두었던 두 딸은 남편의 가벼운 바람기에도 눈에 쌍심지를 돋우곤 했을 것이다. 보통의 남자라면 누구나 바람기를 지니고 있다는 것을 알기에는 아버지의 바람기가 워낙 태산처럼 거대했던 것이다. 두 형은? 어른이 되면서 남자들이란 그럴 수도 있다고 생각했겠지만 아무도 아버지처럼 살진 않았다.

나는 작은누나에게 연락하지 않았다. 이유가 뭔지 캐묻고 싶지도 않았고 왜 그랬느냐고 탓하고 싶지도 않았으며 어설픈 위로의 말을 건네고 싶지도 않았다. 위로한답시고 하고 싶지 않은 말들을 하게 만드는 건 또 다른 폭력이나 마찬가지다. 정말 위로하고 싶다면 대개의 경우 그냥 내버려 두는 것이 가장 큰 위로이다.

그나저나 작은누나도 각각 다른 시기이긴 하지만 어쨌든 두 명의 남자와 결혼했다. 앞으로 또 결혼할지도 모른다.

이혼의 범람은 결혼의 전통적인 개념을 바꾸어 놓았다. 연속 결혼, 할부 단혼으로 표현되는 시리얼 모노가미란 일부일처는 일부일처이되 평생 동안 여러 명의 배우자를 만나게 되는 일부일처제를 의미한다.

생활수준의 향상과 의학 기술의 발전으로 인간의 수명은 현저히 늘어났다. '평생'이라는 시간의 길이도 이전과는 비교할 수 없을 정도로 계속 늘어날 것이다. 그리고 '평생 동안' 한 사람의 배우자와 함께 사는 이들은 점점 줄어들 것이다. 이미 서구에서는 시리얼 모노가미의 형태가 순수한 모노가미를 압도했다고 한다. 이혼율이 급증하는 우리나라도 머지않아 그렇게 될 것이다.

한 번에 한 사람씩 여러 명의 배우자와 결혼하는 것이 지배적인 결혼 양태라면 한꺼번에 여럿과 평생의 일부를, 혹은 일생을 함께하는 것도 언젠가는 이상한 일이 아닐지도 모른다. 웃어넘길 수 없는 일은 자녀 문제에 관한 한 시리얼 모노가미보다 폴리가미가 더 안정적이라는 사실이다. 의붓아버지, 의붓어머니보다는 친아버지, 친어머니가 훨씬 더 정성껏 보살필 테니.

작은누나가 두 번째 이혼을 감행한 것은 적어도 한때, 혹은 내내 진심으로 남편을 사랑했기 때문이라고 나는 생각한다. 사랑에 불순물들이 덕지덕지 끼는 것을, 사랑조차도 불순물처럼 변하는 것을 견디지 못했기 때문일 것이다. 작은누나의 성격으로 미루어 보아 충분히 그럴 수 있다. 별로 사랑하지 않았다면, 그래서 기대하는 바가 그다지 없었다면 이혼에까지는 이르지 않았을지 모른다. 어머니의 말처럼 마흔이라면 적은 나이도 아니니 말이다.

우리는 '바람피우는 남편'들을 주변에서 얼마든지 볼 수 있다. 남자들이란 아내 외에 또 애인이 있다는 것을 능력이 있다는 의미로 생각한다. 그리하여 대부분의 남자들이 외도를 하거나, 하고 싶어 하거나, 하려고 든다. 설령 아내 외에 애인을 두는 데 실패한다 해도 남자들이 갈 수 있는 곳은 수없이 많다. 2002년 기준으로 우리나라 성 매매 시장의 규모는 24조 원이 넘으며 연간 성 매매 거래량은 1억 6천만 건이 넘는다. 하루 평균 46만 명의 남자가 성 매매 관련 업소에 드나드는 것이다. 사랑을 매개로 하건, 성욕을 매개로 하건, 돈을 매개로 하건 간에 외도에서 자유로운 남자들은 드물다는 얘기이다.

게다가 이제는 남자만 외도하는 것도 아니다. 어떤 통계에 따르면, 비록 인터넷에서의 응답자를 대상으로 한 부정확한 통계지만, 30대 주부의 40퍼센트 이상이 다른 애인을 만나고 있다고 한다. 외도 문제에서 자유로운 부부는 얼마 되지 않는다.

어떤 부부들은 아예 섹스 없이 살아가기도 한다.

또 어떤 부부들은 아이를 낳지 않고 살아가기도 한다.

서로 사랑하는 가운데 서로가 동의하여 결정한 일이라면 아무런 문제가 되지 않는다. 문제라면 오히려 사랑하지도 않으면서 같이 살아가는 수많은 부부들이다.

어떠한 종류의 사랑이건 간에 사랑이란 그 자체로 아이러니이다. 왜? **내**가 **남**을 사랑하는 것이기 때문에. 내가 너이고 네가 나였던 아주 짧은 시기가 지나가고 나면 사랑은 숨겨 놓았던 독을 사방에 풀어놓는다. 그리하여 사랑하지도 않는 사람들이 함께 살아가고 정작 사랑했던 사람들은 서로를 미워하게 된다.

90세가 넘도록 건강하게 지내는 비결이 뭐냐는 질문에 윈스턴 처칠은 이렇게 말했다.

"스포츠 덕분이지. 나는 한 번도 스포츠를 해본 적이 없거든."

아내에겐 무관심한 채 숱하게 바람을 피우고 다녔으면서도 굳이 이혼하려 하진 않았던 이유가 뭐냐고 아버지에게 물었다면 아마 이렇게 대답하지 않았을까.

"아내에 대한 사랑 때문이지. 나는 한 번도 아내를 사랑한 적이 없거든."

* *

대한민국 대표 팀의 고질적인 약점으로 오랫동안 지적되어 왔던 문전 처리 미숙과 골 결정력 부족. 히딩크가 감독으로 부임한 뒤에도 그 문제는 여전히 남아 있었다. 골 결정력 부족에 대해 질문하는 기자에게 히딩크는 이렇게 대답했다.

"세계 어느 팀이나 골 결정력에 문제가 있다."

세계 그 어느 부부라도 골 결정력에 문제가 있다. 모노가미건 시리얼 모노가미건 폴리기니건 폴리안드리건, 심지어 집단혼이라 해도.

성공적인 결혼 생활을 하는 비결은 간단하다. 실점한 것보다 많이 득점하면 된다. 적어도 실점한 만큼만 득점하면 실패하지 않을 수 있다. 그러나 실점은 의도와 무관하게, 의지에 반해 일어나는 일이다. 반면에 득점이란 강한 의지와 노력과 팀워크와 무엇보다도 골 결정력을 필요로 한다. 당연하게도 득점하는 것이 훨씬 어렵다. 운 좋게도 운명이란 녀석이 자책골을 넣을 수도 있겠지만 어쩌다 한두 번일 뿐이다. 역시 문제는 골 결정력이다.

그렇다면 결혼 생활에서의 골 결정력을 높이려면?

글쎄. 골을 먹기만 하는 골키퍼가 뭘 알겠냐.

축구와는 아무런 상관이 없어요

나는 계속해서 그녀를 만났다. 그녀는 좋은 사람이었다. 비록 아내보다 매력적이진 않았지만, 지나치게 매력적인 여자에게 끌려 다니는 것보다는 차라리 덜 매력적인 여자를 만나는 게 낫지 않을까. 그리고 또 섹스만큼은 여전히 밋밋했지만, 여자의 색기에 홀리느니 차라리 밋밋한 섹스에 익숙해지는 게 더 좋지 않을까.

만남이 거듭되면서 그녀는 나를 '오빠'라고 불렀다. 아내가 단 한 번도 사용하지 않았던 호칭이었다. 오빠라니, 간지럽기는 했지만 듣기 좋았다. 나는 그녀의 이름을 부르게 되었다.

"수경아."

"네, 오빠."

오빠라는 말에는 기분 좋은 이질감이 있다. 마치 20대의 젊은이로 돌아간 것 같다. 조금씩 수경에게 마음이 기울기 시작했다. 아내를 공유하는 이상한 삶을 청산하고 새롭게 출발하는 것이야말로 내가 해야 할 일이라는 생각이 커졌던 것은 그녀 때문이기도 했다.

공을 빼앗기 위한 태클을 언제, 어떻게 해야 할 것인가. 공을 빼앗아 오기 전에 정강이라도 부러뜨려 버릴까. 하다못해 발등이라도 찍어 버릴까. 이런 것들에 골몰하던 그즈음의 어느 날이었다. 퇴근해서 집에 와 보니 주말도 아니었는데 아내가 와 있었다. 거실의 탁자 위에는 네 개의 초가 꽂힌 케이크가 놓여 있었다. 아내는 내게 뭔가를 내밀었다. 군데군데 크고 작은 희뿌연 반점 비슷한 것들이 찍혀 있는 시커먼 사진. 마치 우주 공간을 찍어 놓은 것 같았다.

"이건 뭐고 저건 뭐야?"

아내는 활짝 웃으며 말했다.

"초음파 사진이야. 축하 파티 하자. 임신이야. 5주래."

임신? 결혼한 뒤 단둘이 같이 살 때 그렇게 수없이 노력했건만 성공하지 못했는데 그녀가 두 번째 남편을 맞고 난 뒤에 임신이라니. 그것도 하필이면 이런 때에 임신이라니. 놀랐으며 어이없었고 기뻤지만 슬프기도 했다. 확률상 그놈의 아이일 것이다. 아니다. 그놈은 매일 컴퓨터의 전자파에 열 시간 이상 노출되는 생활을 오래 했으니 어쩌면?

"그놈도 알아?"

"아니. 당신한테 먼저 말하려고 아직 말 안 했어."

"초는 왜 네 개야?"

"이제 네 명이 되었다는 기념이지."

정말 궁금한 것, 가장 중요한 것을 물었다. 아내의 몸속에서 수백 일 동안 치열하게 싸워 온 수십억 개의 정자들. 난자에 이르는 기나긴 싸움터에서 싸워 이긴 것은 누구인가. 마침내 승리의 깃발을 꽂을 수 있었던 그 하나의 정자는 누구의 것인가.

"누구 아이야?"

"누구 아이긴. 내 아이지. 당신 아이고. 또 그 사람 아이고."

"뭘 물어보는 건지 알잖아. 아이 아빠가 나야, 그놈이야? 날짜 계산해 보면 나오잖아."

"두 사람 모두라니까."

"만약에 그놈 아이면……."

나는 말을 잇지 못했다. 그렇다면 어떻게 하지?

아내는 선언이라도 하듯 엄숙하게 말했다.

"이 아이는 내 아이야."

아내는 미국에 있는 친정에 전화해서 들뜬 목소리로 임신 사실을 알렸다. 장모님은 내게도 축하한다고 했다. 아내를 잘 부탁한다는 당부도 잊지 않았다. 나는 "네"라고 대답했다. 아내는 강릉에 전화해서 어머니에게도 말했다. 어머니는 이렇게 축하했다.

"장하다, 막내야."

어머니도 내게 임신한 아내에게 잘하라고 거듭 당부했다. 나는 "네"라고 대답했다. 아내는 일산에 가서도 또 여기저기에 전화를 할 것이다. 아내의 전화를 받은 이들도 그놈을 바꾸라고 하고는 아내에게 잘하라고 말할 것이고 그놈은 "네"라고 대답할 것이다.

아이의 엄마는 하나, 아빠는 둘, 할머니도 둘, 삼촌과 고모는 대체 몇 명이나 되는 건지. 이게 웬 코미디람.

어쨌거나 임신은 기뻐할 일이었다. 아내의 임신 때문에 공을 찾아와야겠다는 굳은 결심은 봄철의 눈처럼 녹아 버렸다. 아내의 임신이란 뭐랄까, 우승이나 다름없는 일이다. 우승 팀의 선수가 되고 싶다는 현실적인 열망이 약체인 소속 팀을 우승시키겠다는 꿈보다 훨씬 더 크다면 강팀으로 들어가야 한다. 때로는 빅 대회 우승이라는 명예에 대한 욕망이 거액의 연봉에 대한 욕심보다 앞서기도 한다. 그래서 축구 선수들도 명문 구단으로 가고 싶어 하는 거잖아. 축구 강국의 귀화 요청을 뿌리치지 못하는 거잖아. 바티스투타도 결국 이적했잖아.

손안에 들어온 우승컵을 내팽개칠 시기는 적어도 지금 당장은 아니다. 만일 내 아이가 아니라면? 그때 가서 공을 찾아오면 되지 않을까.

아내와 함께 본 2003-2004 시즌 프리메라리가 34라운드. 엘 클라시코. FC 바르셀로나가 지난해의 패배를 설욕했다. 레알의 솔라리가 선제골을 넣었으나 클루이베르트의 동점 헤딩 골이 터졌다. 그리고 86분 경 호나우딩요가 절묘한 로빙 패스로 골문으로 쇄도하던 사비에게 공을 넘겼고, 사비는 레알의 골네트를 흔들었다.

아내는 기분이 좋아 보였다. 레알이 패했음에도 나 역시 기분이 나쁘지 않았다. 아내의 몸속에 있는 아이도 기분 좋게 웅크리고 있을 것이다. 세상의 그 어떤 공보다도 아름다운 공을 품에 안고서.

어머니는 장남을 편애했다. 그 때문에 작은형은 불평불만이 많았다. 꼭 그 이유 때문만은 아니었겠지만, 작은형은 질풍노도의 시기에 질풍노도처럼 질주하는 것으로 불만을 해소하려 했다. 한마디로 작은형이 싸움깨나 했다는 얘기다. 덕분에 어머니는 교무실을 꽤나 들락거려야 했다. 어머니는 작은형을 야단치는 끝에 꼭 큰형을 좀 닮아 보라는 말을 덧붙였고 그때마다 작은형은 질주의 속도를 높였다. 작은형의 질주는 고등학교를 졸업한 뒤 입대하면서 비로소 멎었다. 그럴 수밖에. 거기서도 마음대로 휘젓고 다녔다가는 기합에 구타에, 심한 경우 영창까지 가야 할 테니. 어머니는 군대가 사람을 만든다며 좋아했지만 내가 아는 한 군대에 가서 사람이 된 건 작은형이 유일한 경우이다.

형들과 터울이 제법 지는 내가 보기에도 어머니의 관심은 온통 큰형에게만 가 있었다. 나는 귀염둥이 막내아들로 자라나지 못했다. 귀염둥이 막내아들이란 특별히 귀한 아들이어야 했지만 우리 집의 귀한 아들은 큰형밖에 없었다. 다른 아들들은, 막내인 나조차도, 그렇게 생각할 만한 건더기가 거의 없었다. 어머니가 지출한 큰형의 의류 구입비, 사교육비 및 품위 유지비는 아마도 다른 모든 형제들의 그것을 다 합친 것보다도 많았을 것이다. 비록 큰형이 그 일부를 동생들의 주머니에 찔러줌으로써 소득 재분배를 이루려 했지만 재분배에는 한계가 있을 수밖에 없다. 그 정도로는 다른 형제들의 불만을 무마할 수 없었다.

아버지가 돌아가신 후 어머니는 종종 이렇게 말했다.

"아버지 원망 마라. 그래도 그 양반이 멋쟁이였지. 너무 멋쟁이라 그게 탈인 거지. 본디 성품은 고왔어."

그럴 때면 큰형과 내 입술은 옆으로 돌아갔고 작은형은 이렇게 대꾸했다.

"엄마, 미쳤어?"

아버지는 특별히 장남을 편애하지 않았다. 아버지는 그 누구도 편애하지 않고 모든 가족을 공평하게 대했다. 무심한 태도로. 아마 아버지는 어머니와의 결합을 크게 기뻐하진 않았을 것이다. 아버지는 어머니를 그리 사랑하지 않았다. 사랑해서 결혼했다고 보기에는 아버지가 도무지 잘한 게 없다. 잘하려고 노력한 기미도 보이지 않았다.

결국 아버지의 결혼은 어머니의 임신이 가장 큰 이유였을 것이다. 어머니가 큰형을 편애한 이유는 아버지가 자식들에게 무심했던 이유와 똑같은 것이었다. 요는 임신이란 사람의 인생을 바꾸어 놓기도 한다는 것. 때로는 좋게. 때로는 나쁘게. 여자의 인생만이 아니라 남자의 인생도. 좋게 바뀔지 나쁘게 바뀔지 살아 보기 전에는 알 수 없다.

* *

1998년 프랑스 월드컵 당시 수많은 프랑스 인들은 월드컵이 자국 내의 당면한 현실 문제를 희석시킨다며 월드컵 반대 운동을 펼쳤다. 그러나 프랑스 대표 팀이 사상 최초로 우승까지 해버렸으니 월드컵 반대론자들도 우승의 희열을 한껏 느꼈을 것이고 당면한 현실 문제들마저 잠깐이나마 아예 뇌리에서 사라졌을지도 모른다.

프랑스의 좌파들은 주로 반대 운동에 참여했겠지만 아이러니하게도 프랑스의 월드컵 우승에는 좌파 정권의 공이 컸다. 1981년, 좌파인 사회당이 프랑스 역사상 처음으로 집권에 성공했다. 집권 후 그들은 소외 계층을 위한 정책을 폈다. 그중에는 불법 체류 외국인들의 합법적 거주를 허용하는 것도 있었다. 프랑스에 들어와 숨어 지내던 외국인들이 프랑스 사회의 일원이 된 것이었다.

아트 사커의 핵 지네딘 지단은 알제리 출신 부모에게서 태어났으며 유리 조르카에프는 아르메니아 인의 후예이고 크리스티앙 카랑뵈는 뉴칼레도니아 출신이며 트레제게는 아르헨티나, 튀랑은 카리브 해 출신이다. 또한 티에리 앙리, 아넬카, 윌토르, 마르셀 데사이, 비에라 등은 아프리카의 후예들이다. 그들의 오래된 조상들은 프랑스와 무관하게 살았겠지만 그들은 모두 프랑스 인이다. 그 다인종 연합군이 프랑스에 최초의 월드컵 우승을 안겼다.

프랑스의 극우 정당 국민 전선의 우두머리 장 마리 르펜은 "흑인들이 많은 프랑스 대표 팀은 진정한 프랑스 대표 팀이 아니다"라고 말했다. 심지어 "흑인 대표 선수들은 국가를 따라 부르지 않는다"며 트집을 잡기도 했다. 어디에도 못된 놈들은 있게 마련이다. 이에 대해 당시 프랑스의 국가 대표 감독 에메 자케는 이렇게 말했다.

"축구는 본능적인 경기입니다. 피부색이 검든 희든 축구와는 아무런 상관이 없어요."

틀림없이 아내는 이렇게 생각하고 있을 것이다. 이(李)의 씨이건 한(韓)의 씨이건 아무런 상관이 없다고. 자신의 아이이기만 하면 된다고.

비신사적 경기의 대가

실장이 나를 노려보고 있다. 아무리 눈에 힘을 주고 나를 노려본다 해도 내가 위기에 빠진 대한민국 경제를 구할 수야 없는 노릇이거니와 이 불경기가 내 책임도 아니다. 우리 회사 제품보다 싼 제품들을 찾아 구매하는 소비자들을 나더러 어쩌라고? 값싼 제품을 쏟아 내는 중국 기업들을 내가 무슨 수로 막을 수 있겠어. 제품 가격을 인하하자고 말해 봤자 그렇게 하지도 않을 거면서. 노려보긴 뭘. 다른 때 같았으면 회의가 끝난 뒤에 나도 팀원들을 한번 노려봤겠지만 그럴 만한 여유가 없다. 머릿속은 한 가지 생각으로 꽉 찼다. 어떻게 해야 하나.

변하지 않는 사실은 아내가 임신했다는 것. 그리고 아내의 법적 남편은 나 하나뿐이며 태어날 아이는 내 호적에 올라간다는 것. 내 아이일 경우에는 하등 문제 될 것이 없다. 아이와 아빠와 엄마가 유전학적으로나 법적으로나 완벽하게 일치한다.

그러나 내 아이가 아닐 경우에는……. 생각만 해도 돌아 버리겠다. 어떻게 해야 하지? 나중에 아이가 자라서 말도 배우고, 그리고 또 친구도 생기면 아빠가 둘이라는 사실을 어떻게 받아들일지. 생물학적 아빠하고 법적 아빠하고 다르다는 걸 어떻게 생각할지. 아내가 그런 문제 때문에 나하고 헤어지자고 하면 어떻게 해야 할지.

그리고 또 변하지 않는 사실 하나. 실장이 저렇게 눈치 준 날에는 일찍 퇴근하면 안 된다. 적어도 실장보다는 늦게 퇴근해야 한다. 실장은 10시가 넘어서야 퇴근했다. 실장이 퇴근하자마자 곧장 집으로 달려왔더니 이번에는 아내가 나를 빤히 쳐다보고 있다.

"수경 씨가 누구야?"

나는 흠칫 놀랐다.

"그대가 그 이름을 어떻게 알아?"

"전화 왔더라. 안 받으려고 했는데 하도 여러 번 와서 내가 받았어."

아내의 임신 때문에 생각할 게 너무 많아진 탓에 한동안 그녀를 잊고 있었다. 그렇다고 해도 하필이면 휴대폰을 집에 놓고 나간 날에 전화가 오다니. 하필이면 금요일에 휴대폰을 놓고 나가다니.

"휴대폰 줘."

아내는 장난스러운 표정으로 말했다.

"수경 씨가 나보고 누구냐고 묻더라."

"그래서? 뭐라고 대답했어?"

"글쎄. 궁금하면 직접 물어보세요. 근데 수경 씨가 당신 애인이야?"

"그거야말로 그대가 직접 물어보지 그랬어?"

아내는 내 휴대폰을 공중에 흔들어 댔다.

"당신이 대답을 피하니 더 궁금해지네. 수경 씨한테 물어볼걸 그랬나 보다. 전화라도 해볼까나."

"휴대폰 달라니까."

"아니, 왜 소리를 질러요? 뭐, 찔리는 거라도 있어?"

"찔릴 게 뭐가 있어. 휴대폰이나 내놔."

"같이 잤어?"

"뭐?"

"같이 잤냐고요. 수경 씨랑."

아내는 내게 휴대폰을 넘겨주면서 물었다. 아내의 얼굴에는 여전히 장난기가 묻어 있었지만 나는 태연한 척할 수 없었다. 저절로 목소리가 퉁명스럽게 나왔다.

"그대가 알 바 아냐."

"왜 대답을 안 해? 그러니까 더 이상해 보이잖아."

대답을 듣기 전에는 물러서지 않겠다는 듯 아내는 나를 졸졸 쫓아다녔다. 안방에서 거실로, 화장실까지도. 가락을 실은 목소리도 나를 따라다녔다.

"같이 잤냐니까요? 수경 씨랑."

"대답해야 돼?"

"응."

"그런 거 서로 간섭하지 않기로 하지 않았어?"

"간섭하진 않아도 물어볼 수는 있잖아."

"아, 몰라. 저리 가. 얼른 가."

그날 밤 나는 아내에게서 등을 돌리고 잤다. 흘깃 등 뒤를 쳐다보니 아내도 등을 돌리고 있었다. 다음 날이 되자 아내는 태업 아닌 태업을 시작했다. 밥 먹을 시간이 한참 지났는데도 아내는 침대에 비스듬히 누워서 책을 읽고 있었다.

"밥 안 먹어?"

아내는 그게 무슨 소리냐는 듯한 얼굴로 나를 한 번 쳐다보고는 다시 책 속으로 고개를 돌렸다. 하는 수 없이 직접 챙겨 먹어야 했다. 혼자 밥을 먹으면서 아내가 끼니를 거를까 봐 걱정했지만 쓸데없는 생각이었다. 내가 식사를 하고 나자 아내가 주방으로 나왔다. 그러고는 맛난 반찬들을, 꼭 자기가 먹을 양만큼만 해 먹고 난 후에 다시 안방으로 쏙 들어가 버렸다. (나도 숙주 나물 좋아하는데. 갈치 조림도. 동태 찌개도.)

마치 전날 내가 대답하지 않은 것에 분풀이라도 하듯 하루 종일 아내는 내 말에 대꾸하지 않았다. 침대에서 책만 읽다가 때가 되면 나와서 밥을 먹고 들어갔다. 아내가 떡볶이를 만들어 먹을 때 나도 젓가락을 들고 식탁으로 갔지만 아내는 잽싸게 떡볶이 그릇을 들고 안방으로 들어가서는 문까지 걸어 잠갔다. (나도 떡볶이 잘 먹는단 말이다!)

밤에는 내 손길을 뿌리쳤다. 나도 조금씩 화가 나기 시작했다. 화를 낼 사람이 대체 누군데. 맘대로 하라지.

날이 밝자마자 아내는 나를 남겨 놓고 밖으로 나갔다. 일요일인데도 세끼 모두 직접 차려서 혼자 먹어야 했다. 아내의 휴대폰으로 몇 번 전화해 봤지만 "고객님의 전화기가 꺼져 있어서……"라는 자동 응답만 들을 수 있을 뿐이었다. 밤이 깊어 갔지만 아내에게서 전화 한 통 오지 않았다.

망설인 끝에 일산으로 전화했다. 놈이 전화를 받았다. 거두절미하고 아내가 거기 있냐고 물었다. 놈은 아니라고 대답했다. 알았다고 말하고는 곧바로 전화를 끊었다.

조금씩 걱정이 깊어지기 시작했다. 어쩐지 미안한 느낌이 들었고 그런 느낌이 드는 것이 다소 억울했으며 억울해한 것조차 왠지 미안해졌다. 겉옷을 챙겨 입고 아파트 정문으로 나가 아내를 기다렸다. 5분도 되지 않아서 누군가가 내 어깨를 툭 쳤다. 아내였다. 거짓말처럼 아내가 서 있었다. 연락이 되지 않는 아내를 수십 번 기다려 봤지만 이렇게 금방 나타난 것은 기록적인 일이다. 2위 기록과는 적어도 두 시간 이상 차이가 날 것이다.

"왜 나와 있어?"

"어딜 그렇게 쏘다닌 거야?"

"걱정했어?"

"홑몸도 아닌 마누라가 연락 두절인데 걱정이 왜 안 되겠어? 전화는 대체 왜 안 받아? 누구 피 말리려고 작정이라도 했어?"

아내는 방긋 웃었다.

"몸은 어때? 괜찮아?"

아내는 씩씩하게 대답했다.

"아무렇지도 않답니다. 얼른 들어가자."

집으로 들어가자마자 곧바로 뜨거운 차를 만들어서 아내에게 내밀었다. 아내는 차를 한 모금 마시고는 가만히 있다가 중얼거리듯 말했다.

"어젠 좀 혼란스러워서……. 나도 모르게 심술을 부렸다. 미안해."

괜히 내가 더 미안해졌다.

"그대가 사과할 일이 아닌데……."

"아냐. 내가 미안해할 일이지. 임신 중이라 좀 예민해졌나 봐. 심술 부릴 일도 아닌데."

미안함이 조금 더 커졌다. 아내는 부드러운 목소리로 물었다.

"그 여자, 어떤 사람이야?"

"뭐?"

"그 여자, 어떤 사람인지 궁금해. 당신, 그 여자 사랑해? 그리고 그 여자도 당신을 사랑해?"

"왜?"

"사랑하는 사람이면 나한테도 보여 줘야지. 집으로 초대하면 안 돼?"

나는 아내의 얼굴을 빤히 쳐다보았다.

"그런 눈으로 보지 마. 그 여자 때문에 당신이 조금이라도 더 행복해진다면 좋은 일이잖아. 행복한 사람이랑 같이 살게 되는 거니 나한테도 좋은 일이고."

"무슨 소리를 하는 거야?"

"지금 당장 소개해 주는 게 부담스러우면 천천히 해도 돼."

어쩌라는 건지. 어쩌자는 건지. 나는 아내의 속내를 알 수 없었다. 한 가지만은 분명했다. 아내에게 수경을 보여 줄 수는 없다. 그녀는 나처럼 평범한 사람이다. 내가 유부남임을 밝히면 그녀는 곧바로 떠날 것이다. 설령 불륜에 대한 거부감보다 나에 대한 마음이 크다 해도 그녀와의 관계가 계속 유지되려면 내가 이혼하고 그녀와 결혼하는 수밖에 없을 것이다. 그렇다면? 둘 중 하나다. 계속 몰래 만나거나, 혹은 어차피 언젠가는 끝날 관계이니 조금 더 일찍 정리하거나.

"그 여자, 그냥 아는 사이일 뿐이야. 애인 아니야."

"정말?"

"그래."

아내의 얼굴에 희미하게나마 안도의 기색이 스쳐 지나갔다. 아내는 그 이상 꼬치꼬치 캐묻지 않았다.

며칠 뒤 나는 수경에게 전화해서 앞으로 만나지 않는 게 좋겠다고 말했고 미안하게 되었다고 정중히 사과했다. 그녀는 더 이상 나를 오빠라 부르지 않았다. 그녀는 이렇게 말했다.

"나쁜 새끼."

다른 여자들과도 연락을 끊었다. 휴대폰에 있는 그녀들의 전화번호를 모두 삭제해 버렸다. 온라인 게임 사이트에 접속해서 회원 탈퇴를 했다. 사이버 아내들에게 인사 한마디 없이 사라진 셈이지만 그녀들 중 내 안위를 걱정하는 사람은 아무도 없을 것이다.

**

유럽의 프로 선수들은 속임수란 속임수는 모두 다 알고 있다. 그들은 극에 달한 배우들이고 비신사적인 경기의 냉소적 대가들이며 심판을 위협하는 데 전문가들이다.

– 영국, 『가디언(The Guardian)』.

아내는 내게 애인일지도 모르는 여자가 있다는 걸 알고서는 약간의 심술을 부리기도 했고 한번 보자며 집으로 데려오라는 둥 쿨한 척을 했다. 어느 쪽이 아내의 진심인지 나는 알 수 없다. 다만 아내의 진심이 어느 쪽이었건 결과는 동일했을 것이다. 다른 때도 아니고 아내가 임신했는데 계속 바람을 피울 정도로, 혹은 다른 여자를 애인이랍시고 소개할 만큼 내 얼굴은 두껍지 못하다. 아내가 쿨한 척한 것이 이런저런 것들을 다 계산해 본 뒤에 꾸민 연극이라면 그녀야말로 비신사적인 경기의 대가이자 교묘한 연기의 달인일 것이다. 조금 무섭다.

내 공은 한쪽이 찌그러졌다

임신 사실을 알고 난 뒤 얼마 지나지 않아 아내는 회사를 그만두었다. (아내의 월급이 나보다 많았기에) 만류해 보았지만 아내는 회사를 계속 다닐 수 없다고 말했다.

"임신 초기가 중요하대. 의사는 심신의 안정을 취하라는데 회사 다니면서 그렇게 할 순 없잖아. 뭐, 내가 워낙에 건강 체질이라 괜찮을 것도 같지만 그래도 만약이라는 게 있잖아. 20대도 아니고, 나름대로 노산이라면 노산이야. 조심해야지. 회사 다니면서 노심초사하고 싶지 않아."

"회사 다니는 여자들, 임신해도 열심히 다니던데?"

"거야 잘릴까 봐 그러는 거지. 일하는 여자들 70프로가 비정규직이야. 안 그래도 언제 목이 날아갈 지 모르는 판에 임신했다고 해봐. 회사에서는 얼씨구나 하면서 당장에 잘라 버릴걸? 그러니까 임신 사실도 제대로 말하지 못하면서 일은 더 열심히 하다 보니 쉽게 유산하고 그러는 거지. 나라고 별수 있겠어? 나도 비정규직 노동잔데."
"모성 보호법이라는 것도 있다면서?"
"여보세요. 법이란 건 먼 데 있는 거예요. 그 법은 아직 국회 안에만 있는 거나 다름없어. 법적으로야 임신에 따른 해고는 불가지만 현실적으로 흔히 일어나는 일이야."
"그대가 다니는 데는 큰 회사잖아?"
"다 마찬가지야. 그리고 회사에서 어느 정도 봐준다 해도 야근도 많은데 그때마다 안 한다고 빠질 수도 없고. 아무래도 눈치 보일 거 아냐. 웬만하면 계속 다녀 보려 했는데 안 되겠어. 아이를 보호하는 데에 전념할 거야. 좋은 엄마가 될 준비를 철저하게 해야지."

준비? 나로 말할 것 같으면 이미 '준비된' 좋은 아버지라 할 수 있다. 내 꿈 중 하나는 좋은 아버지가 되는 것이었다. 나는 좋은 아버지가 되는 방법을 알고 있다. 또 좋은 아버지가 될 자신도 있다. 방법은 간단하다. 나의 아버지가 해왔던 것의 반대로만 하면 틀림없이 좋은 아버지가 될 수 있다.

아내는 회사를 그만두는 것으로 좋은 엄마가 될 준비를 시작했지만 나는 '좋은' 아버지가 될 준비를 시작할 수 없었다. 아내의 두 번째 남편은 좋은 아버지가 되려는 내 목표를 혼란스럽게 만들었다. 아버지가 둘이고 그 둘 중 하나가 나라는 이런 경우는 상상해 본 적도 없다. '좋은' 아버지보다는 일단 '아버지'부터 되는 게 급선무인 이런 뭐 같은 경우 말이다.

참고. 일처다부 사회에서 아버지를 정하는 방법.

사례 1. 인도의 토다 족은 한 여자와 남자의 형제들이 공동의 가구를 이룬다. 여자가 임신하면 임신 기간 동안 형제 중의 한 사람이 여자에게 장난감 활과 화살을 선물한다. 그 사람이 법적으로 아버지의 자격을 얻게 된다. 대개의 경우 장남이 활과 화살을 선물하고 모든 아이들의 법적인 아버지가 된다. 예외도 있어 다른 형제가 선물하는 경우도 있다고 한다.

사례 2. 티베트에서는 가장 연장자인 첫 번째 남편이 모든 아이들의 아버지가 된다. 활과 화살 같은 건 필요하지 않다. 그 외의 다른 남편은 비록 생물학적 아버지라 하더라도 아이의 삼촌이 된다.

토다 족이나 티베트의 경우 일처다부 사회라 해도 가부장적인 일처다부 사회이다. 따라서 모권보다는 부권이 훨씬 강하다. 그런 식으로 아이의 아버지를 결정한다면 어떠한 방식도 내게 유리하다. 활과 화살을 선물하지 않아도 나는 이미 아내의 배 속에 있는 아이의 법적 아버지이다. 티베트 방식을 적용한다 해도 연장자인 내가 아버지이다. 그 놈은 고작해야 삼촌일 뿐이다.

그러나 모권이 우세한 모계 사회에서는 사정이 전혀 다르다. 가령 모수 족의 언어에는 '아버지'라는 단어가 아예 없다고 한다. 자녀 양육에 관한 모든 권한은 어머니에게 있으며 생물학적으로 아버지인 남자는 아이의 어머니와 연인 관계가 유지되는 한에서 아이를 보러 오거나 부양할 수 있다. 모수 족의 아이들은 자신의 아버지가 누구인지도 모르는 경우가 종종 있으며 굳이 알려고 하지도 않는다고 한다.

그렇지 않아도 모수 족 좋아하는 아내가 모수 족의 여인들처럼 아버지라는 단어를 사전에서 지워 버리면 어떻게 하나. 그리하여 나는 활을 아내에게 선물했다. 집 안 어지르지 않기. 청소하기. 세탁기 돌리고 빨래 널기. 빨래가 다 마르면 나름으로 반듯하게 개켜서 (이게 제일 어려운 일이다.) 옷장 안에 가지런히 집어넣기. 설거지하기. 또한 화살도 아내에게 선물했다. 때로는 신 과일들, 때로는 매운 낙지볶음, 때로는 비싼 양고기, 때로는 허름한 우동 집의 우동, 에세트라, 에세트라……. 과녁에 명중하길 바라면서 날리는 수도 없는 화살들. 이미 선물했던 것, 다른 모든 여자들과 연락을 끊었다는 사실을 아내에게 알릴 수 없다는 것이 안타깝다.

아내의 배가 불러 오기 시작했다. 나는 계속해서 수많은 화살들을 날렸다. 그녀는 여전히 성실한 주부였다. 평일에도 종종 집에 와서 저녁상을 차려 놓고 돌아가곤 했다. 가끔 낯간지러운 내용이 담긴 쪽지가 저녁상 옆에 놓여 있기도 했다. '사랑해요' 같은.

아내는 행복한 것처럼 보였다.

나 때문에? 그럴지도 모른다. 조금은 뿌듯해졌다.

그놈이 훨씬 더 많은 화살들을 날리기 때문에? 그럴지도 모른다. 조금은 불안해졌다.

아내와의 관계가 좋아졌다고 해서, 그놈에 대한 반감을 드러내는 일을 가급적 삼가고 있다고 해서 그놈을 인정할 수 있는 건 아니다. 내가 아내에게 보내는 활과 화살이란 어떤 경우에도 아이에 대한 아버지로서의 우선권이 나에게 있음을 주장하기 위한 일종의 뇌물에 지나지 않는다. 뇌물이란 목적을 달성할 때까지만 지속될 뿐이다. 출산할 때까지는 아내를 자극해서는 안 된다. 그다음엔? 국물도 없다.

예정일을 두 달 앞두고 아내는 집으로 왔다. 평일에도 일산으로 가지 않았다. 아내는 해산할 때까지 그렇게 지낼 작정이라고 말했다.

"당연히 그렇게 해야지. 모처럼 제대로 된 생각을 했구나."

(찬물도 위아래가 있지.)

"그놈도 동의했어?"

(마지못해 보낸 거라면 이참에 그놈하고는 끝내 버리지?)

"아니, 그놈이 먼저 그렇게 하자며 보낸 거라고?"

(대범한 척하기는.)

나는 아내의 귀에 들리지 않을 만한 한도 내에서 커다랗게 소리쳤다.

"쓸개 빠진 자식. 속도 없는 기생오라비 같은 놈! 귀신은 뭐 하나 몰라. 그런 놈을 안 잡아가고."

* *

내 공은 한쪽이 찌그러졌다.

어렸을 적부터 난 누르고 또 눌렀지만

내 공은 늘 한쪽만 둥글어지려 한다.

– 귄터 그라스, 「공은 둥글다」.

누구나 조금씩 그러하듯이 내 삶도 어딘가는 찌그러졌다. 아내의 두 번째 결혼은 내 삶을 이전과는 비교도 안 될 정도로 커다랗게 찌그러뜨렸다. 새로 태어날 아이가 찌그러진 부분을 다시 동그랗게 만들어 줄 수 있을지, 혹은 찌그러진 부분을 더 크게 찌그러뜨릴지, 그것도 아니면 이곳저곳 마구 눌러 대서 도저히 공이라고 부를 수 없는 형체로 만들어 버릴지 알 수 없는 일이다. 기대와 불안이 어지럽게 교차하는 날들이 빠르게 흘러갔다.

이기는 전술이 강한 전술이다

놈으로부터 전화가 왔다. 놈은 다급한 목소리로 아내에게 산기가 있어 지금 병원으로 가는 중이라고 말했다. 나도 황급히 병원으로 달려갔다. 진통이 시작되었다. 간호사에게 얼마나 걸리느냐고 물어봤더니 그녀는 사람에 따라 다르다고 무책임하게 대답하고는 등을 돌렸다. 그 정도는 나도 얼마든지 말할 수 있는데. 간호사를 쫓아가다가 복도에서 놈과 마주쳤다. 아내를 절반이나 빼앗아 간 놈. 아내는 나보다 세 살 어리고 이놈은 아내보다 두 살이 어리다고 했으니 나보다 다섯 살이나 어린 놈. 머리에 피도 안 마른 놈. 내 삶을 절반 이상 빼앗아 간 놈. 나쁜 놈.

악당은 악당에 걸맞은 얼굴과 체구를 가져야 한다. 그래야 마음 놓고 미워할 수 있을 테니. 허여멀건 얼굴에 마른 몸. 일견 유순해 보이는 눈빛. 한 대 치면 또 저만치 나가떨어지겠지. 주먹 한 방도 못 버티는 약골 같은 놈. 외면하려 했는데 놈은 내 앞에 와서 우물거렸다. 면

전에서 모르는 척하기도 뭣해서 말을 건넸다.

"인아하고 같이 온 거요?"

"며칠 전부터 휴가 냈거든요."

"이 일 때문에?"

"네."

언제 낳을 줄 알고? 하여간 여러모로 마음에 들지 않는 놈이다. 여기는 산부인과. 아이를 낳는 곳이다. 이런 곳에서 놈의 얼굴을 대하니 여러 해 전에 끊었던 담배 생각이 간절해졌다.

"나가서 담배나 피울래요?"

"끊었는데……. 한 대 피우고 싶네요. 나가시죠."

"나도 끊어서……. 사와야겠네. 기다리슈. 내가 사올 테니."

"아니, 제가 사오겠습니다."

놈은 쏜살같이 달려가 담배와 라이터를 사들고 왔다. 담배 한 번 사왔다 해서 그가 나쁜 놈이라는 사실이 달라지는 것은 아니다. 오랜만에 피우는 담배라 머리가 띵했다.

"죄송합니다."

"뭐가?"

"그냥 다요."

뭘 사과하는 건지, 왜 사과하는 건지 알 수 없었다. 그리고 이제 와서 사과한다고 해서 변하는 건 없다. 그는 나쁜 놈일 뿐이다.

"레알 마드리드 팬이시라면서요?"

나는 대꾸하지 않고 묵묵히 담배만 피웠다. 대화하고 싶지 않다는 의미인데 놈은 아랑곳하지 않고 말을 이어 갔다.

"전 레알 팬은 아니지만 호나우두 팬이에요."

(호나우두에겐 선량한 팬들이 많은데 하필이면 이 따위 팬이 내 삶을 가로막다니.)

"예전에 호나우두가 바르셀로나에서 뛸 때는 정말 사람도 아니었어요. 인간이 어떻게 그런 축구를 할 수 있겠어요. 제가 그때 배낭여행 중이었거든요. 우연히 거기서 알게 된 사람들을 따라 경기장에 갔는데 그게 바르셀로나 경기였어요. 거기서 호나우두를 처음 봤는데 입이 다물어지지 않더라고요."

(호나우두가 뛰는 걸 경기장에서 직접 보다니. 그것도 바르셀로나에서 뛰던 시절의 호나우두를. 좋겠다. 부럽다. 정말이지 신은 불공평하기도 하지. 어떻게 이런 나쁜 놈에게 그런 행운을 줄 수가 있냐고.)

놈은 이야기에 도취되기라도 했는지 신이 나서 떠들어 댔다.

"지금도 최고의 스트라이커지만 제가 보기에 호나우두의 전성기는 바르셀로나 시절부터 인터 밀란에서 부상당하기 전까지일걸요. 저는 그때부터 바르셀로나 팬이었어요. 호나우두가 금방 인터 밀란으로 이적했지만 피구도 들어왔고, 뭐, 바르셀로나가 더 매력적이더라고요."

(빌어먹을. 네놈도 바르셀로나 팬이었단 말이냐. 바르샤니 캄누니 해가면서 내 마누라를 꼬여 냈다는 거냐. 근데 그때의 호나우두가 지금보다 더 대단하긴 했지. 그렇다고 해서 네놈이 나쁜 놈이 아니라는 건 아니야.)

"월드컵 때도 다른 사람들은 다 프랑스나 아르헨티나가 우승할 거라고 했는데 전 브라질이 우승할 거라고 말했거든요. 오직 호나우두가 복귀했기 때문에."

(나도 그랬는데. 지단의 프랑스보다는 호나우두의 브라질이 아무래도 더 묵직해 보이긴 했지. 그나저나 엉너리 좀 그만 치시지. 이러다가는 맞장구치게 될 것 같잖아.)

테크니션들의 뛰어난 개인기가 발휘되는 곳은 주로 미드필드에서 페널티 에어리어 전까지의 공간이다. 상대적으로 수비진의 압박이 적은 곳이다. 페널티 에어리어 안은 상대방의 슛을 필사적으로 저지하려는 수비수들로 가득한 곳이라 조금이라도 멈칫거리면 이내 벌 떼같이 달려드는 수비수들에게 둘러싸인다. 개인기를 펼쳐 보일 공간도, 시간도 없다. 그리하여 반 박자 빠른 슈팅이 중요한 것이다. 그곳에서는 개인기는커녕 슈팅 타임을 잡기조차 어렵다.

20대 초반의 호나우두는 페널티 에어리어 안에서조차 빽빽한 수비수들의 사이를 헤집고 누비며 골을 성공시키는 장면들을 자주 연출했다. 그는 갓 스물의 나이에 이미 세계 최고의 선수였다. 수비수들이 잡아채도 무너지지 않는 보디 밸런스, 완벽한 볼 컨트롤, 골문으로 질주할 때의 빠른 스피드와 환상적인 드리블, 골문 앞에서의 놀라운 집중력과 정확한 슈팅. 그는 필드 위의 정밀한 폭주 기관차이며 한 치의 오차도 없이 상대의 골문을 폭격하는 스텔스이다.

스트라이커는 무엇보다도 골로 말한다. 1976년생인 호나우두 루이스 나자리우 데 리마는 이렇게 말했다.

1993년 브라질 1부 리그 크루제이루 벨루 오리존테, 60경기 58골.

1994년 네덜란드 PSV 아인트호벤, 2년간 56경기 55골.

1996년 스페인 FC 바르셀로나, 49경기 47골.

1997년 이탈리아 인터 밀란, 5년간 66경기 50골.

자일징요는 "호나우두가 공을 가지고 있을 때는, 이미 골을 반쯤 기록한 것이나 마찬가지다"라며 감탄했고 리네커는 "그는 불가능한 상황에서도 골을 만들어 낸다"며 혀를 내둘렀다.

호나우두는 줄곧 스트라이커로 활약했지만 만약 그가 윙 포워드였다면 세계 최고의 윙이, 그리고 미드필더였다면 역시 세계 제일의 플레이메이커가 되지 않았을까. 그의 재능이면 어떠한 것도 가능할 것이다. 호나우두는, 너무 늦게 태어나는 바람에 펠레의 플레이를 제대로 보지 못한 이들에게 신이 내려 준 선물이다.

"유로 2004 보셨어요? 지단 정말 잘하던걸요. 잉글랜드하고 할 때 종료 직전에 두 골 넣은 것도 그렇지만 크로아티아하고의 경기에서 앙리의 짧은 코너킥을 받아서 원터치 힐 킥으로 슬쩍 문전으로 띄워 준 거요. 갈라스의 헤딩슛이 골로 연결됐으면 그 힐 패스는 두고두고 명장면으로 남았을 텐데 정말 아깝던걸요."

(것도 그래. 그 힐 패스는 예술이었는데. 그나저나 그만 좀 하라니까. 네놈하고는 아무 얘기도 하고 싶지 않단 말이다. 축구 이야기마저도. 이놈은 내 앞에서 왜 이렇게 주절대고 있는 건지.)

바로 옆에 재떨이가 있었지만 일부러 담배를 바닥으로 툭 던졌다. 신경질적으로 비벼 끄고는 말없이 몸을 돌렸다. 병실 앞에 이르자 때마침 간호사가 출산을 알려 왔다. 놈과 나는 누가 먼저랄 것도 없이 급히 안으로 들어갔다. 예쁜 딸아이? 꼬물거리는 손가락. 주름 진 얼굴. 예쁘게 생긴 건지 모르겠다. 누굴 닮은 건지도 알 수 없었다. 아무도 닮지 않은 것처럼 보이기도 했다. 내 속을 들여다보기라도 한 것처럼 아내가 말했다.

"외할아버지를 닮았어. 예쁘지?"

두 손으로 몸 전체를 다 안을 정도로 작은 아이를 꼭 껴안아 봤다. 아내는 수척한 얼굴이었지만 입가엔 미소를 띠고 있었다.

나는 놈에게 아이를 넘겨주었다. 그의 얼굴이 환해졌다. 허여멀건 빛으로. 그의 얼굴이 아무리 환해진다 해도 그는 여전히 나쁜 놈이다. 나는 밖으로 나와서 다시 담배를 입에 물었다.

* *

유로 2004에서 그리스가 우승했다. 대한민국이 월드컵 4강을 이루어 낸 것 이상의 이변이었다. 프랑스, 이탈리아, 스페인, 잉글랜드, 포르투갈, 체코 등 우승 후보로 꼽혔던 내로라하는 강팀들은 모두 중도에 탈락했다. 16강 진출이 확정된 후 치른 조별 예선 마지막 경기에서 러시아에 2 대 1로 패한 것이 어쩌면 그리스의 진짜 실력인지도 모른다. 그러나 그리스는 프랑스와 체코와 포르투갈 등 우승컵을 들어 올리기에 전혀 부족함이 없는 팀들을 이겼다. 그리스의 미드필더 카라구니스는 포르투갈과의 결승전이 끝난 이후에도 로커 룸을 떠나지 않은 채 '우린 미쳤다'고 되뇌었다고 한다. 맞다. 걔들은 미쳤다. 미치지 않고서야. 그리스의 감독 오토 레하겔은 "기적이야, 기적"이라고 말하면서 눈물을 흘렸다고 한다. 맞다. 그건 기적이다. 2004년의 여름에 한해 말하자면, 만약 축구의 신이 있다면 그 역시 그리스의 올림푸스 출신일 것이다. 그렇지 않고서야.

한물간 것으로 여겨진 수비 위주의 5-4-1 편성으로 기적을 이루어 낸 레하겔 감독은 이런 말을 남겼다.

"이기는 전술이 강한 전술이다."

아이를 낳고 아내는 매우 뿌듯해했다. 그녀는 두 명의 남편 앞에서 의연했고 당당했으며 무엇보다 행복해 보였다. 오직 행복한 삶만이 유일하게 올바른 삶이라고 말하려는 듯이.

가족

카테나치오

누가 누구와 잤는가 하는 잔인한 문제로 인해 생기는 심각한 문제. 이 아이는 누구의 아이인가. 이(李)의 씨인가. 한(韓)의 씨인가. 혹시 무시무시한 전투력을 지닌 제3의 정자 군단이 이(李)의 군대와 한(韓)의 군대를 몰살시키고 골문에 들어선 것인가.

아내는 어디까지나 자신의 아이라고 말했다. 그러나 문제는 그렇게 간단치가 않다. 아이의 아버지가 누구인지는 밝혀야 한다. 그래야 최악의 경우 아이를 데려올 수도 있을 테고 혹은 아이를 포기할 수도 있을 테니.

아내는 아이가 외할아버지를 닮았다고 말했다. 내 눈에는 그렇게 보이지 않았다. 이목구비가 또렷하지 않아 잘 알아볼 수는 없지만 나를 닮은 것처럼 보이지도 않았다. 다행이라면 그놈을 닮은 것처럼 보이지도 않았다는 것이다.

"솔직하게 말해 봐. 누구 아이인 거야?"

"이미 솔직하게 말했잖아. 당신 아이라고. 내 아이이기도 하고. 또……."

"그게 무슨 솔직한 대답이야? 하나 마나 한 얘기지."

"몇 번을 물어봐도 내 대답은 똑같아."

"그대가 정 그렇게 나온다면 나도 방법이 있어. 검사해 보면 돼."

발가락이 닮았다며 좋아하는 건 70여 년 전의 얘기다. 유전 공학의 발달로 이제 의혹을 해소하는 방법은 아주 간단해졌다. 친자 확인 검사를 해보면 된다. 거창한 검사도 아니다. 타액과 모근 샘플만 있으면 가능하다. 아내는 펄쩍 뛰었다.

"무슨 소리야. 그런 걸 왜 해? 꿈도 꾸지 마."

"왜?"

"정말 그러고 싶어?"

"그럼. 내 아이인지 아닌지 확인해야 할 거 아냐."

"확인하면 뭐가 달라지는데?"

"달라지는 게 있건 없건 당연히 알고 있어야 하는 거잖아. 나는 적어도 의심의 눈으로 아이를 바라보는 아빠가 되고 싶진 않아."

아내의 목소리에 조금씩 날이 서기 시작했다.

"당신 아이가 아닌 걸로 나오면 어떻게 할 건데?"

나는 머뭇거리다가 대답했다.

"그럼 그냥 내 아이가 아닌 거지 뭘 어떻게 해?"

"의심의 눈이건 확신의 눈이건 아이를 구박이라도 할 생각이면 지금 말해."

"왜?"

"내 아이를 구박하는 사람하고는 같이 살 수 없잖아."

"누구 맘대로 헤어져?"

"검사 결과 당신 아이가 아닌 걸로 나오면 틀림없이 구박할 거 아냐. 나는 그런 꼴 못 봐."

"그대의 동의가 필요한 건 아니야. 얼마든지 확인해 볼 수 있어."

"그렇게까지 확인해 보고 싶다면 그렇게 해. 단, 이거 하나는 알아둬. 나중에 당신이 아이를 구박하기라도 하면 곧바로 이혼할 거야. 아니, 괜히 친자 확인 같은 거 하지 말고 자신 없으면 지금 말해. 무슨 검사를 어떻게 하건 이 아이가 달라지는 건 아니야. 나중까지 갈 필요도 없잖아."

말을 끝맺기도 전에 아내의 목소리가 떨려 나왔다. 아내의 눈에 눈물이 가득 고이더니 한 방울 두 방울 떨어지기 시작했다. 필요할 때마다 절묘하게 출몰하는 마법의 눈물을 떨구며 아내는 흐느끼듯 말했다.

"그런 얘길 지금 꼭 해야 돼? 이제 막 출산한 산모한테 너무 심한 거 아냐? 나는 당신이 정말 좋은 사람이라고 생각했는데……. 흑."

나는 곧바로 백기를 들어야 했다. 눈물을 흘리면서 아이 낳고 미역국 한 사발도 제대로 못 얻어먹었는데 그런 얘기를 들어야 하는 비참한 엄마가 되었다느니 어쨌다느니 하며 한탄하는데 어쩌겠는가. 친자 확인 검사 같은 건 안 하겠다고 말했다. 아내는 눈물을 그치지 않았다. 앞으로도 하지 않을 거라고 약속했다. 아내는 눈물을 닦았다. 절대로 아이를 구박하는 아빠가 되지 않겠다고 맹세했다. 아내는 언제 눈물을 흘렸냐는 듯 방긋 웃으며 말했다.

"사랑해요."

산후 조리가 끝난 후 아내는 한동안 일산에 머물렀다. 손녀를 보러 어머니가 올라와 머물던 이틀 동안은 집에 와 있었지만 어머니가 강릉으로 떠나자마자 곧바로 일산으로 돌아갔다. 산전에 서울에 있었으니 그래야 공평하다고 아내는 말했다. 하지만 내가 몰래 아이의 타액이라도 채취할까 봐 그랬는지도 모른다.

전 세계의 수많은 선수들과 감독들이 이렇게 말했다. 인종과 종교와 국적을 불문하고 미리 정해 놓은 것처럼 한 글자도 틀리지 않고 모두 다 똑같이. 앞으로도 누군가는 계속 이렇게 말할 것이다.

"누가 골을 넣었는지는 중요하지 않다. 중요한 건 팀이 승리하는 것이다."

감독의 입장에서는 누가 골을 넣었는지 중요하지 않을 것이다. 그러나 선수들은 좀 다르지 않을까. 아무리 팀의 승리가 우선이라고 해도 선수들은 누구나 자신의 활약으로 팀이 이기기를 바라며 자신이 골을 넣기를 바란다.

아내는 투톱 체제의 팀 감독이고 따라서 누가 골을 넣었는가는 중요하지 않다고 생각할 수도 있겠지만 그 빌어먹을 투톱 중 하나인 내 생각은 다르다. 언제 벤치 멤버로 전락할지, 또 언제 방출될지도 모르는 일이다. 부동의 원톱이 되지 못하고 언제까지나 투톱의 하나로 머물러야 한다면 어쩌면 스스로 은퇴 선언을 하고 팀을 떠날 수도 있다. 팀 승리는 팀 승리고 개인 기록은 개인 기록이다. 누가 골을 넣었는지 기록은 정확해야 한다. 사랑은 사랑이고 핏줄은 핏줄이다.

* *

카테나치오(Catenaccio, 빗장 수비)는 4명의 수비수 뒤에 최종 수비수인 스위퍼를 두는 극단적인 수비 위주의 포메이션이다. 1960년대 인터 밀란의 감독 엘레니오 에레라는 이 포메이션으로 1964년과 1965년 챔피언스컵 우승을 차지했다. 축구가 승부 위주로 치닫게 되면서 감독들은 이기는 것보다는 지지 않는 것에 눈을 돌리게 되었다. 이 포메이션이 전 유럽으로 퍼지는 데는 그리 오랜 시간이 걸리지 않았다. 쉽게 패하지 않는 시스템의 유혹이란 감독들이 뿌리치기에는 너무 달콤하니까.

카테나치오에서 시작된 이탈리아 수비 축구는 수십 년간의 경험을 통해 지금은 매우 세련된 수비 시스템을 자랑한다. 이탈리아 수비의 특징은 공간을 미리 선점하는 것이다. 상대 공격의 길목을 차단하여 슈팅할 수 있는 공간을 내주지 않는다. 언뜻 보면 허술해 보이기도 하지만 이 미묘한 함정을 뚫고 골을 터뜨리기란 쉽지 않다. 골대가 가까워질수록 미묘한 함정은 어느새 견고한 그물로 바뀐다. 슈팅 찬스조차도 미연에 봉쇄되어 버린다.

여간해서는 지지 않는 카테나치오의 대단함은 월드컵을 보면 알 수 있다. 이탈리아가 월드컵 때마다 우승 후보로 꼽히는 것은 전혀 이상한 일이 아니다. 1982년 이래 여섯 번의 월드컵에서 이탈리아는, 2002년의 연장전 패배를 포함하여, 단지 세 번만 패했을 뿐이다. (같은 기간 동안 브라질은 4패를 기록하고 있다.) 그 외에는 모두 승부차기까지 간 끝에 탈락했다. 1990년 월드컵 4강전, 승부차기 패. 1994년 월드컵 결승전, 승부차기 패. 1998년 월드컵 8강전, 승부차기 패. 승부차기까지 간 경기는 공식적으로 무승부로 기록된다. 한 팀만 올라가야 하는 토너먼트의 속성상 탈락하긴 했지만 경기에 패한 것은 아니라는 얘기다. 승부차기만 하면 번번이 떨어졌으니 지독하게도 운이 나쁘다고 할 수밖에 없다. (독일은 월드컵에서 승부차기에 패한 적이 없다.)

이탈리아가 겪었던 패배 중 하나는 1994년 월드컵 조별 예선전에서 아일랜드에게 1 대 0으로 진 것이다. 비록 졌지만 탈락하지 않고 16강 진출에는 성공했으니 중요한 패배는 아니라 할 수 있다. 실질적으로 이탈리아가 90분 경기에서 패해 탈락한 것은 1986년 월드컵 16강전에서 플라티니의 프랑스에게 2 대 0으로 패했던 단 한 번뿐인 것이다. 실로 무시무시한 기록이다.

적시에 적재적소에서 길목을 막는 아내의 눈물. 길목마다 도사리고 있는 암초다. 골문에 이르는 모든 길이 차단되어 있다. 미묘한 함정이지만 벗어날 수 없다. 나도 모르게 허우적거리게 된다. 카테나치오 저리 가라다.

망치라거나 톱이라거나

내 아이가 아닐 수도 있다는 생각이 떨쳐지지 않는데도 딸아이가 자꾸만 눈에 밟혔다. 회사에서도 아이 생각에 일이 손에 잡히지 않았고 퇴근해서 집에 돌아오면 더 심해졌다. 아무도 없는 집은 어느 때보다도 휑해 보였다. 아내에게 매일같이 전화해서 빨리 오라고 채근했다. 보름간 전화해 댄 끝에 아내가 집으로 왔다. 딸아이는 내내 울기만 했다. 그래도 자는 모습을 가만히 들여다보노라니 세상의 어떤 것도 부럽지 않았다.

아내는 한동안 서울에만 있었다. 산전, 산후로 나눠 한쪽씩 있었으니 공평하게 끝났는데 왜 또? 그놈이랑 싸우기라도 했나? 아니면 나에 대한 배려인가. 배려라면 고양이가 쥐 생각해 주는 꼴이다. 그렇지만 쥐는 고양이가 자기 생각을 해줘서 기뻤다.

지원. 아내가 지은 아이 이름이다. 내 마음에는 들지 않았다. 나는 좀 더 여성스러운 이름을 원했다.

"다른 이름은 없어?"

"지원이가 마음에 안 들어?"

"왜 하필 지원이야?"

"연암 박지원. 연암처럼 통 크게 한세상 살다 가면 좋잖아."

"너무 흔한 이름이야. 그리고 연암은 남자잖아. 얘는 여자 아이야. 통 크게 한세상 살다 가는 것보다는 곱게 한세상 살다 가는 게 더 좋아. 더구나 얘는 박 씨도 아니잖아. 다른 이름으로 바꿔."

아내의 눈빛이 반짝거렸다.

"사실은 연암 이름을 따온 게 아니야. 지단 넘버원. 줄여서 지원. 내가 특별히 당신을 생각해서 고심 끝에 지은 이름이지."

틀림없이 막 지어내 갖다 붙인, 속이 빤히 들여다보이는 얘기였지만 그 따끈따끈한 해석은 마음에 들었다. 그런 거라면 좋은 이름이다. 지단 역시 자신의 아이 이름에 우상의 이름을 가져온 적이 있다. 지단의 아들 '엔조'는 우루과이 국가 대표 출신인 엔조 프란체스콜리의 이름을 따온 것이다. 부모의 마음이란 다 똑같다. 아이가 자라 자신의 우상처럼 훌륭한 사람이 되기를 바라는 것이다. 나도 딸아이가 '신념의 아름다움'을 보여 주는 훌륭한 사람이 되기를 바란다. 그 신념이라는 게 엄마처럼 두 남자와 결혼하겠다는 식의 이상한 신념이면 곤란하겠지만.

눈에 넣어도 아프지 않을 만큼 예쁘다는 표현을 처음 생각해 낸 사람은 당대 최고의 시인이었을 것이다. 아이를 낳아 보면 그 말이 조금도 과장이 아니라는 것을 알게 된다. 어떻게 그렇게 절묘한 표현을 찾아냈을까. 딸아이는 정말이지 눈에 넣어도 아프지 않을 만큼 예뻤다. 얼굴 윤곽이 잡혀 가는 걸 보니 딸아이는 나를 닮았다. 정말 닮았는지는 아무리 들여다봐도 사실 잘 모르겠지만, 그래도 나를 닮을 수밖에 없다. 그 악마 같은 놈에게서 이런 천사 같은 딸이 태어난다는 건 아무리 유전 공학이 발달해도 있을 수 없는 일이다. 다만 아이가 한밤중에 빽빽 울어 댈 때는, 그래서 밤새 잠을 설치고 피곤에 지쳐 출근할 때면 그놈의 아이인지도 모르겠다는 생각이 들기도 했다. 내 인생에 지장을 주는 것이 놈의 특기니 말이다.

아내가 집으로 온 지 얼마 되지 않았을 때였다. 놈에게서 전화가 왔다.

"용건이 뭐요?"

"저, 잠시 댁에 들러도 되겠습니까?"

"왜요?"

"지원이가 보고 싶어서요."

나는 잠시 생각해 보고는 되물었다.

"오지 말라고 하면 그렇게 할 거요?"

"네."

"그럼 오지 말아요."

"네……."

놈의 의도부터가 마음에 들지 않았다. 제까짓 게 뭐라고 지원이 보고 싶다는 것인가. 내 딸아이는 보고 싶다고 해서 아무나 볼 수 있는 그런 아이가 아니다. 특히 그놈과는 가급적 얼굴을 마주치게 해서는 안 된다. 놈의 사악한 기운으로부터 아이를 보호해야 한다.

며칠 뒤에 또 전화가 왔다.

"한재경인데요. 저……. 댁에 들러도 되겠습니까?"

"싫은데요."

"네. 알겠습니다."

이후에도 몇 번 더 전화가 왔고 놈은 같은 말만 되풀이했다. 나 역시 같은 말을 되풀이해야 했다. 아내는 놈을 거들고 나섰다. 지원을 어르고 있는데 아내가 은근한 목소리로 물었다.

"재경 씨가 전화했다며?"

"그놈이 왜 나한테 전화하는 거야?"

"재경 씨가 낮에 잠깐 들러서 지원이 보고 가겠다고 했는데 당신이 승낙해야 한다고 했거든."

"그놈도 그렇고 그대도 그렇고 왜 갑자기 내 말을 듣는 척하는 거야?"

말을 잘 들으려거든 진작 좀 잘 듣지. 이제 와서 내 승낙이 필요하다는 건 또 무슨 어이없는 경우인지. 아내의 말투는 사근사근하기 이를 데 없었다.

"재경 씨가 여기 오면 이혼하겠다고 당신이 그랬잖아. 당신한테 이혼당하긴 싫거든."

나는 혀를 찼고 아내는 더 사근사근하게 말했다.

"재경 씨가 잠깐 들르는 게 그렇게 싫어?"

"응. 싫어. 끔찍해. 생각만 해도 소름이 끼쳐."

"그럼 내가 낮에 지원이 데리고 일산 가는 건 괜찮지?"

나는 의심스러운 눈초리로 아내를 바라보았다.

"그대, 그런 사람 아니었잖아. 사사건건 나한테 허락을 받으려는 의도는 뭐고 목적은 뭐야?"

"의도? 목적? 그런 거 없어. 설사 있다 해도 내 의도는 눈처럼 깨끗하고 내 목적은 샘물처럼 맑으니 당신이 그런 눈으로 나를 쳐다보지 않아도 돼."

"그러니까 그게 뭔데?"

아내는 푸념하듯 말했다.

"의도 같은 거 없다니까. 그냥 혼자서 하루 종일 지원이 보는 게 너무 힘들어서 그래. 나는 여기에 피붙이 하나 없고 당신은 하루 종일 회사에 있잖아. 애가 울 때는 얼마나 심하게 울어 대는지 모르지? 밤에 잠깐 우는 건 약과야. 한번 달래고 나면 온몸에 진이 다 빠진다니까. 여기 다크 서클 생긴 거 안 보여? 손끝도, 입술도 거스러미 투성이야. 매일같이 야근할 때도 이러진 않았어."

"그래도 안 돼. 그놈도 여기 못 오고 당신도 거기 가지 마."

"재경 씨는 그래도 당신 생각을 해주는데. 이번에도 재경 씨가 먼저 당분간 서울에 있는 게 어떻겠냐고 하더라."

"아, 됐다고 해."

고양이가 쥐를 생각해 주는 꼴이다. 이번 경우에 쥐는 조금도 기쁘지 않았다. 뒤늦게 생각해 주는 척하느니 애초에 잡아먹으려 들지 않았어야 했다. 나는 볼멘소리로 말했다.

"그놈이 시켜서 여기에 있는 거라면 당장 일산으로 가."

"정말?"

아내는 재빠르게 되물었다. 내가 그렇게 말했다는 것을 기화로 당장에라도 아이를 데리고 일산으로 가버릴 듯한 기세였다.

"그래. 단, 지원이는 여기 놓고 가."

아내는 짐짓 고민스러운 표정을 지으며 말했다.

"당신은 출근해야 되잖아. 어떻게 여기 놓고 가?"

나도 짐짓 안타깝다는 듯 대답했다.

"그럼 할 수 없지. 그대도 그냥 여기에 있도록 해."

* *

'펠레의 저주'에 관해 최근의 일만 얘기하면, 2002년 월드컵에서 펠레는 황선홍의 활약을 보고 월드컵 후 그의 몸값이 천문학적인 액수로 폭등할 거라고 말했지만 황선홍은 월드컵이 끝난 뒤 얼마 지나지 않아 소속 팀에서 방출되었고 결국 은퇴했다. 펠레는 또 4강전을 앞두고 요코하마에서 가진 연합 뉴스와의 단독 인터뷰에서 대한민국이 독일을 이길 것이라고 말했지만 결과는 우리 모두가 알고 있듯이 독일의 승리로 끝났다.

유로 2004, 잉글랜드와 포르투갈의 8강전에 앞서 펠레는 "루니는 충분히 자기 기량을 발휘할 것이며 특히 강력한 드리블은 어느 포르투갈 선수도 저지할 수 없을 것"이라고 말했다. 그러나 그 경기에서 루니는 부상을 입고 교체되었으며 잉글랜드는 승부차기 끝에 패했다.

1994년 월드컵, 브라질 우승의 주역 호마리우는 펠레가 자신에게 은퇴를 권유했다는 말을 듣고는 화를 내면서 이렇게 말했다.

"그가 뭔가를 말하면 절대 그런 일이 일어나지 않거나 혹은 정반대의 일이 벌어진다. 펠레의 입에 축구화를 처박아야 한다."

후에 펠레는 정상에 있을 때 은퇴하는 것이 좋다는 의미로 한 말이었다고 해명했고 호마리우는 자신이 실언했다며 사과했다.

나는 진심으로 그놈의 입에 축구화를 처박고 싶다. 나는 그놈이 싫다. 놈이 어떤 의도로 전화를 했건 간에 해명 따위는 털끝만큼도 필요하지 않다. 축구화가 아닌 다른 것도 좋다. 가령 망치라거나 톱이라거나 삽이나 곡괭이 같은 것들.

내 인생의 핀

놈은 끈질기게 전화를 했다. 마음만 먹으면 얼마든지 내가 모르게 들락거릴 수 있을 텐데 내게 푸대접을 받으면서도 굳이 전화를 하는 것은 아마도 아내 때문일 것이다. 그놈 역시 아내의 말을 거역하지 못하는 한심한 놈이다. 바꾸어 말하면 아내는 남자들을 꼭두각시 인형처럼 다루고 있다고도 할 수 있다.

그놈은 내 허락이 없으면 집으로 올 수 없다는 아내의 말은 충실히 따르면서 전화하지 말라는 내 말은 귓등으로 흘려버렸다. 그러니 내가 놈을 좋아할 수 있겠는가. 물론 전화를 하지 않는다고 놈을 좋아할 거라는 얘기는 아니다.

나는 그놈의 목소리를 듣는 것조차도 싫다. 놈의 목소리를 듣지 않으려면 휴대폰을 받지 않으면 그만이다. 그러자 놈은 회사로 전화를 해댔다. 수없이 걸려 오는 전화 중에서 놈의 전화만 받지 않는 것은 불가능한 일이었다. 화를 내도, 어르고 달래도 놈은 계속해서 전화를 했다. 아내와 아이를 일산으로 보내면 놈은 더 이상 전화하지 않을 것이다. 아내와 지원을 서울로 보내며 생각해 주는 척은 다 했으니 이제 다시 일산으로 데려가려고 전화해 대는 것인지도 모른다. 내가 계속해서 놈의 방문을 거절하면 아내는 놈을 측은히 여길 것이다. 일산으로 가서 한동안 머물지도 모르지. 놈의 목적은 거기에 있을 것이다. 내게 전화해 대는 것은 보여 주기 위한 쇼에 지나지 않는다. 계속 거절할 수도 없고 승낙할 수도 없는 곤란한 처지. 두 눈 뻔히 뜨고 당한다는 게 이런 경우일 것이다. 그리고 혼자서 아이를 보는 게 힘들다는 아내의 하소연도 언제까지 모른 척할 수는 없는 일이었다. 결국 놈이 집에 한 발짝이라도 들여놓기만 하면 이혼도 불사하겠다는 결심을 철회해야만 했다.

"맘대로 하쇼. 단 조건이 있어요. 내가 퇴근하기 전까지는 내 집에서 나가야 하고 다신 전화하지 않는 거요. 그렇게 할 거요?"

"네. 그렇게 하겠습니다. 고맙습니다."

놈은 비로소 약속을 지켰다. 더 이상 전화가 오지 않았다. 퇴근 후 집에 갔을 때 놈과 얼굴을 마주치는 일도 생기지 않았다. 그놈이 왔다 갔는지, 얼마나 자주 오는지 아내에게 묻지 않았다. 묻지 않아도 알 수 있다. 집 안 곳곳에 찜찜함이 묻어 있었다.

밥을 먹을 때 드는 생각. 그놈이 이 식탁에 앉았을까.

TV를 볼 때 드는 생각. 그놈이 이 소파에 앉았을까.

잠을 잘 때 드는 생각. 그놈이 이 침대에 누웠을까.

딸아이를 보면 드는 생각. 지원이가 놈을 보고 웃었을까.

애써 모른 척하려 해도 놈이 왔다 간 흔적을 찾게 되었다. 퇴근해서 집에 들어가면 뭔가 미묘하게 달라진 것 같았다. 딱히 꼬집어 말할 수는 없지만 분명히 뭔가 달라졌다. 며칠이 지나자 미묘함의 정체를 깨닫게 되었다. 바로 아내가 달라진 것이었다. 아무리 달래도 아이가 울음을 그치지 않으면 어쩔 줄 몰라 발만 동동 구르던 초보 엄마였는데 어느 순간부터는 한결 느긋해졌다. 엄마 노릇에 익숙해져서? 왜? 그놈이 도와준 탓에? 놈이 그림자처럼 보이지 않게 조금씩 집 안에 스며들고 있다는 것은 불쾌한 일이었다.

"그놈은 아직도 취직 안 했어?"

"응."

"왜?"

"당분간 쉬겠대."

"왜?"

"지원이 키우는 거 조금이라도 돕고 싶대."

나는 딸아이와 눈을 마주칠 시간이 별로 없다. 퇴근해서 집에 오면 지원은 주로 잠들어 있었고, 내가 잠들 때면 울어 댔다. 반면에 놈은 내가 없는 동안 내내 지원과 같이 시간을 보내며 지원의 의식 세계를 잠식해 들어갈 것이다. 그놈이 악당이라는 것을 알 리 없는 아이는 나보다 놈에게 더 친밀감을 느낄 것이다. 이건 불리한 게임이다. 그런 식이라면 날이 갈수록 아내의 환심을 사는 것은 놈일 수밖에 없다.

"그놈한테 이제 오지 말라고 해."

"왜? 혼자 아이 보는 게 얼마나 힘든데."

"다들 그렇게 키우잖아. 자기 아이인데 그 정도도 못해?"

"예쁜 건 예쁜 거고 힘든 건 힘든 거야. 당신은 아이 때문에 밤에 잠깐만 시달려도 아침이면 파김치가 되잖아. 당신은 퇴근한 다음에 잠깐 아이 얼굴 보는 거지만 나는 하루 종일 붙어 있어야 한다고. 아이하고 한시도 떨어져 있을 수 없잖아. 하루 종일 시달리는 게 얼마나 힘든지 당신은 하나도 모르지? 재경 씨가 도와주니까 한결 나은데 왜 오지 말라고 해?"

"그놈, 돈 많대? 회사 안 다녀도 된대?"

"글쎄. 돈이 많은 건 아니지만 굶어 죽을 정도는 아니야. 그저 집 사는 일만 뒤로 미루면 되지 않겠냐고 하더라."

그놈이 하는 거라고 해서 나도 다 할 수 있는 것은 아니다. 당장 먹고살아야 하는데 어떻게 회사를 그만둘 수 있겠는가. 그놈은 아무 때나, 아무 데나 취직할 수 있는 프리랜서 프로그래머지만 나는 회사를 그만두면 재취업이 요원한 사무직일 따름이다. 나도 모르게 풀이 죽어 중얼거렸다.

"그러다가 지원이가 그놈이 아빠인 줄 알면 어떻게 해?"

아내는 내 속도 모르고 종알거렸다.

"아빠니까 아빠인 줄 아는 것일 텐데 그게 뭐가 어때."

아내의 말을 들으니 갑자기 힘이 솟았다. 아내에게 소리쳤다.

"아빠? 누가 아빠야? 지원이 생긴 거 안 보여? 나를 닮았는데 왜 그놈이 아빠야?"

"왜 소리를 질러? 지원이 겨우 재워 놨는데."

"그대가 말도 안 되는 소리를 하니까 소리치지, 내가 괜히 소리치는 거야?"

아내는 한마디 던지고는 재빨리 몸을 돌렸다.

"여자 아이가 당신 닮으면 어떻게 해. 생긴 건 날 닮았어."

* *

1980년대 후반부터 1990년대 중반까지 클럽 축구의 최강자는 AC 밀란이었다. 오렌지 삼총사 루드 굴리트, 반 바스텐, 레이카르트는 세계 최강의 공격 라인이었고 바레시, 말디니, 코스타쿠르타 등의 수비진은 최고의 카테나치오라 해도 손색없을 정도의 철옹성이었다. AC 밀란의 골든 제너레이션이라고 일컬어지는 이 시기에 밀란은 세리에 A에서 3연패를 포함해 다섯 번이나 스쿠데토를 들어 올렸으며 챔피언스 리그에서는 다섯 번 결승에 진출해서 세 번이나 우승을 거두었다. AC 밀란의 질주 앞에 1989년의 준결승전에서 레알 마드리드는 5 대 0의 수모를 당했고 1994년의 결승전에서는 FC 바르셀로나가 4 대 0의 치욕을 안았다.

알레산드로 코스타쿠르타는 이러한 빛나는 시기를 포함해 무려 20시즌 동안이나 AC 밀란에서 뛰었다. 그는 AC 밀란과의 계약이 만료된 후 이렇게 말했다.

"이탈리아에서 나는 다른 어떤 팀을 위해 뛰는 것을 원치 않는다. 이탈리아 클럽 중에서 나의 축구 인생은 오직 AC 밀란만을 원한다. 그것은 내 인생에서 내가 찼던 핀과도 같다."

마음에 들지 않는 점이 있다면, 그것이 나를 견딜 수 없게 한다면 끝내면 그만이다. 그러나 아내는 내 인생의 핀이며 내 인생은 오직 그녀만을 원했다는 것이 나의 비극이다. 이제는 핀이 하나 더 늘어났다. 지원이야말로 내 인생의 핀이다. 이는 비극이라 할 수 없다. 오히려 그 반대이다. 딸아이가 나를 보고 방긋거리며 웃을 때마다 살아 있다는 기쁨을 느끼게 된다. 딸아이가 없는 삶이란 상상할 수 없다.

사이즈가 큰 축구화

모퉁이 길에서 운전자는 부주의하게 차를 몰았다. 마음이 바빴던 나는 횡단보도의 신호등에 파란 불이 켜지자마자 재빨리 발걸음을 옮겼다. 이 두 가지 일은 한날 한시에 같은 장소에서 벌어졌다. 그 결과 내 다리는 달려오는 차에 살짝 부딪혔다.

가벼운 찰과상이려니 했는데 병원에 가보니 골절이라고 했다. 겨우 그 정도의 충돌에 뼈가 부러지는 나이가 된 것이다. 부딪힌 건 다리인데 뒤늦게 알고 보니 다리뿐만 아니라 팔도 부러졌다. 넘어지면서 팔이 보도블록의 턱에 부딪힌 것이 잘못된 것이었다. 의사는 골절 정도가 심하다며 입원해야 한다고 말했다.

입원은 어렸을 때의 소원 중 하나였다. 다른 친구들처럼 바나나나 오렌지 주스 따위가 탐이 났기 때문이 아니었다. 하얀 시트가 깔린 침대에서 자보고 싶었다. 어린 시절의 꿈을 이루게 되었지만 버린 지 오래된 꿈이라 조금도 즐겁지 않았다. 병원의 딱딱한 침대보다는 집에 있는 커다란 침대가 훨씬 편하고 좋다. 환자복의 까칠한 감촉은 실크 잠옷의 부드러운 감촉에 비할 바가 아니었다.

한동안 떳떳하게 회사에 나가지 않고 쉴 수 있게 되었지만 전혀 기쁘지 않았다. 내가 입원해 있는 동안 그놈은 조금씩 지원의 의식 세계를 갉아먹을 것이다. 전부터 알고 있었다. 신은 불공평하다. 교통사고가 나려거든 놈에게 일어나야 했다. 팔이 부러져도 놈의 팔이 부러져야 하고 다리가 부러져도 놈의 다리가 부러져야 마땅하다. 왜 나야?

아내는 매일 병원에 왔다.

"지원이는?"

"집에 있지. 재경 씨한테 맡겨 두고 왔어."

"달리 부를 만한 친구는 없어?"

"없어."

"잠깐 동안 부탁할 친구 하나 없다는 게 말이 돼?"

"당신은 왜 그렇게 재경 씨를 싫어해?"

조금이라도 마음에 들지 않는 말이 나오거나 추궁하려는 기색이 보이면 아내는 곧바로 다른 것을 되물었다. 초점을 비켜 가는 상투적인 수법이다. 이제는 뻔히 아는데도 아내가 되물으면 조금 전에 내가 물었던 것은 까맣게 잊어버리고 아내의 물음에만 대답하게 된다.

"왜 그렇게? 그럼 내가 그놈을 좋아할 거라고 생각했어?"

"그런 건 아니지만 좀 심한 것 같아서 말이지. 내 배로 낳은 아이여도 하루 종일 아이를 본다는 게 여간 힘든 일이 아니거든? 근데 재경 씨는 싫은 내색 한번 안 하고 지원이를 참 잘 봐주거든."

"심하긴 뭐가 심해? 정말 심한 게 뭔지 내 언젠가는 꼭 보여 줄게. 그리고 나도 회사 그만둘 수 있다면 얼마든지 지원이 봐줄 수 있어."

"그게 말처럼 쉬운 일이 아니야. 당신은 혼자서 지원이 본 적 없잖아."

"내 자식인데 그것도 못하겠냐?"

"예쁜 건 예쁜 거고 힘든 건 힘든 거라니까. 이럴 때 재경 씨가 회사에 다니지 않아서 다행인 거잖아. 병원에 매일 와볼 수도 있고 말이야."

반찬거리며 갈아입을 속옷이며 만화책 따위들을 싸들고 아침 일찍 와서 저녁 늦게까지 내 옆을 떠나지 않는 아내를 보고 같은 병실에 있는 환자들이 입을 모아 칭찬했다.

"요즘 세상에 저런 마누라 없지. 현모양처네, 현모양처야."

아내는 이렇게 응대했다.

"뭘요, 호호."

가끔은 다르게도 대답했다.

"호호, 뭘요."

그럴 때마다 아내가 어떤 유형의 현모양처인지, 과연 현모양처이기나 한 것인지 사실대로 다 불어 버리고 싶은 충동을 억눌러야만 했다.

입원 첫날 회사 동료 몇몇이 몰려온 것 외에는 아무도 오지 않았다. 친구들은 다 바쁘다. 형제들도 다 바쁘게 산다. 걱정하는 어머니에게도 금방 퇴원할 테니 오지 마시라고 말했다. 하루 종일 아내와 함께 있는 것은 그리 나쁘지 않았다. 딸아이만 아니라면 오랫동안 입원해 있어도 괜찮겠다는 생각마저 들었다. 지원을 봐주는 그놈에게 약간의 고마움까지 느껴졌다.

오후가 되면 잠시 바람을 쐬러 병원 건물 밖으로 나오곤 했다. 팔다리에 깁스를 한 나는 휠체어에 앉아 있고 아내는 휠체어를 밀었다. 마음에 드는 장면이었다. 남자는 환자복 차림으로 휠체어에 앉아 있고 아내는 휠체어를 민다. 병원 앞뜰, 따뜻한 햇살 속에 느긋하게 담소를 나누는 부부의 모습. 낭만적이기까지 하다. 그렇다고 해서 낭만적인 대화가 오갔던 것은 아니었다.

"그나저나 앞으로 어떻게 할 생각이야?"

"뭘?"

"아이 크는 거 잠깐이야. 대체 이 상황을 지원이한테 어떻게 설명할 건데?"

"처음부터 그런 상황이면 자연스럽게 받아들이게 되지 않을까."

"친구도 생길 테고 유치원도 갈 텐데 다른 집 부모와 다르다는 걸 알게 될 거 아냐. 그걸 어떻게 자연스럽게 받아들일 수 있겠어?"

"어떤 집은 엄마가 없을 수 있고 어떤 집은 아빠가 없을 수도 있잖아. 그렇게 보면 어떤 집은 아빠가 둘일 수도 있다고 생각할 수 있지 않을까."

"그런 결손 가정하고 우리하고 같아?"

"결손 가정? 가족 구성원 하나 없으면 결손 가정인 거야? 가족 구성이 이래야 한다고 정해진 건 없잖아. 엄마나 아빠 중 하나가 없어서 결손 가정이면, 아이가 없으면 그것도 결손 가정이야? 그럼 할아버지, 할머니하고 같이 살면 과잉 가정인 거야? 또 아이를 많이 낳으면 그것도 과잉 가정이야?"

"그 얘기가 아니잖아. 초점을 흐리지 마."

"아니, 그 얘기야. 결손 가정이란 말에는 편견이 숨어 있어. 가령 핵가족이나 확대 가족 같은 용어에는 좋다, 나쁘다 하는 가치 판단은 들어 있지 않아. 핵가족이 일반적인 형태라고 해서 가족 구성원이 그보다 많은 확대 가족이 비정상적인 거라고 생각하진 않잖아. 하지만 결손 가정이란 용어는 그렇지 않거든. 뭔가 결여된 비정상적인 가정이라는 의미로 사용하는 말이잖아. 왜 꼭 다른 사람들을 비정상으로 만들어 놓고 자기는 정상이라며 좋아하는지 모르겠어. 남의 소중한 가정을 결손 가정이라는 말로 모욕하면 안 되지. 구성원이 덜 있건 더 있건 가정이면 그냥 다 가정인 거야."

"그래도 어디 그게 그냥 나온 말이겠어? 다 가정이라는 환경이 중요하고 그 환경이 안정적이어야 한다는 얘기잖아. 아무래도 뭔가 결핍된 가정에서 자라면 안 좋을 거 아냐."

"가족 구성과 안정적인 가정과는 무관해."

"그게 왜 무관해? 부모 중 하나가 없으면 비뚤어지기 쉽지."

"오히려 이혼한 가정의 자녀가 소위 정상적인 가정의 자녀보다 덜 비뚤어진다는 거 알아?"

"그게 말이 되냐?"

"당신도 대뜸 그게 말이 안 된다고 결론부터 내려 버리잖아. 그러니까 편견이라는 거지. 사람들 생각이 어떠하건 통계적으로는 그렇게 나와 있어. 비행 청소년의 배경에는 가족 구성원이 부족한 가정이 아니라 애정이 부족한 가정이 있는 거야. 이혼 때문에 아이들이 잘못되는 게 아니야. 이혼하기 전부터 문제가 있는 가정 환경이, 혹은 이혼한 후에 아이에게 무관심하게 대하는 것이 나쁜 영향을 끼치는 거라고. 요는 가족이 어떻게 구성되어 있고 가족의 수가 몇인 게 중요한 게 아니라 가족 구성원들끼리 얼마나 서로 관심과 애정을 갖고 있는가, 얼마나 화목한가가 중요하다는 거지."

"그래서? 지금 우리 가정이 화목한 것 같아?"

"우리야 남부럽지 않은 화목한 가정이지. 듬직한 남편에 이렇게 사랑스러운 아내가 있고 거기에 예쁜 딸도 있잖아."

"잠깐. 듬직한 남편에 그놈도 포함돼?"

"아이참. 가족 구성원이 중요한 게 아니라 얼마나 화목한지가 중요하다니까."

"바랄 걸 바라야지. 내가 그놈하고 화목할 수 있을 거라고 생각해?"

아내는 마치 혼잣말을 하듯 작은 목소리로 중얼거렸다.

"언젠가는 그렇게 될 거야."

"내 눈에 흙이 들어가기 전엔 그런 일은 생기지 않아. 아니다. 왜 나야? 그놈 눈에 흙이 들어가기 전엔 그런 일은 생기지 않아."

나는 두 주먹을 불끈 쥐었지만 아내는 못 본 체하며 휠체어를 밀었다.

"밥 나올 시간이야. 얼른 가자."

* *

바티스투타는 열일곱의 나이에 처음으로 축구화를 신었다고 한다. 시합에 나갈 때 클럽에서 선수들에게 한 켤레씩 주었는데 그가 받은 축구화는 자기 발의 치수보다 사이즈가 큰 것이었다. 바티스투타는 그때를 회상하면서 이렇게 말했다.

"사실 그때 축구화 사이즈 같은 건 어떻든 상관없었어요. 처음으로 아디다스 축구화를 손에 넣었다는 감격이 훨씬 컸으니까요. 사이즈가 조금 컸지만 그 축구화를 신고 뛰고 싶었습니다. 다만 실제로 경기를 해보니 역시 힘들었어요. 뛰는 것도 힘들었고 슛을 날릴 때도 볼보다 먼저 잔디를 차버렸지요."

사이즈가 큰 축구화를 신고 경기를 뛰는 것은 잘 맞지 않는 사람과 결혼 생활을 하는 것과 비슷할 것이다. 아내와 결혼했을 때 그녀가 내 여자가 되었다는 감격 때문에 미처 생각하지 못했는데 그녀는 내게

버거운 상대이다. 그녀의 사이즈에 맞추려면 내 발이 훨씬 더 커져야 한다. 그러나 내 발은 이미 다 자랐고 더 이상 클 수 없다. 축구화가 아무리 지극 정성으로 발을 감싸 준다 해도 사이즈의 간극을 메우진 못한다.

심판이 한통속이면

입원한 지 3주가 지난 뒤에 퇴원했다. 의사는 더 입원해 있으라고 했지만 하루라도 빨리 퇴원해야 했다. 언제까지 그놈에게 지원을 맡겨 놓을 수는 없었다. 팔의 깁스만 풀고 다리의 깁스는 풀지 못한 채 집으로 돌아왔다. 지원은 목발에 의지해 걷는 내 모습을 보고는 울음을 터뜨렸다. 병원에 있을 때와는 달리 아내는 내게 신경을 쓰지 않았다. 목발은 불편했다. 집에 온 지 이틀도 지나지 않아서 아내가 짜증 섞인 하소연을 했다.

"당신 뒤치다꺼리도 해야지. 지원이도 봐야지. 살림도 해야지. 혼자 다 하려니 너무 힘들어."

"지원이는 내가 보면 될 거 아냐."

"깁스한 몸으로 기저귀를 어떻게 갈아? 팔도 아직 성한 게 아닌데 애가 울면 안아서 달래 줄 수도 없잖아."

"왜 못해? 얼마든지 할 수 있어."

"무리하다가 오래가면 어떻게 하려고 그래. 걷는 것도 힘들잖아. 오후에 물리 치료 받으러 가야 되는데 당신 혼자 못 가잖아. 어차피 일산에 지원이를 맡길 수밖에 없어. 그러지 말고 재경 씨를 집으로 오라고 하자."

"그건 안 돼."

"그럼 어떻게 해? 지원이 일산에 맡기고 와?"

"아니. 병원에는 나 혼자 갔다 올 테니 그대는 그냥 집에 있어."

"그 몸으로 어떻게 혼자 가?"

"갈 수 있다니까."

"고집 부리지 말고 재경 씨 부르자."

"아니. 나 혼자 갈 거야."

그러나 결국 나는 아내의 도움을 받아야 했고 그놈이 내 집으로 들어왔으며 지원은 놈의 품에서 까르륵거리며 웃었다. 깁스를 하고 있는 것도 답답한 일이지만 더 답답한 일은 그놈의 얼굴을 내 집에서 봐야 한다는 것이었다.

"좀 괜찮으세요?"

나는 퉁명스럽게 대꾸했다.

"이게 괜찮은 걸로 보이오?"

"빨리 쾌차하셔야 할 텐데……."

"당신 걱정은 필요 없으니 나한테 말 걸지 말아요."

그놈은 내 말을 충실히 이행했다. 매일 집에 와서 지원을 보면서도 내 눈에 띄지 않도록 주의하는 기색이 역력했다. 밥을 먹을 때가 고역이었다. 아내는 겸상을 고집했고 놈은 굳이 마다하지 않았다. 나는 꾸역꾸역 밥만 먹었다.

아내가 장을 보러 나갔을 때였다. 거실에 앉아 TV를 보고 있었는데 지원이 잠들었는지 놈이 거실로 나왔다. 놈은 머뭇거리다가 소파 끄트머리에 걸터앉았다.

"재방송인가요? 챔피언스 리그 결승전 경기 같네요."

2004년 5월, 챔피언스 리그 결승에 오른 팀은 AS 모나코와 FC 포르투였다. 그 두 팀이 결승까지 오르리라고 예상한 사람은 아무도 없었다. 게다가 레알 마드리드와 첼시를 꺾고 올라온 AS 모나코가 3 대 0이라는 스코어로 패하리라고 생각한 사람도 그리 많지 않았을 것이다. FC 포르투의 데코가 막 두 번째 골을 터뜨렸다. 남은 시간에 누군가 한 골을 더 넣을 것이다. 시선을 TV 화면에 고정시킨 채로 내가 물었다.

"당신은 이 상황이 맘에 들어요?"

"네?"

"축구 얘기가 아니오."

"형님이 다치셨는데 그럴 리가 있겠습니까."

"형님? 나는 댁 같은 동생 둔 적 없으니 그렇게 부르지 말아요. 우리 식구에 군더더기로 붙어서 아이나 봐줘야 하는 이런 상황이 마음에 드느냔 말이오."

"전 제가 군더더기라고 생각하지 않습니다. 인아 씨도 그럴 겁니다. 그리고 가족을 돌봐야 하는 상황에서 그렇게 하는 건 마음에 들고 안 들고의 문제가 아니잖습니까."

"댁도 인아에게 새 애인이 생겼을까 봐 괴로워했던 적이 있었던 것 같은데?"

"다른 상황을 인정하는 게 꼭 좋은 일만은 아니지 않습니까. 인간적으로 갈등할 수야 있겠지만 결국 인정한다는 게 중요한 거죠."

"난 아직도 댁을 인정 못하겠는데 어떡할 거요?"

"인정하라고 강요하는 사람은 아무도 없습니다. 모두 자기의 선택일 뿐이죠. 저는 제 선택에 만족합니다. 형님의 선택이 후회되신다면 언제든지 다른 선택을 할 수 있지 않겠습니까?"

"형님이라고 부르지 말라니까. 이런 비정상적인 생활이 언제까지 갈 것 같아요? 지원이도 있는데. 결국은 댁이 정리될 것 아뇨. 어차피 그럴 바에야 좀 더 일찍 당신이 마음을 바꾸는 게 낫지 않겠소?"

"남들과는 다르지만 비정상적인 상황이라고는 생각하지 않습니다. 폴리패밀리로 살아가는 것도 충분히 가능한 일입니다. 우리가 지금 그렇게 살고 있지 않습니까? 앞으로도 계속 그렇게 살 수 있을 겁니다."

나는 TV를 끄고는 정색을 하며 말했다.

"지원이가 크면 어떻게 할 거요? 이런 상황을 납득시킬 수 있다고 생각해요?"

"오히려 유연한 발상을 지닌 아이로 성장하지 않을까요?"

"뭐요? 그걸 말이라고 하는 거요?"

"그런 문제들에 대해 인아 씨와 자주 얘기합니다. 인아 씨의 생각도 저와 비슷합니다. 우리는 우리가 충분히 잘해 낼 수 있을 거라고 생각합니다."

아내가 그렇게 생각하는 건 맞지만 갑자기 아내를 끌어들이다니. 놈은 비겁하게 아내의 치마폭 뒤로 숨어 버렸다. 놈과 더 이상 얘기하고 싶지 않았다.

"당신, 목발로 맞아 본 적 있소?"

군더더기가 아니라고? 그놈은 정말 우리가 자기의 가족이라고 생각한다는 말인가. 가족이 뭔지도 모르는 놈이다.

미국의 인류학자 머독은 "가족은 공동 거주, 경제적 협동 및 출산을 특징으로 하는 사회 집단이며, 이 집단은 양성의 성인들을 포함하고 적어도 그들 중 두 사람은 사회적으로 허용되는 성 관계를 유지하며 그리고 한 명 또는 그 이상의 친자녀 혹은 입양된 자녀들로 구성된다"라고 말했다. 소위 핵가족의 전형적인 모습이다.

이 관점에서 보면 그놈과 내가 가족이 아님은 당연한 얘기다. 심지어 그놈과 아내 역시 가족이라 할 수 없다. 그들의 성 관계는 사회적으로 허용되는 것이 아니다.

프랑스의 인류학자 레비 스트로스는 "가족은 결혼과 결혼에 의하여 출생된 자녀로 구성되며, 다른 근친자도 포함될 수 있는 집단이며, 가족 구성원은 법적·경제적·종교적 그 외의 성적 권리와 통제, 애정, 존경 등의 다양한 심리적 정감으로 결합된다"라고 말했다. 이는 다분히 확대 가족을 염두에 둔 정의이다.

이 경우에도 나는 그놈과 가족이 아니며, 그놈과 아내도 가족이라 할 수 없다. 법적으로 따지면 놈과 아내는 어떠한 권리도 주장할 수 없는 남남이니 말이다.

그런데 이러한 고전적인 정의로는 무자녀 가족이나 편부모 가족 및 동성 가족 등 최근에 나타나는 다양한 형태의 가족들을 포괄하지 못한다. 미국의 경우 편부모 가족이 20퍼센트에 달하며 우리나라도 10퍼센트에 이른다. 앞으로 더욱 늘어날 것이다. 이런 문제점 때문에 최근 미국 사회사업 협회(NASW)에서는 가족에 대해 '자신들 스스로가 가족으로 생각하면서 전형적인 가족 임무를 수행하는 2인 이상의 사람들'이라고 정의했다.

이 헐렁한 관점에 따르면 아내와 나는, 당연하게도, 가족이다. 그리고 그놈과 아내도, 유감스럽지만, 가족이 아니라고 할 수는 없다. 마음에 들지 않는 관점이다. 하지만 이런 포괄적인 개념을 따른다 해도 그놈과 나는 절대로 가족이 아니며 가족이 될 수도 없다. 내게 있어 그놈은 남이며, 남이라고 하기에는 적에 가까우며, 적이라고 하기에도 과분한 불구대천(不俱戴天)의 원수다.

* * *

이탈리아에서는 축구 심판의 사회적 위치가 매우 높다. 이는 심판 문제가 이탈리아 축구의 고질병인 것과 무관하지 않다고 한다. 경기가 수비 위주로 흐를수록 한 골의 가치는 높아진다. 한 골의 가치가 높아질수록 심판의 미묘한 판정이 순식간에 경기의 흐름을 바꿀 수 있다. 그리하여 이탈리아에서는 경기에 미치는 심판의 영향력이 매우 높은 것이다.

각 클럽들은 심판에게 영향을 줄 수 있는 일이라면, 비록 불법이라 해도, 무엇이든 하려 든다. 또한 선수들도 다음번의 유리한 판정을 위해서라도 심판의 판정에 대해 격렬하게 항의하고, 심판이 호각을 불지 않기를 기대하며 심판을 속이는 파울을 서슴지 않는다. 지난 월드컵에서 볼 수 있었던 이탈리아 선수들의 거친 매너는 거기에 뿌리를 두고 있을 것이다.

세리에 A에서 심판들의 교묘한 판정은 주로 유벤투스나 AC 밀란 같은 명문에게 유리하게 작용한다고 한다. 유벤투스는 피아트를 소유한 거대 재벌 아넬리 일가의 구단이고 AC 밀란은 신흥 미디어 재벌인 베를루스코니의 소유이다. 두 곳 모두 여러 경로를 통해 영향력을 행사하고 뒤탈 걱정 없이 뇌물을 뿌려 댈 수 있을 만큼 충분한 힘을 가진 집단이다. 심판의 입장에서도 약팀에게 유리한 판정을 하고 난 뒤에, 직 · 간접으로 강팀의 사주를 받은 언론으로부터 뭇매를 맞는 것보다는 힘이 있는 집단을 잘 봐주는 것이 편한 일일 것이다.

심판이 공정하게 진행하면 경기는 매끄럽게 흘러갈 것이다. 그러나 심판이 특정 팀과 한통속이라면 승부는 어느 정도 결정된 것이나 다름없다.

그놈은 아내와 한통속이다. 인생관이나 세계관이 인간관계의 친소를 좌우하는 결정적인 것은 아니지만 아무런 영향을 끼치지 못한다고 할 수도 없다. 뿐만 아니라 둘은 성격마저도 비슷하다. 아내나 그놈이나 똑같이 이기적인 족속이다. 다른 사람 생각은 조금도 하지 않는다. 아이 생각도. 내 생각도.

막연하면서도 근거 있는 불안. 아내는 공정하게 경기를 진행하지 않을 것이다. 아내에게 심판을 맡길 경우 나는 이미 패한 것이나 마찬가지다.

놈은 우리 집에 오지 않았다. 목발로 얻어맞는 것을 두려워한 때문은 아니었다. 아내가 일산으로 가지도 않았다. 내가 바라마지않던 이런 상황이 가능해진 것은 어머니가 집에 왔기 때문이다. 이제는 다 나았다고 한사코 만류했지만 어머니는 아내 혼자서 아이를 보고 내 뒤치다꺼리까지 하기에는 너무 힘들 거라며 서울로 올라왔다. 밤이면 아내는 내게 물었다.

"어머니 언제 강릉으로 가신대?"

"왜? 불편해?"

"뻔히 알면서 어쩌면 그렇게 얄밉게 말을 하냐. 그럼 지금 내가 편한 것처럼 보여?"

"불편할 건 또 뭐야."

"불편하다기보다는……."

아내는 말끝을 흐렸다. 그다음 말이 무엇인지는 나도 알고 있다. 불편하다기보다는 불안할 것이다. 어머니가 집에 있는 동안에는 놈이 얼씬도 하지 않겠지만 꼬리가 길면 밟히는 법이다.

"어쩌겠어. 그대를 생각해서 오신 건데 빨리 가시라고 떠밀 수야 없잖아."

"거야 그렇긴 하지만……."

나도 불안하긴 마찬가지였지만 아내가 전전긍긍하는 것을 보니 조금 고소하기까지 했다. 그러나 아내는 피할 수 없다면 즐겨야 한다고 단단히 마음을 먹은 것 같았다. 아내는 음식을 만들 때마다 어머니를 찾았다. 저 사람은 어릴 때 뭘 잘 먹었어요? 그건 어떻게 하는 거예요? 양념은 어떻게 할까요? 어머니, 간 좀 봐 주세요.

음식을 할 때만이 아니었다. 하루 종일 어머니 옆에 붙어서 끊임없이 재잘대고 종알거렸다. 어릴 때 말썽 피운 적은 없었나요? 여학생들한테는 인기 많았어요? 어머, 어머. 그래서요? 저 만날 때도 숙맥이었다니까요. 아이참, 어머니도. 그게 아니라 제가 남자 복이 있는 거죠.

나는 예정보다 빨리 회사에 나갔다. 그래야 어머니도 안심하고 내려가실 테고 또 요즘처럼 언제 구조 조정을 단행할지도 모르는 때에 정규직이라고 해서 안심할 수는 없다. 평사원이나 대리 정도까지만 해도 웬만해서는 잘릴 염려가 없다. 회사 일은 그들이 다 하니까. 그러나 관리직은 그렇지 않다. 부장급은 여간해서 남아 있기 힘들다. 과장급까지 마구 자르지는 않겠지만 마음 놓고 있을 수야 없는 일이다.

내가 출근하기 시작하자 어머니는 강릉으로 내려갔다. 어머니가 아무런 낌새도 눈치 채지 못하게 완벽한 연기를 펼친 아내는 비로소 마음을 놓았다. 아내만큼은 아니겠지만 나도 한숨을 돌렸다. 주말이 되어서야 아내와 아이뿐인 일상으로 돌아왔다.

오랫동안 아내가 여기 집에만 있었으니 당분간 일산으로 보내는 것이 공평한 처사겠지만 나는 그렇게 하지 않았다. (내가 미쳤냐. 놈을 배려해 주게.) 아내도 굳이 일산에 머물려고 하지 않았다. 거기까진 괜찮았는데, 아내는 일산과는 비교할 수 없을 정도로 먼 곳으로 갈 생각을 하고 있었다.

"좀 쉬고 싶어. 미국에 갔다 와도 괜찮겠지?"

"꼭 가야겠어?"

"응. 엄마 건강이 별로 안 좋으셔서. 지원이 낳을 때도 못 오셨잖아. 내가 가봐야지. 나도 엄마, 아빠가 보고 싶기도 하고 두 분도 지원이가 보고 싶으시대. 당신도 이젠 거의 다 나았잖아. 재경 씨도 다시 회사 다니고 있고. 그리고 여기서는 지원이 때문에 마음 놓고 술도 못 마시잖아."

여러 가지 이유를 나열할 때에는 제일 마지막에 대는 것이 가장 중요하다. 결국은 술 때문이라는 말이지. 그놈의 술. 원컨대 '커피 한 잔 하실래요?'는 제발 놓고 가시길.

"얼마나 있을 생각인데?"

"자주 갈 수 있는 것도 아니니 한두 달 정도는 있어야지."

"거기서 술 퍼먹다가 또 새 남편 구하는 거 아냐?"

"그럴지도 모르지."

"이번엔 외국인이겠네?"

"외국인? 생각해 본 적은 없지만 그것도 나쁘진 않겠다."

"그럼 못 가."

"농담이야."

"농담이라도 그런 말은 하지 마."

"그럴 생각은 꿈에도 없어. 당신하고 재경 씨만으로도 충분히 힘들어. 신경 써야 할 데도 너무 많고 복잡해. 살림 하나 더 하는 게 이렇게 힘든 건 줄 몰랐어. 두 배가 아니라 서너 배 이상 힘든 것 같은데 또 한 사람 늘어나면 열 배 이상 힘들어질 거야. 절대 그렇게는 못하지."

"아예 그놈을 정리해 버리는 건 어때?"

"왜?"

"힘들다며?"

"힘들어도 해볼 만하다 싶은 것들이 있잖아. 내가 힘들다고 한 건 그런 거야."

"그런 것들이야 많지. 그 많은 것들 중에 왜 하필 두 집 살림 따위를 하고 싶어 하는 거야?"

"그냥 어쩌다 보니 그렇게 된 거야. 절대 고의적인 건 아니었다고."

고의가 아니라고 하기엔 아내는 준비된 두 집 살림꾼이었다. 나는 아내에게 의심의 눈초리를 던졌다.

"근데 당신은 재경 씨가 왜 그렇게 싫어?"

"그걸 꼭 말로 해야 알아? 어떻게 싫지 않을 수가 있겠어. 싫어하지 않는 게 이상한 일이지."

"당신이 조금만 마음을 열면 되는 일인데……."

"조금만? 그게 조금 열어서 될 일이냐? 그건 하늘만큼 땅만큼 마음을 열어도 불가능한 일이야."

"재경 씨는 당신하고 친해지고 싶어 하는데?"

"됐다고 해. 피해자는 나라고. 때린 놈은 맞은 놈 마음을 알 리 없는 거야. 그대도 마찬가지야. 다 나빠."

맞은 놈이 두 다리 뻗고 잔다는 옛말은 때린 놈들이 만들어 낸 새빨간 거짓말이다. 다리 뻗고 자는 놈은 때린 쪽이다. 상처가 생겨도 맞은 사람에게 생기는 법이고 고통도 맞은 사람의 몫이다. 그리하여 가해자들이란 뻔뻔할 수밖에 없다. 당장 자기는 멀쩡하니 말이다. 툭하면 사과 같지도 않은 사과만 늘어놓으며 과거를 청산했다는 듯 시치미를 떼고 있는 일본만 봐도 알 수 있는 일이다. 아키히토 일왕은 잘 쓰지도 않는 단어를 어렵게 찾아내서는 '통석(痛惜)의 념(念)'을 금할 수 없다며 말장난을 하기도 했다. 심지어 사과도 하기 전에 조건을 다는 가해자도 있다. 12·12 반란의 주역 중 하나인 허화평은 "광주 피해자들이 먼저 용서할 뜻을 밝히면 사과할 수 있다"고 말했다. 대체 어쩌겠다는 건지.

아내는 적어도 이해하려고 애쓰기는 한다는 듯 부드러운 어조로 말했다.

"그래. 억지로 친해지려 애쓰는 것보단 마음 편히 싫어하는 게 낫겠다. 그냥 실컷 싫어하도록 해."

"알았다."

나는 아내를 외면했다. 아내는 방긋 웃으며 내 옆으로 다가왔다.

"근데, 저기, 정말 나도 싫어?"

"이 여자가 왜 이래. 저리 가. 싫어. 그대가 제일 싫어. 나는 지원이만 있으면 돼."

아내의 눈빛이 야릇하게 빛났다.

"이번엔 아들 하나 만들어 보자. 이리 와."

"왜 이래. 저리 가."

아내는 내 말에 아랑곳하지 않고 나를 덮쳤다. 내 팔다리는 아직 완전히 낫지 않았다. 나는 부상자다. 뿌리치고 저항하는 데에도 한계가 있을 수밖에 없다.

나 역시 아내의 말에 동의한다. 이번에는 아들이기를 바란다. 아니, 또 딸이어도 좋다. 아이가 또 생긴다면 모두 데리고 쉽게 도망칠 수 없을 것이다. 그리고 아내는 아이들을 버려두고 도망칠 사람은 아니다.

* *

1990년대 맨체스터 유나이티드의 전성기를 이끌었던 에릭 칸토나. 그는 5년간 맨체스터 유나이티드에서 뛰면서 무려 네 번의 리그 우승을 이끌어 냈다. 칸토나는 다혈질로도 유명했다. 야유하는 관중을 향해 관중석으로 날아들며 옆 차기를 날릴 정도였다. 일명 '칸토나의 쿵후 킥'이라 불리는 그 사건으로 인해 칸토나는 시즌 잔여 경기 출장 정지를 당했다. 그 시즌이 그가 있는 동안 맨체스터 유나이티드가 우승하지 못했던 유일한 시즌이었을 정도로 칸토나의 카리스마는 절대적이었다. 심지어 경기 종료 후에도 심판에게 항의하다가 레드카드를 받는 에피소드를 남기기도 했다. 이 필드의 문제아는 다소 어울리지 않게 이런 말을 남겼다.

"축구는 춤과 마찬가지로 우아하고 경이로운 몸짓으로 표현하는 예술의 하나이다."

그러나 갓난아기의 몸짓이야말로 춤과 마찬가지로, 춤보다 더 우아하고 경이로운 표현으로 가득한 하나의 예술이다. 아기의 몸짓이란 인간의 원초적 본능과 욕망 그 자체이다. 게다가 난해하기까지 해서 대학 교육을 받은 나조차도 무슨 의미인지 알아차릴 수 없다. 나의 사랑스러운 딸 지원은 나중에 예술가가 될 건가 보다.

눈에는 눈

강릉에 한 번, 대전에 한 번 다녀온 뒤 아내는 지원을 데리고 미국으로 떠났다. 나는 아내에게 술을 마시지 말 것과 어쩔 수 없이 마셔야 할 경우에도 최소한으로 마실 것을 당부했다. 아내는 건성으로 대꾸했다.

"그러지, 뭐."

공항까지 배웅하는 일은 놈의 몫이었다. 그간의 일에 대한 보답으로 내가 양보했다. 그 정도면 공평하다 할 수 있을 것이다. 문제는 그다음에 생겼다. 놈이 또 전화질을 해대는 것이었다.

"제가 펠레 옛날 경기 동영상들을 구했는데, 보내 드릴까 해서요."

펠레의 경기? 구미가 당겼지만 단박에 거절했다.

"나는 댁에게서 아무것도 받고 싶지 않아요. 통화하고 싶지도 않아요. 전화하지 마슈."

그러나 놈은 다시 전화해서는 마라도나의 나폴리 시절 동영상들을 구했다고 말했다. 나는 역시 필요 없다며 거절했다. 며칠 뒤 놈이 또다시 전화했다.

"저, 프랑스에서 지단 특집을 방송했는데요. 제가 그걸 구했거든요."

다른 선수도 아니고 지단이라니. 단번에 거절할 수는 없었다.

"그건……. 택배로 보내고……. 이제 전화 좀 그만해요."

놈은 내 말을 듣지 않았다. 그날 밤 놈이 집으로 왔다. 택배 대신 직접 지단의 플레이가 들어 있는 CD 한 장을 들고. CD만 달랑 받고 돌려 보낼 거라고 생각했는지 와인도 한 병 들고 왔다. 치밀한 놈이었다. 컴퓨터에 CD를 넣고 동영상 파일을 열었다. 그동안 놈은 내게 묻지도 않고 주방에서 와인 스크루와 두 개의 잔을 가져왔다. 그러고는 다시 주방으로 가서 냉장고를 열고는 치즈에 과일까지 챙겨 왔다. 마치 자기 집인 것처럼 왔다 갔다 하는 게 어이가 없었지만 어쨌든 지단을 봐야 했다.

주로 이민자들과 빈민들이 모여 사는 마르세유의 뒷골목. 까무잡잡한 아이들이 공을 차며 놀고 있었다. 20여 년 전 지단도 그렇게 놀았다. 그는 특정한 직업이 없었던 부모 밑에서 가난한 성장기를 보냈다. 돈이 없어서 유소년 클럽에 들어가지도 못했다. 지단이 축구를 배우고 익힌 곳은 길거리였다. 지단의 옛 친구들이 지단에 대해 말한다. "세계적인 스타가 되었지만 그는 조금도 거만해지지 않았어요. 여기에 올 때는 항상 옛날 그대로의 모습이죠." 뒤이어 나오는 지단의 화려한 플레이 장면들. 보르도 시절의 모습부터 레알에 이르기까지.

"지단은 대통령에 출마해도 당선될 거예요."

모니터를 바라보면서 놈이 중얼거렸다. 정말 그렇기야 하겠는가마는, 1998년 월드컵에서 프랑스가 우승하자 개선문에는 '대통령 지단'이라는 낙서가 난무했다. 대통령이 될 정도인지는 모르겠지만 지단의 정치적 영향력이 상당한 것도 사실이다.

2002년 프랑스 대통령 선거에서 뜻밖에도 극우 정치인 장 마리 르펜이 결선 투표에 올라갔다. 지단은 프랑스 국민들에게 호소했다. "프랑스적 가치와 동떨어진 국민 전선의 르펜에게 투표하는 행위가 가져올 심각한 결과를 직시해야 한다. 모두 투표장에 나가 르펜 반대표를 던져야 한다." 호소만 한 것이 아니라 협박도 했다. "택하라. 르펜이냐, 지단이냐. 만약 르펜이 당선된다면 나는 축구를 그만두겠다." 지단은 축구를 계속했다. 르펜은 떨어졌다.

동영상이 다 돌아간 후에도 놈은 눈을 멀뚱거리며 앉아 있었다.

"이봐요. 재경 씨."

"네."

"전화하지 말라는데 왜 자꾸 전화하는 거요?"

"저는 다만 축구를 좋아하신다기에……."

"내가 축구를 좋아하는 거하고 재경 씨하고는 아무런 관계가 없어요. 나는 재경 씨하고는 어떤 얘기도 하고 싶지 않단 말이오."

"예. 알겠습니다."

그러나 얼마 지나지 않아서 놈은 또다시 전화를 했고 집으로 왔으며 술병을 내려놓았다. 나는 그가 가져온 동영상 파일을 열었다. 놈은 '어떤 얘기도' 하지 않고 묵묵히 술잔을 비우며 축구를 보다가 동영상이 끝나고 술이 바닥나면 집으로 돌아갔다.

아내도 없는 집에 놈이 자꾸 오는 이유를 나는 알고 있다. 놈은 갈 데가 없는 것이다. 그걸 어떻게 아느냐고? 나 역시 마찬가지니까. 이런 빌어먹을 콩가루 가족에 대해 이야기를 나눌 수 있는 사람은 대한민국 천지에 아무도 없다. 내 주변의 모든 사람들은 내가 평범한 가정을 꾸려서 무난하게 사는 줄로만 안다. 아내에게 또 다른 남편이 있으며 아이에게 또 다른 아빠가 있다는 말을 대체 누구에게 할 수 있겠는가. 남들에게 말하기는커녕 남들이 알까 봐 두렵기만 하다.

인생이 괴로운 이유 하나. 내 고통을 아는 자는 친구가 아니라 적이다.

그 역시 마찬가지일 것이다. 놈이 아무리 자신의 삶에 대해 확고부동한 신념을 가지고 있다 해도 자신이 이러저러하게 산다며 떠들고 다니진 못할 것이다. 한 사람이 알게 되면 이내 열 사람이 알게 된다. 그다음에는 모든 사람들이 다 알고 있다는 사실을 자신만 모르게 된다. 그다음에는? 절반이나마 가졌던 것을 모두 잃게 될 것이다. 알고 보면 그놈도 불쌍한 놈이다.

설령 불쌍하다 해도 그가 나쁜 놈이라는 사실에는 변함이 없다. 알고 보면 불쌍하지 않은 사람이 어디 있겠는가. 알고 보지 않아도 불쌍하기 이를 데 없는 사람도 있다. 내가 바로 그런 사람이다.

* *

마라도나는 월드컵 최고의 골을 넣었지만 최악의 골도 넣었다. 그것도 같은 경기에서. 1986년 월드컵. 잉글랜드와 아르헨티나의 시합에서 마라도나의 첫 번째 골은 그의 손에 맞고 들어갔다. 명백히 고의적인 플레이였다. 아르헨티나의 동료 선수들조차도 그 골을 자랑스럽게 여기지 않았다. 골이 들어간 직후 환호하지도 않았고 골을 넣은 마라도나에게 달려가지도 않았다. 마라도나는 동료들에게 어서 달려오라고 손짓해야만 했다. 경기 후 마라도나는 "반쯤은 나의 손을 맞고, 반쯤은 신의 손을 맞고 들어갔다"는 기상천외한 말을 남겼다.

1998년 월드컵 16강전에서 두 팀은 또 마주쳤다. 아르헨티나의 미드필더 시메오네에게 파울을 당해 넘어진 베컴은 엎어진 채 시메오네의 정강이를 '슬쩍' 찼다. 노련한 시메오네는 차인 것에 비해 터무니없이 큰 동작을 그리며 쓰러졌다. 이로 인해 베컴은 레드카드를 받았으며 잉글랜드는 승부차기 끝에 탈락했다. 퇴장을 당해 탈락의 빌미를 제공한 베컴은 성난 팬들과 언론에게 오랫동안 시달려야 했다.

2002년 월드컵. 이번에 두 팀은 조별 예선에서 만났다. 경기를 앞두고 베컴은 이렇게 말했다.

"마라도나가 말했듯이 아르헨티나 팀은 약삭빠르기 때문에 이기기 위해 수단과 방법을 가리지 않을 것이다. 우리 잉글랜드 팀은 그렇게 간특하지 못하다. 우린 프로이기 때문에 속임수는 쓰지 않는다. 이처럼 양 팀은 정신 상태가 다르다."

다르긴 뭐가 달라. 그 밥에 그 나물이지.

잉글랜드가 복수에 성공했다. 눈에는 눈. 똑같이 비겁한 방법이었다.

잉글랜드의 스트라이커 마이클 오웬이 페널티 킥을 얻어 냈다. 토티를 비롯해 많은 선수들이 페널티 에어리어 안에서의 시뮬레이션 액션으로 옐로카드를 받았지만 오웬은 아카데미상을 받을 만한 놀라운 연기력을 선보였다. 그것도 세계 최고의 심판이라 일컬어지는 콜리나 주심 앞에서. 베컴은 침착하게 페널티 킥을 골문 안으로 차 넣었고 잉글랜드는 1 대 0으로 이겼으며 아르헨티나는 조별 예선에서 탈락했다.

그 시합만 놓고 보면 아르헨티나로서는 억울하기 이를 데 없는 일이었다. 그러나 이전에 잉글랜드가 느껴야만 했던 억울함도 바로 그런 종류의 것이었다. 잉글랜드에서는 아무도 오웬의 시뮬레이션 액션을 부끄러워하지 않았을 것이다. 예전에 그들이 당했던 패배 역시 부당한 것이었으므로. 부당한 패배는 부당한 승리로 앙갚음하는 것이 최선이라고 생각하며 오히려 더 즐거워했을 것이다.

눈에는 눈이다. 수단과 방법을 가리지 않고 놈에게 인생의 쓴맛을 보여 주고 싶다. 아니, 수단과 방법을 잘 가려서 가장 비겁하고 치졸한 방법을 택해 놈에게 생애 최고의 억울함과 당혹감과 배신감을 느끼게 해줄 것이다.

무슨 수로, 어떻게?

아, 그걸 알면 내가 이렇게 가만히 있겠는가. 연구 중이다.

탁월한 예술가

아내는 미국에 오래 머물렀다. 한 달이 지나도 올 생각을 하지 않았다. 두 달째 감감무소식이었다. 언제 올 거냐고, 빨리 오라고 채근해도 아내는 당분간 거기 있겠다며 오히려 나보고 그쪽으로 오라고 말했다.

"내가 어떻게 거길 가. 회사는 어떻게 하고."

"그 회사는 육아 휴직 같은 거 없어?"

"글쎄. 남자가 육아 휴직 낸 건 본 적이 없는데. 아마 없을 거야. 있더라도 유급이 아닐걸."

"그런 회사면 그냥 그만둬 버려."

말이 쉽지. 그만두면 취직할 데가 없다. 프리랜서 프로그래머인 그놈과는 다르다.

"설마 그놈한테도 오라고 한 건 아니지?"

"아직은 말하지 않았는데 이제 말할 거야."

"안 돼. 말하지 마."

"왜?"

"나는 못 가는데 그놈만 가면 어떡해. 그건 반칙이야."

"그런 게 어디 있어. 형편이 안 되면 못 오고 되면 오는 거지."

"그놈이 거기 가봤자 장인, 장모한테 인사도 못 드릴 텐데 왜 불러?"

"우리 집 말고 설마 묵을 만한 데가 없겠어?"

나는 놈에게 전화를 걸었다. 밖으로 불러냈으며 술까지 사 먹였다. 놈은 모처럼 내가 보여 준 친절 비슷한 행동에 감동했는지 최소한 내가 가지 않는 한 미국에 가지 않겠다고 약속했다. 내가 먼저 부탁하지도 않았는데 놈은 나를 만났다는 사실도 아내에게 말하지 않겠다고 다짐했다.

나도 가지 않았고 그놈도 가지 않았지만 아내는 계속 친정에 머물렀다.

"벌써 석 달째야. 언제 올 거야?"

"조금만 더 있다가 갈게."

"지원이 돌이 얼마 남지 않았는데 언제까지 거기 있을 건데?"

"돌잔치 꼭 해야 되는 거야?"

"거창하게 하진 않더라도 가족만이라도 모여서 해야지, 어떻게 그냥 넘어가."

아내는 지원의 돌이 가까워졌을 때에야 돌아왔다. 돌잔치 때문에 마지못해 왔을 것이다. 그동안 나는 가끔 그놈을 만나 술을 먹였고 축구 동영상들을 같이 보았다. 놈이 약속을 지키리라는 보장은 없다. 말과는 달리 혼자서 미국으로 튀어 버릴지도 모르니 싫어도 하는 수 없었다. 같이 맥주를 홀짝거리면서 속으로 칼을 갈았다. 기회만 와 봐라. 놈이 하는 짓을 보면 터무니없는 악당은 아닌 것도 같지만 머지않아 놈을 구렁텅이로 몰아넣을 것이다.

지원은 그사이에 부쩍 자랐다. 한두 마디 말도 할 줄 알았다. 또렷하게 '엄마'라고 말하는 아이에게 '아빠'라는 말을 가르쳐야 한다. 먼저 내 얼굴을 각인시켜야 한다. 그놈을 위해서는 '아저씨'와 '나쁜 놈'이라는 단어를 가르쳐 줄 작정이다.

돌잔치를 준비하다가 한 가지 계획이 머릿속에 떠올랐다. 이름하여 돌잔치 프로젝트. 놈이 돌잔치랍시고 친지들을 불렀을 때 나도 그 자리에 가는 것이다. 그리고 놈의 부모에게 사실대로 모든 것을 일러바치는 것이다. 아내와의 결혼사진, 호적 등본, 아이와 함께 찍은 사진이면 진실을 입증하는 데 부족함이 없다. 무엇보다도 아이는 나를 닮았다. 지원이야말로 가장 확실한 증거다. 가장 빠르게 놈을 떼어 내는 방법이다.

이 프로젝트는 양날의 검이다. 한바탕 폭로전이 끝나고 나면 어차피 그놈의 부모 형제나 친척들에게는 인정받을 수 없을 테니 아내가 이전처럼 놈과 함께 살 수는 없을 것이다. 그러나 내가 판을 깬다면 아내가 나와 계속 함께 살려고 할까? 둘이 어디 다른 나라로 도망이라도 가면? 지원이 있으니 그렇게까지는 하지 못할 것이다. 나를 닮은 내 아이. 아내의 아이. 아내가 아이를 두고 놈과 멀리 떠나는 일은 없을 것이다. 그래도 만의 하나 아내가 지원을 데리고 그놈과 떠난다면? 그건 최악의 결과다. 그리고 아내는 항상 내 생각을 뛰어넘는 사람이다. 그렇게 해버릴지도 모른다.

위험 부담을 무릅쓰고 기어이 그렇게 해야 할까? 그러다가 정말 최악의 상황으로 귀결되면? 배수진을 치고 내민 이혼 서류 작전도 실패했었다. 아내와 결별하는 상황을 내가 감수할 수 있을까.

아내가 집에 없는 반쪽의 세월을 그럭저럭 살아왔다. 어쩌면 아내

없이도 그럭저럭 살 수 있을 것이다. 그리고 지원을 아내에게 주진 않을 것이다. 이혼을 하게 되더라도 아이의 양육권은 내가 가질 것이다. 아버지에게 절대적으로 유리하게 되어 있는 대한민국의 법이 아내의 손을 들어 줄 리 없다. 아내도 그것을 모르진 않을 것이다. 하지만 마음먹은 건 기어이 해내고야 마는 아내가 법이건 판결이건 다 무시하고 막무가내로 지원을 데리고 도망간다면?

지구 끝까지 쫓아가서라도 찾아오면 된다.

그다음에는? 나 혼자 키울 수 있을까.

수많은 곤란한 조건들에도 불구하고 돌잔치 프로젝트가 매력적인 것은 치사하기 이를 데 없는 계획이기 때문이다. 그놈 부모를 만나서 조용히 얘기할 수도 있는 일을 여러 친지들이 모인 자리에서 사진을 뿌려 가며 떠들어 대면 놈이 얼마나 당혹스럽고 난감하겠는가. 거기서 폴리아모리가 어쩌고 떠들어 봤자 미친놈이라는 소리나 듣게 될 것이다. 게다가 최근에 여러 차례 같이 술도 마시면서 전보다는 조금 친한 척도 해줬으니 얼마나 배신감을 느끼겠는가. 그래 봤자 내가 느낀 것들에 비하면 새 발의 피도 안 되겠지만 말이다.

＊＊

펠레는 1970년 멕시코 월드컵 결승전에서 맞붙은 이탈리아의 수비수 베르티니에 대해 이렇게 말했다.

"베르티니는 반칙의 예술가이다. 가까이 왔구나 생각하면 벌써 옆구리를 한번 찌르거나 배를 주먹으로 치기 마련이었으며, 태클이 들어오겠구나 하고 생각했을 때는 벌써 내 양쪽 정강이는 모두 걷어차인 다음이었다. 확실히 이 방면에서 베르티니는 탁월한 예술가라고 인정하지 않을 수 없다."

그러한 숱한 반칙들에도 불구하고 펠레는 뛰어난 활약을 펼쳤으며 브라질은 월드컵 우승을 차지했다. 경기가 끝난 후 또 한 명의 이탈리아 수비수 부르그니치는 펠레에 대해 이렇게 말했다.

"경기 전에는 펠레도 뼈와 살을 가진 인간일 거라고 생각했지만, 그것은 잘못된 생각이었다."

그놈이 펠레가 되는 것은 불가능하지만 나는 얼마든지 베르티니처럼 할 수 있다. 나도 그 방면에서 탁월한 예술가가 될 것이다. 언젠가 놈의 옆구리를 찌르고 배를 치고 정강이를 걷어찰 것이다. 놈이 악 소리를 내며 뒤도 돌아보지 않고 멀리멀리 도망치도록.

축구도 마찬가지이며

회사에서 전화를 받고 황급히 병원으로 달려갔다. 아내의 얼굴은 흙빛이 되어 있었고 지원의 얼굴에는 산소 호흡기가 달려 있었다. 아내의 목소리가 떨려 나왔다.

"감기인 줄 알았는데, 열도 안 떨어지고……. 의사가 폐렴이래."

"폐렴 예방 접종 하지 않았어?"

"예방 접종으로 모든 종류의 폐렴이 다 예방되는 건 아니래."

"많이 안 좋아?"

아내는 고개를 끄덕였다.

"내 탓이야. 지원이 데리고 먼 길 다니는 게 아니었는데……. 찬 바람 쐬게 하는 게 아니었는데, 날이 쌀쌀해지기 전에 와야 했는데 너무 늦게 왔나 봐. 우리 지원이, 잘못되기라도 하면 어떻게 하지?"

"괜찮아질 거야. 폐렴은 금방 낫잖아."

"지금 심한 상태래. 잘못되면……."

"잘못되면?"

"정말 잘못될 수도 있대."

"폐렴으로?"

아내는 고개를 끄덕였다. 눈앞이 아득해졌다.

하루가 지나도 열은 좀처럼 내리지 않았다. 아내는 한시도 병상을 떠나지 않았다.

이 따위 병원, 부숴 버릴까. 때가 어느 땐데, 20세기도 아닌 21세기에 왜 폐렴 따위를 빨리 치료하지 못하는지. 의사의 멱살이라도 잡아 버릴까.

이틀이 지나도 마찬가지였다. 달라진 점이라면 그놈도 병실에 있었다는 것. 다음 날도. 그다음 날도. 놈과 싸울 때가 아니었다. 놈은 눈에 들어오지도 않았다. 저 어린것이 얼마나 아플지. 지쳐서 울음소리도 제대로 내지 못하는 아이를 보면 마음이 에이는 듯 쓰라렸다. 혹시 잘못되기라도 하면 어떻게 하나 하는 불길한 상상을 떨쳐 버릴 수 없었다. 사색이 된 세 사람이 병실을 지키고 앉아 있는 날들이, 아무도 입을 열지 않고 병상에 누운 아이만 바라보고 있는 숨 막히는 시간들이 흘러갔다.

지원은 꼬박 1주일을 앓고 난 뒤에야 겨우 병세가 호전되었다. 아내는 눈물을 흘렸다. 놈의 얼굴에도 화색이 돌았다. 아니, 화색이라기엔 미진하고, 놈의 얼굴은 뭐라 표현할 수 없는 기쁨으로 빛나고 있었다. 광채마저 나는 것 같았다.

병원 건물 밖으로 나와 담배를 피우고 있는데 놈이 자판기 커피 두 잔을 들고 다가왔다. 그가 내미는 커피를 한 모금 마시고는 말을 건넸다.

"회사는 어떡하고 매일 여기 와 있어?"

"이게 더 급한 일이라……."

"휴가 낸 거야?"

"그만뒀어요."

"또?"

"계속 무단결근하느니……."

"휴가 내면 되잖아."

"언제까지일지도 모르고……."

회사를 그만둬? 아무리 계약직 프리랜서 프로그래머라고 하더라도 마음대로 그래도 되나? 놈도 눈이 있으면 지원이 나를 닮았다는 것을 알 텐데. 모르고 그러는 건지, 알고도 그러는 건지. 생각도 없고 속도 없는 놈인가.

"재경 씨는 정말 이렇게 사는 게 좋아?"

"네? 아, 네."

"이 답답한 친구야. 이게 뭐가 좋아. 앞으론 또 어떻게 하고? 지원이가 아프기라도 하면 셋 다 몰려와야 해? 애가 크면 또 어떻게 하고? 정말 아이가 그런 상황을 감당할 수 있을 것 같아?"

"우리가 지원이한테 애정을 기울이는 한 괜찮을 거예요."

"그런 막연한 대답은 하지 말게. 이건 너무 뻔하잖아. 아무 생각도, 계획도 없잖아. 닥치면 다 해결이 될 것 같아?"

"사는 게 원래 그런 거 아닌가요. 삶의 계획을 미리 세운다 해도 사실은 모두가 다 그때그때만 넘기면서 살아가는 거 아닌가요. 개인뿐 아니라 회사도 그렇고 모두들 닥쳐온 위기를 넘기는 데 급급하잖아요. 국가조차도 계획대로 돌아가는 경우는 결코 없어요. 어떤 위기가 기다리고 있을지 아무도 모르죠."

"그러니까 계획을 세우는 거지. 불확실성을 최소화하려고. 그거야말로 개인뿐 아니라 회사나 국가도 다 그렇게 하는 거야. 이런 상황에서 무슨 계획을 어떻게 세울 수 있겠어?"

"일반적인 가정이라고 해서 문제가 없는 건 아니잖아요. 모두들 저마다의 문제를 안고 살고 저마다의 방식으로 살아가는 거잖아요. 그리고 우리가 계획이 없는 것도 아니잖아요. 이 문제는 우리가 계속 부딪히면서 고민할 테니 다른 사람들이 잠깐 생각하고 마는 인생의 계획보다는 우리가 훨씬 더 많은 계획을 갖고 있는 거 아닌가요."

근본적인 문제.

"정말 인아 없이는 안 되겠나?"

"네."

잠시 사이를 두고 놈이 다시 말했다.

"지원이도요."

알베르는 카트린을 위한 노래를 만들었다. 사빈느는 기타를 들고 종종걸음으로 달려왔다. 알베르는 기타를 쳤고 카트린은 노래했다. 그녀를 사랑하는 세 명의 남자, 줄과 짐과 알베르는 그녀의 아름다운 목소리에 귀를 기울였다.

우린 키스로 만났어.
그러고는 모든 게 엉망이 됐지.
행복하지 않았어.
그래서 우린 헤어졌지.
각자 서로 갈 길을 간 거야.

우린 축구로 만났다. 그리고 모든 게 엉망이 되었다. 이제 각자의 길을 가야 할 때가 왔다. 놈을 쫓아 버리고 공을 되찾는 일만 남았다.

D-3. 두툼한 서류 봉투. 아내와 내가 함께 있는 결혼사진의 컬러 복사본들, 주민 등록 등본 사본들, 호적 등본 사본들. 놈을 한 방에 멀리 보내 버릴 무기들이다. 그리고 그 어떤 것보다 명확한 증거이자 최강의 무기. 나를 닮은 딸아이도 있다.

D-2. 선녀조차도 아이들을 데리고 하늘로 올라가진 못했다. 아내가 나를 떠나는 최악의 경우에도 딸아이는 내 옆에 있을 것이다. 놈이 공을 빼앗기고 얼마나 볼품없는 꼬락서니가 될지 내가 알 바 아니다.

D-1. …….

나는 결국 그렇게 하지 못했다. 온갖 복사본들은 허공에 흩뿌려지거나 놈의 부모 손에 넘어가기 전에 문서 파쇄기로 들어갔다. 오랫동안 꿈꿔 왔던 일이었는데 막상 거사를 앞두고 왜 포기하고 말았는지 나도 잘 모르겠다.

* *

1960년대 리버풀 FC의 감독으로 리버풀 FC가 잉글랜드 최고의, 그리고 유럽 최고의 명문이 되는 데 초석을 다졌던 빌 생클리는 "어떤 사람들은 축구를 생사가 걸린 문제라고 생각한다. 나는 그것이 몹시 못마땅하다. 축구는 그보다 훨씬 더 중요하다"라고 말했다.

그는 또 이런 말도 남겼다.

"나는 사회주의란 모든 사람들이 더 많은 사람들을 위해 일하고 이를 다 같이 나누는 것이라고 알고 있다. 내가 보기에 축구도 이와 마찬가지이며 우리 인생도 다르지 않다."

글쎄. 축구는 어떨지 몰라도 우리 인생은 그렇지 않을 것이다. 모두가 더 많은 사람들을 위해 일하고 일한 것을 다 같이 나누는 삶을 산다면 우리는 그러한 삶을 더 이상 훌륭하다 여기지 않을 것이다. 우리가 그러한 삶을 훌륭하다 생각하는 것은 아무나 그렇게 살 수 없기 때문이다. 극히 소수의 사람들만, 혹은 극히 제한적인 시기에만 그렇게 살 수 있을 뿐이다.

지원에게 그놈 같은 삼촌 비슷한 존재가 있다는 것이 크게 나쁜 일만은 아닐지도 모른다. 마누라에게 애정을 가진 놈이라는 게 골치 아픈 일이지만 딸아이를 사랑하는 사람은 많을수록 좋다. 나나 놈이 어느 누구보다 지원에게 많은 정성을 기울였다는 것을 인정할 수밖에 없다. 어쩌면 그놈이 나보다 더 많은 정성을 쏟았는지도 모른다.

축구의 여러 얼굴들

작은누나가 또 결혼한다고 한다. 어머니는 마치 비밀을 전하듯 그 소식을 알리고는 한숨을 길게 내쉬었다.

"그것이 서방을 셋이나 둘 줄 누가 알았겠냐."

"앞길이 구만 리 같은데 내내 혼자 사는 것보단 그게 훨씬 낫죠. 다른 사람들이 무슨 상관이에요. 그 사람들은 잠깐 수군대고 말겠지만 누나는 수십 년을 더 살아야 하잖아요."

"안 해도 걱정이고 해도 걱정이다."

한두 번도 아니고 세 번이나 청첩장을 돌릴 수는 없다며 어머니는 혀를 찼다. 입 밖으로 절대 꺼낼 수 없는 얘기. 한꺼번에 서방 둘을 두는 여자도 있는데 그 정도면 매우 양호한 거예요.

작은누나는 두 번째 결혼 때 혼인 신고를 하지 않았다. 그래서 법적으로는 한 번밖에 이혼하지 않았다. 법적으로는 두 번째, 실제로는 세 번째 매형이 될 남자는 아이가 하나 있다고 했다. 중요한 것은 균형이다, 라고 작은누나가 말했다. 두 번째 이혼으로 쉽게 식을 수 있는 애정보다는 잘 무너지지 않는 균형이 결혼 생활에서 더 중요하다는 나름의 교훈을 얻은 것이다. 교훈 하나 얻었다고 해서 순탄한 결혼 생활을 하리라는 보장은 없지만 아무 교훈도 얻지 못한 것보단 나을 것이다.

큰누나는 아마 계속 혼자 살 것 같다. 공립 중학교의 교사라는 비교적 괜찮은 조건에도 큰누나는 이혼한 뒤 10년 동안 단 한 번도 선을 보지 않았다. 작은누나의 세 번째 결혼도 어머니의 걱정거리지만 큰누나의 결혼이 한 번으로 끝날까 봐 어머니는 더 걱정이다. 그러나 큰누나는 결혼 따위는 다시는 하고 싶지 않다고 말했다. 아이도 없이 혼자서 산다는 게 결코 쉬운 일이 아닐 텐데. 굳이 결혼하지 않겠다는 건 혹시 가정을 포기하지 못하는 유부남 애인이라도 두었기 때문에? 궁금했지만 묻진 않았다. 정작 궁금한 건 따로 있다. 어머니는 평생 동안 아버지 외의 다른 남자는 전혀 몰랐을까? 역시 물어볼 수 없는 일이다.

작은누나의 결혼 소식과 더불어 알게 된 일. 작은형이 이혼 위기에 처했다. 새파란 애인을 둔 것이 들통 난 것이다. 어머니는 그 일에 대해서는 이렇게 말했다.

"그놈이 사고 칠 줄 내 진작 알았다."

작은형이 어머니 말을 그대로 따를 사람은 아니지만, 그래도 알고 계셨으면 진작 좀 말리잖고.

가장 격렬하게 아버지에게 반항했던 작은형이 가장 적극적으로 아버지의 유산을 껴안은 셈이다. 작은누나의 말에 따르면, 어머니조차도 작은형을 편들지 않았다고 한다. 다른 건 몰라도 바람 피운 것에 관한 한 어머니는 여자 편이다. 오히려 형수에게 그런 놈하고 살지 말라며 적극적으로 이혼을 권하기까지 했다. 당신의 딸들이 모두 이혼녀이니 며느리 중 하나 정도는 이혼녀가 되어도 괜찮다고 생각한 것인지, 혹은 이혼만은 막으려는 고도의 전략인지는 알 수 없었지만 어쨌든 작은 형수는 편들어 주는 시어머니에게 감동했다고 한다.

시대를 잘못 만나 축첩을 하지 못했던 아버지가 할아버지를 부러워했던 것처럼 시대를 잘못 만나 고작 한 명의 애인을 두었다는 이유로 이혼을 당하게 생긴 작은형은 아버지를 부러워했을 것이다. 뻔뻔스럽게도 당당했던 아버지와는 달리 작은형은 머리를 조아리며 싹싹 빌고 또 빌어야 했다. 형수가 한풀 꺾였고 작은형은 겨우 이혼을 면할 수 있었다.

형제 중에서는 오직 큰형만이 무난하게 살고 있다. 정말 그런 것인지 아니면 드러나지 않은 내막이 있는지는 모르겠지만 겉으로 보기에는 별문제가 없는 것처럼 보인다. 큰형이 무난하게 살고 있다 해서 큰형수도 그렇게 생각할 것 같지는 않다. 오십을 훌쩍 넘기고 머지않아 환갑을 바라보는 나이에도 여전히 시어머니를 모시고 살고 있으니 말이다. 그 괴로움이란 당사자 외에는 아무도 모를 것이다. 큰형도, 어머니도, 누나들도, 조카들도. 아무도 모르는 일이니 그냥 무난하게 살고 있는 것으로 해두자. 형제가 다섯인데 하나쯤은 무난하게 살아야 하지 않겠는가.

병수는 재혼 대신 재결합을 선택했다.

"막상 결혼할 생각으로 다른 여자들을 만나 보니 애들 엄마만 한 사람이 없더라고."

재결합을 했다고 해서 자전거에 대한 그의 생각이 바뀐 것은 아니었다. 그는 여전히 자신의 자전거만이 탈·부착 방식이라고 말했다. 재결합한 뒤에 그는 한층 더 화려한 나날을 보냈다. 너무 화려해서 내가 보기에도 위험해 보였지만 그는 전혀 개의치 않았다. 아내가 피운 한 번의 바람이 평생 동안 방패막이가 되어 줄 것이라고 그는 생각하고 있었다. 요즘이 어떤 세상인데. 오래지 않아 거꾸로 이혼을 당할지도 모른다.

그리고 나는 여전히 이상야릇하게 살고 있다. 혹시라도 옆집 아줌마가 우리 집 사정을 알게 될까 봐 조마조마해하는 삶 말이다. 옆집이 두 개나 있으니 걱정도 두 배이다. 그놈의 집도 옆집이 두 개이니 걱정은 네 배이다. 아내와 그놈이 같이 마트에라도 갔다가 나를 아는 사람의 눈에 띄는 일이 생길까 봐 걱정되는 그런 삶이다. 우리 가족이, 혹은 그놈의 부모가 내막을 알아차릴까 봐 두려운 삶이다. 그것만이 일단 그놈을 떼어 내는 가장 강력한 방법임에도 불구하고, 그런 일이 생기기를 바라면서도 행여 그런 일이 생길까 봐 노심초사하게 되는 그야말로 이상야릇한 삶이다.

* *

현대 축구의 규칙과 형태는 19세기 중반 영국의 명문 사립학교에서 생겨났다. 당시의 축구 유니폼은 신사복이었다. 축구는 상류 계급의 스포츠였다. 하루에 열 몇 시간씩 일해야 했던 노동자들은, 유니폼은 물론, 축구를 할 시간도 없었다.

노동조합이 생기고 노동 시간이 단축되면서 노동자들에게도 조금이나마 여유가 생겼다. 노동자들은 축구를 했고 클럽을 만들었다. 노조와 대립하며 요구 조건들을 들어주는 것보다는 노동자들이 축구에 정신을 팔게끔 하는 것이 훨씬 더 경제적이라는 것을 간파한 자본가들이 적극적으로 후원했다. 축구는 노동 계급의 상징이 되었다. 랭커셔와 요크셔의 철도 노동자들이 만든 맨체스터 유나이티드, 군수 공장의 노동자들이 만든 아스날, 스페인 제1의 공업 도시 바르셀로나에서 만들어진 FC 바르셀로나, 이탈리아의 공업 도시 밀라노에서 생겨난 AC 밀란 등 백 년도 넘는 유서 깊은 명문 축구 클럽은 모두 공업 도시의 노동자들과 관련이 있다. 이때의 축구는 계급적이면서도 정치적이었다. 노동당과 노동조합과 더불어 축구 클럽이 노동자 조직의 한 축을 담당했다고 한다. 이탈리아 공산당을 창당했던 안토니오 그람시가 '야외에서 행해지는 인간적 충실함의 완성본'이라며 축구를 예찬했던 것도 이와 무관하지 않을 것이다. 후에 체 게바라는 "축구는 단순한 게임이 아니라 혁명의 무기이다"라고 말하기도 했다. (게바라는 축구를 좋아했다. 그는 주로 골키퍼를 맡았다. 천식 때문에 필드에서 뛰기에는 무리가 따랐기 때문이었다. 직업이 혁명가이다 보니, 그리고 또 워낙에 직업 정신이 투철했던 사람이다 보니 저런 말을 남겼을 것이다.)

축구는 이내 자본가들의 품 안으로 들어갔다. 브라질의 사업가 아벨란제는 FIFA 회장에 당선된 후 "나는 지구상에서 가장 큰 다국적 기업을 경영하고 있다. 내게 주어진 임무는 더 많은 돈줄을 찾아 축구를 윤택하게 만드는 것이다"라고 말했다. 그러고는 합법적, 반합법적, 비합법적인 갖가지 노력을 기울여 그렇게 만들었다.

잉글랜드의 첼시는 러시아의 석유 갑부 아브라모비치의 소유이다. 맨체스터 유나이티드도 이제는 미국의 스포츠 재벌 글레이저의 소유가 되었다. 밀라노의 노동자들이 지지했던 AC 밀란도 재정난으로 도산의 위기에 몰린 이후 미디어 재벌 베를루스코니의 손에 들어갔다. 카탈루냐 깃발을 클럽의 문장으로 사용하며 문장이 부착된 유니폼에 어떠한 광고도 허용하지 않았던 FC 바르셀로나도 이제는 광고 스폰서를 모집하고 있다. 축구 클럽은 곧 기업이며 철저히 자본의 논리에 의해 움직이는 것이다.

축구를 가장 효과적으로 악용한 이들은 뭐니 뭐니 해도 파시스트들과 독재 정부였다. 그들은 경쟁적으로 축구를 정권의 홍보 수단으로 이용했고 축구를 통해 저항 의식을 희석시키려 했다. 무솔리니 체제하의 1934년 이탈리아 월드컵이 그랬고 비델라 군사 정권 시절의 1978년 아르헨티나 월드컵이 그랬다. 두 대회 모두 수단과 방법을 가리지 않았던 개최국이 우승했다. 멀리 갈 필요도 없다. 군인 출신의 종신 대통령이 군림하던 1970년대에 우리나라도, 규모는 좀 작지만, 박스컵이라는 국제 대회를 개최했으니 말이다.

펠레는 브라질 군사 정권이 그의 이미지를 선전에 이용할 때에도 불평하지 않았으며 심지어 군부의 장군들이 선거를 치르지 않겠다며 그에게 의견을 묻자, 선거를 하기에는 브라질 국민들이 너무 우매하다고 대답한 적도 있었다고 한다. 후에 그는 1970년대 이후 대표 팀 경기를 뛰지 않았던 이유를 설명하며 이렇게 말하기도 했다.

"1971년쯤 해서 나는 조국의 실정에 대해 진실의 일부나마 알게 되었어요. 고문, 살인, 실종 등. 나는 군사 정권이 나라를 다스리는 동안은 브라질 대표 팀 유니폼을 입고 싶지 않았어요."

FC 바르셀로나는 카탈루냐 인들의 저항의 상징이기도 했지만 다른 한편으로 그들의 저항 의식을 희미하게 만들기도 했다. 프랑코가 굳이 누캄프를 건드리지 않았던 것에는 나름의 목적이 있었다. 경기장 안에서 제한적인 자유를 누린 카탈루냐 인들은 반체제 활동에 소극적이었다. 반면 바스크 지역에서는 저항 운동이 끊이지 않았다. 1973년, 바스크 분리주의자들은 카레로 블랑코 수상을 암살했다. 블랑코는 프랑코가 지명한 후계자였다. 그의 죽음은 기나긴 파쇼 체제의 종말을 알리는 서곡이었다. 그러나 막상 카탈루냐 인들이 진정한 정치적 전환의 출발점으로 받아들인 것은 1974년에 FC 바르셀로나가 레알 마드리드를 5 대 0으로 대파한 사건이었다고 한다.

역시 멀리 갈 필요도 없다. 민간인 학살을 저지른 쿠데타 주역이 대통령이 된 후에 우리나라에도 프로 축구가 생겼다. 아시아 최초로.

이런 축구

로버트 하인라인이 1961년에 발표한 소설 『Stranger in a Strange Land』는 SF 사상 최고의 베스트셀러라고 한다. 소설의 내용은 이러하다. 지구에 온 화성인인 발렌타인 마이클 스미스는 지구의 전쟁과 혼란이 성적인 경쟁과 질투심에 기인한다고 보고 이를 해결하기 위해 결혼 제도를 개방할 것을 가르치며 공동체를 만들지만 폭도들이 이 공동체를 습격해 스미스를 죽인다.

과연 성적 경쟁과 질투심이 사라지면 전쟁이 사라질 것인가.

1998년, 미국 라이프 스타일 협회의 대변인인 스티브 메이슨은 『LA 타임즈』를 통해 이렇게 말했다.

"우리는 유엔을 스윙어 협회로 바꾼다면 전 세계의 모든 문제가 단번에 해결될 수 있다고 생각한다. 방금 전에 오르가슴을 함께 느꼈던 사람들에게 폭탄을 투하하지는 못할 것 아닌가."

허황한 주장처럼 보이는 이 말을 실천하며 살아가는 무리가 있다.

피그미 침팬지, 혹은 보노보 침팬지라고 알려진 보노보는 침팬지와는 다른 종(種)의 영장류이다. 영장류 학자인 프란스 드 왈에 따르면 대부분의 침팬지들은 수컷 지도자가 강력하게 무리를 지배하고 암컷을 독점하는 반면 보노보는 모계 사회를 이루며 살아가는 대단히 평등한 집단이라고 한다.

지구상에는 종족 번식과 무관한 섹스를 하는 동물이 두 종이 있는데, 하나는 인간이고 다른 하나는 보노보이다. 보노보는 정상위를 비롯해 인간이 하는 모든 체위를 거의 다 사용한다. 또한 혀를 사용하는 프렌치 키스도 하며 자위행위도 하고 동성애도 한다. 섹스에 관한 한 인간과 거의 다를 바 없다. 다른 점이라면 보노보는 먹이나 섹스 때문에 싸움을 벌이지 않는다. 오히려 싸움을 중지시키기 위해 섹스를 이용한다. 먹을 것을 발견하게 되면 보노보는 먹이를 차지하려고 싸우는 대신 일제히 섹스를 시작한다. 섹스는 먹이에 대한 주의를 분산시키고 긴장을 완화시킨다. 섹스가 끝나면 먹이를 사이좋게 나누어 먹는다. 보노보는 섹스를 번식과 쾌락의 목적만이 아닌 일상적인 애정의 표현으로, 또 다툼 이후에 화해의 수단으로도 사용한다. 집단의 거의 모든 구성원들 간에 섹스가 이루어지는 것이다. 다만 어미와 새끼와는 교미하지 않는다. 그리고 암컷들은 성장하게 되면 무리를 떠나 다른 집단을 찾아간다. 그리하여 근친 교배는 이루어지지 않는다.

인간과 보노보 및 침팬지의 DNA 차이는 2퍼센트도 되지 않는다. 학자들은 6백만 년 전에 한 조상으로부터 이 세 종이 갈라져 나왔다고 보고 있다. 침팬지는, 인간과 마찬가지로, 동족 간에도 파괴적인 전쟁을 벌이고 힘이 센 자가 약한 자를 폭력적으로 지배하며 빈번하게 유아 살해를 자행한다. 보노보는 그렇지 않다. 그러나 그렇다고 해서 침팬지는 폭력적이므로 나쁘고 보노보는 평화적이므로 이상적인 종이라고 말할 수는 없다. 두 종의 습성은 모두 오랜 기간에 걸쳐 종족 보존을 위해 이루어진 자연선택의 결과일 뿐이다.

인간은 다르다. 어느 쪽을 지향할지 스스로의 의지로 선택할 수 있다.

아내는 바쁘게 움직였다. 오후에는 우리 집안에서의 돌잔치였고 저녁 시간에는 그놈 집안에서의 돌잔치였다. 지원이 아팠던 것이 마음에 걸려 돌잔치는 식구만 불러서 집에서 치르기로 했지만 그래도 하루에 돌잔치를 두 번 하는 건 만만치 않은 일이었다. 이럴 줄 알았으면 두 집안에 아이의 출생 날짜를 다르게 알려 줄 걸 그랬다며 아내는 이상한 후회를 했다.

아이 때문에 병원에 가봐야 한다는 핑계를 대고는 아내와 지원을 데리고 집에서 빠져나왔다. 자유로는 자동차들로 꽉 차 있었다. 조바심을 내는 나와는 달리 아내는 느긋했다. 갓길로 돌진하려는 나를 만류하기까지 했다.

"좀 늦어도 돼."

"그래도 그쪽 어른들 기다리실 거 아냐."

"병원 간다고, 늦을 거라고 미리 얘기했어."

"나도 나지만, 그대도 참 고생이 많다."

"그렇지? 고생이 많아 보이지? 그래서 말인데 외국으로 나가는 건 어때?"

"외국?"

"앞으로 계속 여기서 이렇게 살 순 없지 않겠어?"

"내 말이 그 말이야. 어떻게 계속 이렇게 살 수 있겠느냐고. 근데 외국으로 나가자고? 다른 나라라고 뭐 얼마나 다르겠어? 당장 가족들 마주칠 일이야 없겠지만 교민 사회라는 것도 있을 테고 어디라고 이렇게 살 수 있겠어?"

"교민 사회에는 안 나가면 되고 생판 모르고 살아왔던 외국인들 눈치 볼 것 없잖아. 우리하고 똑같지는 않지만 이렇게 사는 사람들도 많아. 그런 사람들끼리 모여 살기도 하더라."

"어디서?"

"미국에는 그런 곳들이 좀 있는 것 같아. 다른 데는 모르겠어."

"미국에서 그런 것만 알아봤냐? 그래서? 미국으로 가자고?"

"캐나다도 좋지. 요즘 브리티시 컬럼비아 주가 폴리가미의 천국이라고 하더라."

"왜?"

"톰 그린 때문이야. 다섯 명의 아내와 서른 명의 아이를 두고 있는 몰몬 교도인데 자기가 일부다처로 산다고 떠들고 다니다가 5년 형을 받았대. 유타 주에 일부다처로 사는 사람들이 수만 명이라는데 법정에서 유죄 선고 받은 적은 없었거든. 톰 그린은 쓸데없이 여기저기 나가서 떠들어 대다가 일종의 괘씸죄에 걸린 거지. 그래서 다른 사람들도 모종의 위협을 느끼고는 캐나다 브리티시 컬럼비아로 이주하는 거야."

"캐나다는 법도 없냐? 그런 인간들을 왜 받아 주는 거야?"

"캐나다도 법적으로는 폴리가미가 불법이긴 한데 브리티시 컬럼비아 주에서는 폴리가미를 금지하는 게 헌법에 규정된 인간의 기본권에 위배된다며 묵인하고 있대."

"그래서. 거기로 가고 싶어?"

"아니. 거긴 주로 일부다처주의자들이야."

"그럼?"

"미국에는 폴리아모리스트들이 모여 사는 데가 있어. 여러 곳에 제법 되나 봐."

“정말 그런 데로 가고 싶어? 외국인 남편도 만들 거냐?”

“아니. 둘도 벅차다고 전에 말했잖아. 그리고 굳이 모여 살고 싶진 않아. 그 사람들 홈페이지에 들어가 봤더니 아주 자부심이 대단해. 그 사람들은 새로운 문화를 만들어 내면서 산다고 생각하거든.”

“홈페이지도 있어? 약관도 있겠네. 그대도 약관에 동의하고 회원 가입했냐?”

“아니. 나는 새로운 문화를 만들어 내는 일에는 관심 없어. 거창한 건 싫어. 그냥 우리끼리만 잘 살면 돼.”

“그럼 어디로 가자고?”

“뉴질랜드는 어때?”

“뉴질랜드? 신혼여행 가서 보니 좋긴 하더라. 근데 여행 가는 거하고 거기 가서 사는 거하고는 전혀 다른 문제잖아.”

“그래도 한번 가볼 만하지 않아? 아니다 싶으면 또 다른 데로 가면 되잖아.”

이 땅을 떠나야 한다고? 그리운 부모 형제는 어떡하고? 정든 고향 산천은 또 어쩌고? 보고 싶은 친구들은?

* *

독일의 신학자 도로테 죌레는 아이들에게 행복이 무엇인지 어떻게 설명하겠느냐는 질문을 받고는 이렇게 대답했다고 한다.

“나는 그것을 설명해 주지 않을 겁니다. 그 대신 그 아이가 가지고 놀 수 있는 공을 하나 던져 주겠습니다.”

중학교 시절, 한 반의 인원은 60명이 넘었다. 체육 시간에 이런 축구를 했다. 체육 선생은 서른 명씩 두 팀으로 나누고는 축구공 두 개를 던져 주었다. 오프사이드? 있을 리 없다. 파울? 그런 거 모른다. 당연히 프리 킥이나 페널티 킥 같은 것도 없다. 코너킥도, 스로우 인도 없다. 모두들 공을 쫓아 열심히 뛰어다녔다. 골을 넣으려고? 아니. 한 번이라도 공을 차보려고. 각각의 골대에서 동시에 골이 터지기도 했고 골대 하나에서 한꺼번에 두 골이 터지기도 했다. 스코어는? 몰라. 우리 팀이 이겼던가? 상관없어. 그저 수업이 끝나는 것을 알리는 종소리가 조금이라도 늦게 울리기만을 바랐다.

즐겁게 축구를 보는 방법

폴리아모리스트들이 모여 사는 곳이 있다고?

있다. 그런 인간들은 일찍부터 존재했다. 결혼을 해서 가정을 이루었으며 흩어져서 살기도 했고 모여 살기도 했다. 그들은 세 명 이상이 동시에 결혼을 하고 함께 살면서 성 관계 및 자녀 양육까지 공유하는 집단혼이다. 원시 시대에 존재했고 브라질의 밀림 등 극히 제한된 곳에서도 존재했다. 사이버 세계에나 존재하는 집단혼이 현실의 문명 세계에서도 실재하는 것이다. 세상에는 별의별 인간들이 다 있다.

그들은 도착증 환자이거나, 성장기에 받은 심각한 트라우마를 지니고 있거나, 적어도 제정신이 아닌 사람들이다. 멀쩡한 인간들이 어떻게 그렇게 살 수 있단 말인가. (내 마누라도 그 지점에 관한 한 멀쩡한 인간이 아니다.)

그러나 미국에서의 집단혼에 관한 연구 결과를 보면 그들은 교육 수준이 높고, (학교에서 대체 뭘 배운 거냐.) 정상적인 어린 시절을 보냈으며, (그럴 리가!) 자유주의적인 성향을 지닌 사람들이라고 한다. (망할 놈의 자유주의.)

폴리아모리스트들은 가장 성숙한 형태의 폴리아모리즘을 '폴리피델리티'라는 말로 표현했다. 폴리피델리티란 가족 확대를 통해 친밀감을 강화하는 것이며 거기에 그치지 않고 집단 결혼과 공동 양육, 완전한 재산 공유, 그리고 공동체 생활을 통해 세계를 변화시키겠다는 유토피아적 발상이다.

그들이 발간하는 잡지인 『러빙 모어(Loving More)』의 편집장 리암 니어링은 이렇게 말했다.

"폴리피델리티는 자발적으로 함께 만드는 평등한 결혼이다. 그것은 개인적 선택, 자발적인 협동, 건강한 가족 생활, 그리고 달콤한 낭만적 사랑이 한데 어우러진 가장 이상적인 형태의 사랑이다. 폴리피델리티는 성적 평등, 소유욕 없는 관계, 그리고 배우자 간의 친밀성과 진정한 사랑을 모두 아우른다."

둘만의 사랑에서 다자간 관계로 확장될 때 필연적으로 생길 수밖에 없는 성적 질투심은? 리암 니어링은 이렇게 대답한다.

"우리가 쓰는 말 중 컴퍼션(compersion)이라는 말이 있어요. 성적 질투심과 반대되는 말로, 사랑하는 사람들이 사랑하는 것을 볼 때 생기는 따스한 감정을 뜻하죠. 폴리피델리티스트들이 이 말을 만든 건 실제로 그런 감정을 갖기 때문이에요."

그렇게 살고 있는 사람들이 하는 말이니 어디 한번 그렇게 살아 보고 나서 말하라고는 못하겠지만 그렇다고 해도 성적인 질투심을 억제

하는 것은 말처럼 쉬운 일이 아니다. 그들은 지속적인 노력을 통해 질투심을 억제할 수 있다고 말한다. 하지만 누구나 그렇게 될 수 있는 것은 아니다. 그것은 소수의 사람들에게나 가능한 일이다. 그리고 그게 가능한 이들은 폴리아모리즘을 접하지 않았다 해도 다른 방법으로 마음을 수양하고 평정심을 유지할 수 있는 자질을 이미 갖춘 사람들인지도 모른다.

둘 이상으로 관계를 확장하는 것도 어렵지만 확장된 관계를 유지하는 것은 더욱 어려운 일이다. 미국에서의 집단혼에 대한 연구 결과, 그들 중 44퍼센트만이 1년 이상 지속되었고 3년 이상 지속된 경우는 17퍼센트에 불과하며 겨우 7퍼센트만이 5년 이상 지속되었다고 한다. 당시 일반적인 결혼 생활의 기간은 평균 5년이었다. 그들이 말하는 '가장 이상적인' 결혼의 유효 기간은 일반적인 결혼 기간에도 미치지 못하는 것이다.

어쩌면 문제는 일부일처제가 아니라 결혼 자체인지도 모른다. 모노가미건, 폴리가미건, 심지어 수양깨나 했다는 사람들이 가장 이상적인 사랑이라고 주장하는 폴리피델리티에서조차 결혼 생활을 통해 유토피아로 들어갈 수 있는 사람은 극소수일 뿐이다.

미국의 집단혼 연구 결과로부터 알 수 있는 것. 몇 년만 참으면 된다. 그놈은 머지않아 자연 발생적으로 떨어져 나갈 것이다. 그러나 만약 그놈이 7퍼센트 내에 속하는 유형의 인간이라면? 그래서 떨어져 나가지 않는다면?

그때를 대비해서, 혹은 더 빠른 행복을 위해서는 역시 베르티니처럼 탁월한 예술가가 되어야 하는 건가.

(보노보? 턱도 없는 소리. 내가 털북숭이 유인원이냐.)

* *

축구를 좋아하지 않는 여자들이 즐겁게 축구를 보는 방법.

— 우선 베컴이 나오는 경기를 본다. 경기야 어떻게 흘러가건, 어느 팀이 이기고 있건 간에 베컴의 잘생긴 얼굴과 킥을 할 때의 우아한 동작과 반짝이는 금발의 헤어스타일과 유니폼의 디자인이 그와 얼마나 잘 어울리는지 등을 보면 된다. 레알 마드리드의 다른 선수들 중에서는 카시야스도 미남이고 라울도 미남이다. 저절로 여러 스타일의 미남들을 비교 분석하게 될 것이다. 보너스도 있다. 지단의 얼굴이 어쩐지 친숙하게 느껴질 것이다. 잘 생각해 보면 나훈아와 닮았다는 것을 깨닫고는 웃게 될 것이다. 그러다 보면 90분은 금방 지나갈 것이다. 유벤투스 FC의 델 피에로, AC 밀란의 카카, FC 발렌시아의 아이마르, FC 바이에른 뮌헨의 산타크루즈 등 미남 축구 스타들은 베컴 외에도 많다. 우리나라에도 안정환, 이동국, 이관우, 김남일, 장대일(1998년 프랑스 월드컵 때 장대일은 단 한 경기에도 출전하지 않았지만 세계 각국의 704명 선수 중에서 미남 베스트 11위에 선정되었다), 그리고 최근에 두각을 나타내는 백지훈에 이르기까지 미남 선수들이 많이 있다. 그들을 주목해서 보다 보면 어느 순간에는 축구에 재미를 느낄 수도 있다. (아니면 말고.)

축구를 좋아하지도 싫어하지도 않는 남자들이 즐겁게 축구를 보는 방법.

— 유럽 명문 클럽의 경기를 보면 된다. 그들의 축구는 정교하고 우아하다. 빠르고 박진감이 넘친다. 거칠고 과격하다. 그들의 플레이를 보다 보면 축구가 얼마나 흥미진진한지 깨닫게 된다. 봤는데 별로 재미를 느끼지 못한다면? 괜찮다. 그냥 전처럼 한일전이나 월드컵 같은 굵직한 대회만 보면 된다.

축구를 싫어하는 남자들이 즐겁게 축구를 보는 방법.

— 없다. 대한민국에서 살아온 남자로서 학창 시절과 군대 시절의 수많은 축구를 경험했고 또 무수한 축구 중계에 노출되었으면서도 축구를 싫어한다면 이미 늦은 것이다. 새삼스럽게 축구를 좋아하려 애쓸 필요도 없다. 앞으로도 계속 싫어하면서 살면 된다. 축구를 싫어한다 해서 인생에 지장이 생기는 것은 아니다.

보너스 팁. 싫어하는 인간을 즐겁게 보는 방법.

— 없다. 앞으로도 계속 싫어하면서 살면 그만이다. 싫어하는 사람이 하나 줄어든다 해서 갑자기 인생이 아름다워지는 것은 아니다.

벤치에는 앉아 있어도 괜찮다

아내는 계속해서 뉴질랜드 이야기를 꺼냈다. 이미 떠나기로 마음을 정한 것처럼 보였다.

"일단 가자. 좀 살아 보고 계속 살지 말지 결정하면 되잖아."

"난 영어도 못하는데 거기 가서 어떻게 사냐?"

"우리 엄마, 아빠는 영어 잘해서 미국 사는 줄 알아? 그래도 살 수 있대. 그리고 살다 보면 필요한 만큼은 다 하게 된대."

"그놈은 뭐래?"

"좋대. 알아보니 거기서 하는 프로젝트도 있대."

"그놈이나 그대는 프로그래머 하면 된다고 해도 나는 거기 가서 뭐 해?"

"찾아봐야지."

"만약 내가 안 간다고 하면 나를 떼어 놓고라도 갈 거야?"

"글쎄. 아직 거기까진 생각하지 않았어."

"만약 그런 일이 생긴다 해도 지원이는 절대로 못 데려간다. 명심해."

아내는 말을 돌렸다.

"당신은 영업 관리가 좋아?"

"회사 일을 재미로 하냐. 다 먹고살자고 하는 거지."

"그렇지? 정말 말 그대로 먹고살기만 하면 되는 거잖아. 그 회사 안 다닌다고 해서 굶어 죽진 않을 거야. 그냥 가난하게 살면 되지 않겠어? 남한테 손 벌리지 않을 정도만 되면 되잖아. 먹고사는 건 여기서도 그렇고 어딜 가도 그럭저럭 되긴 할 거야. 그러니 당신은 당신이 하고 싶은 걸 해."

"말이 쉽지. 쌀만 있다고 다 되는 건 아니잖아. 집도 사야 되고, 지원이 교육비도 마련해야 하고, 돈 들어갈 일이 쌓이고 쌓였는데 그냥 먹고살기만 하면 된다고?"

"당신은 부자가 되고 싶어?"

"말해 무엇 하리. 당연히 부자가 되고 싶지."

"부자로 살면 뭐가 얼마나 좋은지 사실 모르잖아? 부자로 살아 본 적 없잖아."

"아, 그러니까 부자로 살고 싶은 거지."

"그럼, 회사에서 주는 월급 모아서 당신이 원하는 만큼의 부자가 될 수 있어?"

물론 불가능하다. 월급 모아서 때가 되면 주식 투자도 하고 부동산 투기도 해야 한다. 대부분은 실패한다. 극소수의 사람들만이 부자가 될 수 있다. 나 역시 부자의 무리에 낄 정도로 운이 좋은 사람은 아닐 것이다.

"당신 어머님이나, 우리 부모님이나 부자도 아니고, 우리도 평생을 빠듯하게 그럭저럭 꾸려 나가면서 살게 되지 않겠어? 이왕 빠듯하게 살 바에는 마음이라도 편하게 사는 게 낫잖아."

"거야 그렇지. 근데 내가 지금 이 나이에 거길 가서 뭘 할 수 있겠어."

"아무거나. 당신이 하고 싶은 거. 가령 축구 웹진 같은 걸 만들어서 운영해 보는 건 어때?"

"그런 걸 아무나 하냐?"

"당신이 하지 않고 있으니 아무나 하는 중이지. 당신이 하면 아무나 하는 게 아니라는 걸 사람들이 알게 될 거예요."

이렇게 말해 주는 마누라가 갑자기 몹시 사랑스러워졌지만 이내 냉정함을 되찾았다.

"뉴질랜드 가면 그놈이랑 같은 집에서 살아야 돼?"

"그건 싫지?"

"그걸 말이라고 해?"

"당신 퇴원하고 어머니 오시기 전까지 재경 씨가 한동안 매일 집에 왔잖아. 이층집을 구한다거나 하면 같이 산다 해도 그거하고 크게 다르진 않을 텐데, 다 같이 살면 안 될까? 한번 대충 예산을 뽑아 봤는데 거기서도 두 집 살림을 하는 건 경제적으로 어려울 것 같거든."

한 시절, 전 세계의 숱한 남자들의 마음을 설레게 했던 팝의 요정 올리비아 뉴튼 존은 이렇게 노래했다.

나도 알아. 그건 관습에 어긋나는 급진적인 일이지.
하지만 일종의 프락시스야.
왜 우리 셋이 함께 살면 안 되는 거야?
문화적인 충격이겠지만 그게 우리의 유일한 희망이야.

말해 봐. 왜 우리 셋이 함께 살면 안 되는 거야?

–「Culture Shock」, 『Soul Kiss』, 1985.

왜 우리 셋이 함께 살면 안 되는 거냐고? 수십 가지의 이유를 댈 수도 있지만 딱 하나만 말하라면, 나는 그놈과 '우리'라는 말 속에 함께 들어가고 싶지 않다.

"꼭 뉴질랜드로 가야겠어?"

"아무래도 그래야 할 거 같아. 나로서는 그래. 아무도 잃고 싶지 않은데, 그러려면 여기서는 점점 힘들어질 테니."

나도 아내를 잃고 싶지 않다. 지원과 떨어져 지내고 싶지도 않다. 그러나 그렇다고 해서 놈과 같이 살고 싶지도 않다. 아내는 내 몸에 바싹 붙어서 코맹맹이 소리를 냈다.

"같이 살자, 응?"

나는 단호하게 말했다.

"그놈하고 같이 살 수는 없어."

아내의 코맹맹이 소리가 더욱 커졌다.

"여보, 이층집 구해서 다 같이 삽시다. 네?"

나는 대답하지 않았다. 잠시 침묵이 흘렀다. 아내는 내 손을 잡고는 고개를 숙였다. 손등에, 손바닥에, 손가락 하나하나에 아내의 입술이 스쳐 지나갔다.

"뭐 하는 거야?"

아내는 얼굴을 들고 나를 물끄러미 바라보았다. 이윽고 아내의 얼굴이 가까이 다가왔다. 아내의 입술이 눈꺼풀에 닿았다. 나도 모르게 눈을 감았고 아내는 감긴 두 눈 위에 입을 맞추었다. 그러고는 자신의 뺨을 내 뺨에 맞댔다. 살을 맞대고 여러 해를 살았지만 뺨을 맞댄 것은 처음이었다. 아내의 뺨은 부드러웠다. 아내는 마치 음미라도 하듯 아주 천천히 뺨을 움직였다. 아내의 입술이 뺨 위로 와 닿았고 귓가로 미끄러져 갔다. 아내의 입술이 달싹거리는 것이 느껴졌다. 들릴 듯 말 듯 작은 목소리로 아내는 나직하게 속삭였다.

"우리, 다 같이 살아요."

나는 살며시 몸을 빼냈다.

"조건이 있어. 어쩔 수 없이 이층집을 구해서 같이 산다고 해도 2층으로 통하는 통로는 밖에 따로 있어야 돼. 그놈이 2층에서 살아야 돼. 그리고 밥도 따로 먹어야 돼. 특별한 일이 없는 한 1층으로는 절대 내려오면 안 돼. 그 조건들이 충족되면 뉴질랜드로 가는 것을 긍정적인 방향으로 한번 고려해 보도록 하지."

* *

1970년, 당시 브라질 대표 팀 감독 살다냐는 "공격을 아무리 잘해도 수비가 허술하면 이길 수 없다"며 펠레를 대표 팀 명단에서 제외하는 등 수비 위주의 축구를 지향하다가 월드컵 개최 3개월 전에 교체되었다. 새로운 감독 자갈로의 브라질은 공격 일변도의 팀이었다. 좌우의 윙백들이 활발하게 오버래핑을 선보이며 최대 여덟 명까지 공격에 가담하는 새로운 전술을 사용했다. 그 중심에는 다시 대표 팀에 복귀한 펠레를 비롯하여 자일징요, 게르손 등 세계적인 선수들이 있었다.

1970년 멕시코 월드컵은 여러 모로 기념비적인 대회였다. 하늘에는 인공위성들이 떠다녔다. 세계 각지의 사람들은 TV 앞으로 몰려들었다. 월드컵 역사상 처음으로 경기가 생중계되었다. 그리고 결승전에서 마주친 브라질과 이탈리아 모두 사상 최초의 3회 우승을 눈앞에 두고 있었다.

피에르 파졸리니는 이렇게 말했다.

"유럽 축구가 산문(散文)이라면 브라질 축구는 시(詩)이다."

우아하고 리드미컬한 브라질의 시는 울창하게 우거진 이탈리아의 산문을 훌쩍 뛰어넘었다. 4 대 1의 스코어로. 줄리메 컵은 영원히 브라질의 소유가 되었다. 이는 브라질의 화려한 공격 축구가, 그리고 세계적으로도 공격 축구가 마지막으로 반짝 빛을 발한 대회였다. (그 뒤 브라질이 다시 우승하기까지 24년이나 걸렸다. 1994년 미국 월드컵에서 브라질의 우승은 살다냐 감독의 말처럼 허술하지 않은 수비 조직을 구축한 결과였다. 2002년의 브라질도 마찬가지이다.)

경기가 끝난 후 이탈리아의 발카레기 감독은 "지금 이 브라질 팀을 이길 팀은 지구상에 존재하지 않는다"라고 말했다. 그 후 지금까지도 당시의 브라질 대표 팀은 월드컵 사상 최강의 팀으로 꼽힌다. 닉 혼비는 이렇게 말했다. "브라질은 그 후로 영원히 우리 모두의 눈높이를 바꾸어 놓았다. 그들은 그 누구도, 심지어 브라질 사람들조차도 다시는 도달하지 못할 플라톤적 이상에 해당하는 축구를 보여 주었던 것이다."

1970년 월드컵 우승 팀의 주장이었던 방송 해설자 카를로스 알베르트에게 1994년 미국 월드컵 우승의 주역인 호마리우와 베베토가 1970년의 대표 팀에 낄 수 있을지 물어보자 그는 이렇게 대답했다.

"네. 낄 수 있습니다. 벤치에는 앉아 있어도 괜찮으니까요."

그놈과 같이 살 수 있냐고? 그럴 수도 있지. 텐트나 하나 던져 주고 마당 한구석에서 지내라고 하면 그럭저럭 괜찮으니까. 별도의 통로가 있는 2층을 내준다는 것은 내가 상당히 많이 양보한 것이다. 아내도 그건 알아야 한다.

모든 것이 무너져도

운동장 전체가 그의 축구화에 꽉 들어찼다. 필드는 그의 발에서 태어났고 그의 발에서 자라났다.

– 에두아르도 갈레아노, 『축구, 그 빛과 그림자』.

필드를 탄생시킨 사나이, 필드의 지배자 알프레도 디 스테파노. 그는 아르헨티나 출신으로 1950년대에 레알 마드리드에서 뛰었다. 레알에서의 첫 경기는 FC 바르셀로나와의 엘 클라시코였다. 그는 혼자 네 골을 터뜨리며 5 대 0의 승리를 이끌었다. 당시 레알이 이루어 낸 챔피언스컵 5연패라는 전무후무한 위업도 그의 발끝에서 이루어졌다. 그는 다섯 번의 결승전에서 모두 골을 터뜨렸다.

많은 이들이 역대 최고의 선수를 꼽을 때 펠레의 이름 대신 디 스테파노를 첫 번째 자리에 갖다 놓기도 한다. 대표적인 이가 마라도나이다.

"제가 펠레보다 높은 평가를 받을 수 있는 선수인지는 솔직히 잘 모르겠습니다. 그러나 디 스테파뇨가 펠레보다 뛰어났다고는 주저 없이 말할 수 있죠."

디 스테파뇨는 이런 말을 남겼다.

"축구의 위대함은 필드에서 뛰는 선수들에게 있는 것이 아닙니다. 나는 그것이 이 자그마한 축구공 안에 담겨 있다고 생각해요."

축구공의 진실.

축구공 안에 담겨 있는 위대함이란 행복과 관련된 어떤 것이다.

축구공이란 행복과 가까운 데 있는 무엇이다.

축구공이란 바로 행복이다.

자본가들이 선수들을 축구 노동자로 만들어 축구라는 상품을 화려하게 포장해서 소비자들에게 판매하더라도, 정치가들이 축구 열기를 이용해서 표를 훔쳐 가고 권력을 장악하더라도 축구공 속에 깃든 행복만은 그들이 독점할 수도, 팔아먹을 수도, 훔쳐 갈 수도 없다.

또 하나의 진실.

어떤 사람이건 사랑을 하게 마련이고 사랑하는 사람들과 함께 살고 싶어 한다.

어린아이도, 어른도.

결혼을 한 사람도, 하지 않은 사람도.

노동자도, 자본가도.

좌파도, 우파도.

그리고 축구를 좋아하는 사람도, 싫어하는 사람도.

나도 뉴질랜드로 간다. 아내와 아이와 떨어져 살고 싶지 않다. 그리고 그놈에게 기회를 줄 수야 없는 일이다. 놈을 떼어 내기 위해서라도 따라가야 한다. 패배한 채 잊혀지지 않을 것이다.

정작 떠나기로 작정하니 이상하게도 마음에 걸리는 것이 없다.

그리운 부모 형제? 명절 때나 되어야 보는 어머니, 형제들, 조카들. 떠난다 해도 몇 년에 한 번은 볼 수 있을 것이다. (엄마, 미안.)

정든 고향 산천? 고향 산천도 서울의 풍경과 크게 다를 바 없다. 규모만 다를 뿐 도시는 다 거기서 거기다. 별로 정이 들지 않았다. (잘 있거라, 남대천아.)

보고 싶은 친구들? 특별히 보고 싶은 친구는 없다. 오래된 친구들이라고 자주 보는 것도 아니다. 어차피 몇 년에 한 번 정도 만나는 게 고작이다. (너희도 마찬가지지?)

그동안 고락을 함께 나눈 회사 동료들? 그쪽 사람들이야말로 평생 얼굴을 보지 않는다 해도 딱히 아쉬울 건 없다. (댁들도 그렇지요?)

그곳에 가면 또 얼마나 다른 느낌일지 가봐야 알겠지만 언제부터 내가 이렇게 매인 곳이 없는 사람이 되어 버렸는지 나도 모를 일이다.

그나저나 뉴질랜드에 가서 뭘 하지? 목수 일이라도 배워 놓아야 하는 건가?

목수 일을 하건 인터넷에 매달려 백수 노릇을 하건 2006년 여름이 되면 하던 일을 접고 독일에 갈 것이다. 월드컵을 보러. 아내와 함께. 지원을 데리고 셋이서.

4년마다 그랬듯이, 오랫동안 빛을 잃지 않았던 누군가는 무대 뒤로 쓸쓸히 사라질 것이다. 서른넷의 지단일지도. 역시 서른넷인 피구일지도. 또 누군가는 새롭게 떠올라 찬란하게 빛날 것이다. 스물을 갓 넘긴 잉글랜드의 루니일까, 브라질의 호빙요일까. 스물도 채 안 된 아르헨티나의 메시일까. 혹시 박주영은?

우리는 또다시 16강에 오를 수 있을까. 또다시 8강에 오를 수 있을까. 꿈은 또다시 이루어질까.

꿈이 이루어질 수도 있고 그렇지 않을 수도 있다. 생각하고 싶지 않은 일이지만 그때까지도 놈을 떼어 내지 못한다면 어쩌면 네 사람이 모두 가게 되는 달갑지 않은 사태가 생겨날지도 모르겠다.

* *

바티스투타는 이렇게 말했다.

"모든 것이 무너져도 우리에겐 항상 축구가 있다."

| 참고 자료 |

폴리피델리티에 대해서는 테리 굴드를, 사랑의 역사와 형태에 대해서는 김미숙, 울리히 벡, 볼프강 라트 등을, 두 명의 남자와 관계를 유지하려는 여자의 심리에 대해서는 마르티나 렐린 등을, 미국의 집단혼에 관한 연구는 장상희·조정문을, 합류적 사랑에 관해서는 앤서니 기든스를, 사랑의 메커니즘에 대한 부분은 KBS 다큐멘터리 「사랑」을, 정자 전쟁에 대한 부분은 로빈 베이커를, 보노보에 대해서는 프란스 드 왈을, 일부일처제에 대한 조망 등은 필리프 브루노 등을 참조했다.

김미숙 外, 『가족의 사회학적 이해』, 학지사, 2002.

로빈 베이커, 『정자 전쟁』, 이민아 옮김, 까치, 1997.

마르티나 렐린, 『나에게는 두 남자가 필요하다』, 이용숙 옮김, 마음산책, 2002.

볼프강 라트, 『사랑, 그 딜레마의 역사』, 장혜경 옮김, 이끌리오, 1999.

앤서니 기든스, 『현대 사회의 성, 사랑, 에로티시즘』, 배은경·황정미 옮김, 새물결, 1996.

울리히 벡 外, 『사랑은 지독한 혼란 : 그러나 너무나 정상적인 혼란』, 강수영·권기돈·배은경 옮김, 새물결, 1999.

장상희·조정문, 『가족 사회학』, 아카넷, 2001.

테리 굴드, 『쾌락의 권리』, 이은희 옮김, 영미디어, 2001.

프란스 드 왈, 『보노보』, 김소정 옮김, 새물결, 2003.

필리프 브루노, 『커플의 재발견』, 이수련 옮김, 에코리브르, 2003.
KBS 다큐멘터리 「사랑」, 송웅달 연출, 김미지 글/구성, 2005. 3.

축구의 역사에 관해서는 주로 브누아 아이메르만과 알프레드 바알을, FC 바르셀로나에 관한 부분은 프랭클린 포어와 사이먼 쿠퍼 등을, 유럽 클럽 축구의 문화에 대해서는 이은호, 서형욱 등을, 축구의 인문학적 조망 등에 대해서는 에두아르도 갈레아노와 정윤수 등을 참조했다.

브누아 아이메르만 外, 『축구』, 박찬규 옮김, 창해, 2001.
사이먼 쿠퍼, 『축구 전쟁의 역사』, 정병선 옮김, 이지북, 2002.
서형욱, 『유럽 축구 기행』, 살림출판사, 2005.
알프레드 바알, 『축구의 역사』, 지현 옮김, 시공사, 1999.
에두아르도 갈레아노, 『축구, 그 빛과 그림자』, 유왕무 옮김, 예림기획, 2002.
이은호, 『축구의 문화사』, 살림출판사, 2004.
정윤수, 『축구장을 보호하라』, 사회평론, 2002.
프랭클린 포어, 『축구는 어떻게 세계를 지배했는가』, 안명희 옮김, 말글빛냄, 2005.

유럽 축구에 대해 많은 부분들을 사커 라인에서 참조했다. 특히 p.215의 '현대 축구에 적합한 모습으로 진화된 펠레'라는 표현은 오피니언(opinion)난에 있는 이형석 님의 글 '바르샤의 펠레 vs 레알의 펠레'에서 빌려 온 것이다.

헤이지 님의 베르캄프 팬 사이트에는 『월드사커다이제스트』에 실린 많은 인터뷰들이 번역되어 있다. 카를레스 푸욜 등 여러 축구 선수들이 남긴 말들을 이 사이트를 통해 알게 되었고 참조한 바 크다.

후추 사이트로부터 주로 독일 축구와 관련된 부분들을 참조했다. 헤어베르거에 대한 부분들은 김영주 님의 글에 의존했고 차범근에 관한 부분은 후추의 노컷 인터뷰를 참조했다.

사커 월드를 통해 한국 축구에 대한 부분들을 참조했다.

사커 라인 http://www.soccerline.co.kr

사커 월드 http://www.soccer4u.co.kr

헤이지의 베르캄프 팬 사이트 http://bergkamp.nazip.net

후추 http://www.hoochoo.com

| 제2회 세계문학상 심사평 |

일부일처제의 통념에 대한 소설적 논의에서 단 3인의 등장으로 장편을 이루어 낼 만큼 작가의 역량은 눈부시다. 월드컵 4강전을 관전하는 것 같은 느낌을 주는 것도 이 작품이 지닌 미덕이다.

–김윤식(문학평론가)

새 연인과 결혼식을 올리겠다고 아내가 선언할 때, 아내를 놓치고 싶지 않다면? 만약 당신이 그런 곤경에 봉착한다면 미쳐 버리거나 피 보기도 불사할 것이다. 축구 경기에서 자기 쪽은 골키퍼를 두 명 두겠다고 억지를 부리면 심판은 게임을 몰수할 권리가 있다. 사랑의 함수 관계에는 그런 반칙 룰도 존재할 수 있다고 작가는 우긴다. 보편적 윤리관을 뛰어넘는 주제가 월드컵 결승전을 관전하듯 경쾌하게 전개된다.

–김원일(소설가)

가독성이 뛰어난 작품이다. 우리는 '박현욱 표' 에스컬레이터를 타고 조금 낯설고 조금 유쾌하고, 그리고 조금 슬픈 신문명의 풍경 속으로 흘러 들어간다. 그 유연한 속도감에 몸을 맡기는 건 좋으나 그것에 저항하는 건 좋지 않다. 왜냐하면 "왜?"라는 질문이 이미 거세된, 현대인의 쓸쓸한 에스컬레이터이기 때문이다.

–박범신(소설가)

젊다. 빠르다. 신선하다. 부지런하다. 흥미진진하다.

—성석제(소설가)

일부일처제의 등 뒤에서 도발적인 질문을 제기하는 소설이다. 일처다부제의 사례를 제시하지만 궁극적으로는 굳은살처럼 견고한 결혼 제도 전체에 대해 시비를 건다. 발칙한 발상에 비해 주제를 풀어 가는 방식은 진중하고, 진지한 문제 제기에 비해 당돌한 문체가 매력이다. 순식간에 독자를 사로잡아 맨 마지막 장까지 끌고 가는 흡인력도 이 작품의 미덕이다.

—김형경(소설가)

『아내가 결혼했다』의 작가는 대뜸 일처다부제라는 문제를 끌고 들어왔다. 일부일처제가 보통 사람들의 감정 생활의 실상에 비해 얼마나 문제가 많은 것인지에 대해서는 많은 사람들이 알고 있다. 하지만 일처다부의 상황을 수용하는 것은 매우 다른 일이다. 박현욱은 작중의 여주인공이 남편에게 그랬듯이, 독자들을 아주 조금씩 일처다부의 조건 속으로 끌고 들어간다. 그러다 보니 어느새 나는 한 여자를 다른 남자와 나누고 있는 남편이 되어 있는 것이 아닌가. 『아내가 결혼했다』를 당선작으로 만든 것은 바로 이런 작가의 솜씨, 부드럽고 재치 있게 독자들을 이야기 속으로 끌고 들어가는 세련된 설득력이 아닐까 싶다. 나는 그 솜씨에 한 표를 던졌다.

—서영채(문학평론가)

『아내가 결혼했다』는 폴리아모리(비독점적 다자연애)를 근간으로 해서 이에 축구 이야기를 절묘하게 결합했다. 눈도 떼지 못하고 단숨에 읽을 수밖에 없는 마법과도 같은 이 소설을 통해, 박현욱은 한국 문학에 새로운 상상력의 성채를 훌륭하게 쌓았다. 빛나는 그의 소설에 찬사의 기립 박수를 보낸다.

—하응백(문학평론가)

'현재'의 아내가 '다른' 남자와 '또' 결혼했다는 이야기를 담고 있는 이 소설은 한 번 읽으면 황당하지만 두 번 생각하면 슬프다. 이런 '판타지'가 필요할 만큼 일부일처제나 절대적 사랑의 시효가 만료되어 가고 있는 '현실'을 상기시켜 주고 있기 때문이다. 동시에 두 남자를 '사랑하는' 것에서 더 나아가 동시에 두 남자와 '결혼하는' 것을 통해 작가는 기존의 자유 연애 소설이나 불륜 소설로부터 탈주한다. 그래서 더욱 불편한 이 소설을 감당하기 위해서는 좋은 옛것보다 나쁜 새것이 더 낫다는 명제를 인정해야 한다. 사회가 제공해야 할 조직력은 뒷받침되지 못하고 소설가의 개인기에만 의존하는, 축구처럼 외롭고 힘든 경기를 펼치는 이 소설에 배수진은 없다. 무모하지만 용감하다.

—김미현(문학평론가)

소재가 낯선 만큼 독자들로 하여금 저마다 하나씩의 이야기를 생각하게 한다는 점에서 『아내가 결혼했다』는 논쟁적이다. 한편 이야기 전반을 장악한 작가의 힘이 단숨에 책을 읽어 나갈 수 있게 만든다. 이 같은 논쟁적인 주제와 소설적 흡인력이 이 소설이 보여 주는 가장 큰 장점이다.

—김연수(소설가)

아내가 결혼했다

초판 1쇄 발행일 • 2006년 3월 10일
초판 45쇄 발행일 • 2007년 5월 15일
지은이 • 박현욱
펴낸이 • 임성규
펴낸곳 • 문이당

등록 • 1988. 11. 5. 제 1-832호
주소 • 서울시 성북구 동소문동 4가 111번지
전화 • 928-8741~3(영) 927-4990~2(편)
팩스 • 925-5406

홈페이지 http://www.munidang.com
전자우편 webmaster@munidang.com

ISBN 89-7456-330-4 03810

값은 뒤표지에 표시되어 있습니다.